U0165163

作家散文
典藏

冯骥才 著

冯骥才散文

作家出版社

目 录

第一辑 岁月

第一辑　岁月

日　历

我喜欢用日历，不用月历。为什么？

厚厚一本日历是整整一年的日子。每扯下一页，它新的一页——光亮而开阔的一天便笑嘻嘻地等着我去填满。我喜欢日历每一页后边的"明天"的未知，还隐含着一种希望。"明天"乃是人生中最富魅力的字眼儿。生命的定义就是拥有明天，它不像"未来"那么过于遥远与空洞，它就守候在门外。走出了今天便进入了全新的明天。白天和黑夜的界线是灯光；明天与今天的界线还是灯光。每一个明天都是从灯光熄灭时开始的。那么明天会怎样呢？当然，多半还要看你自己的。你快乐它就是快乐的一天，你无聊它就是无聊的一天，你匆忙它就是匆忙的一天；如果你静下心来就会发现，你不能改变昨天，但你可以决定明天。有时看起来你很被动，你被生活所选择，其实你也在选择生活，是不是？

每年元月元日，我都把一本新日历挂在墙上。随手一翻，光溜溜的纸页花花绿绿滑过手心，散发着油墨的芬芳。这一刹那我心头十分快活。我居然有这么大把大把的日子！我可以做多少事情！前边的日子就像一个个空间，生机勃勃，宽阔无边，迎面而来。我发现时间也是一种空间。历史不是一种空间吗？人的一生不是一个漫长又巨大的空间吗？一个个"明天"，不就像是一间间空屋子吗？那就要看你把什么东西搬进来。可是，时间的空间是无形的，触摸不到的。凡是使用过的日子，立即就会消失，抓也抓不住，而且了无痕迹。也许正是这样，我们便会感受到岁月的匆匆与虚无。

有一次，一位很著名的表演艺术家对我讲她和她的丈夫的一件事。她唱戏，丈夫拉弦。他们很敬业。天天忙着上妆上台，下台下妆，谁也顾不上认真看对方一眼，几十年就这样过去了。一天老伴忽然惊讶地对她说："哎哟，你怎么老了呢！你什么时候才老的呀？我一直都在你身边怎么也没发现哪！"她受不了老伴脸上那种伤感的神情，她就去做了美容，除了皱，还除去眼袋。但老伴一看，竟然流下泪来。时针是从来不会逆转的，倒行逆施的只有人类自己的社会与历史。于是，光阴岁月，就像一阵阵呼呼的风或是闪闪烁烁的流光；它最终留给你的只有无奈而频生的白发和消耗中日见衰弱的身躯。为此，你每扯去一页用过的日历时，是不是觉得有点像扯掉一个生命的页码？

我不能天天都从容地扯下一页。特别是忙碌起来，或者从什么地方开会、活动、考察、访问归来，看见几页或十几页过往的日子挂在那里，黯淡、沉寂和没用，被时间掀过的日历好似废纸。可是当我把这一沓用过的日子扯下来，往往不忍丢掉，而把它们塞在书架的缝隙或夹在画册中间。就像从地上拾起的落叶。它们是我生命的落叶！

别忘了，我们的每一天都曾经生活在这一页一页的日历上。

记得1976年唐山大地震那天，我住的长沙路思治里12号那个顶层上的亭子间被彻底摇散、震毁。我一家三口像老鼠那样找一个洞爬了出来。当我双腿血淋淋地站在洞外，那感觉真像从死神的指缝里侥幸地逃脱出来。转过两天，我向朋友借了一架方形铁盒子般的海鸥牌相机，爬上我那座狼咬狗啃废墟般的破楼，钻进我的房间——实际上已经没有屋顶。我将自己命运所遭遇的惨状拍摄下来，我要记下这一切。我清楚地知道这是我个人独有的经历。这时，突然发现一堵残墙上居然还挂着日历——那蒙满灰土的日历的日子正是地震那一天：1976年7月28日，星期三，丙辰年七月初二。我伸手把它小心地扯下来。如今，它和我当时拍下的照片，已经成了我个人生命史刻骨铭心的珍藏了。

由此，我懂得了日历的意义。它原是我们生命忠实的记录。从"隐形写作"的含义上说，日历是一本日记。它无形地记载我每一天遭遇的、面临的、经受的，以及我本人的应对与所作所为，还有改变我的和被我改变的。

然而人生的大部分日子是重复的——重复的工作与人际，重复的事物与相同的事物都很难被记忆，所以我们的日历大多页码都是黯淡无光的。过后想起来，好似空洞无物。于是，我们就碰到一个非常重要的关于人本的话题——记忆。人因为记忆而厚重、智慧和变得理智。更重要的是，记忆使人变得独特。因为记忆排斥平庸，记忆的事物都是纯粹而深刻个人化的。所有个人都是一个独特的"个案"。记忆很像艺术家，潜在心中，专事刻画我们自己的独特性。你是否把自己这个"独特"看得很重要？广义地说，精神事物的真正价值正是它的独特性，无论是一个人，还是一种文化。记忆依靠载体。一个城市的记忆留在它历史的街区与建筑上，一个人的记忆在他的照片上、物品里、老歌老曲中，也在日历上。

然而，人不能只是被动地去记忆，我们还要用行为去创造记忆。我们要用情感、忠诚、爱心、责任感，以及创造性的劳动去书写每一天的日历，把这一天深深嵌入记忆里。我们不是有能力使自己的人生丰富、充实以及具有深度和分量吗？

所以我写过：

"生活就是创造每一天。"

我还在一次艺术家的聚会中说：

"我们今天为之努力的，都是为了明天的回忆。"

为此，每每到了一年最后的几天，我都不肯再去扯日历。我总把这最后几页保存下来。这可能出于生命的本能。我不愿意把日子花得精光。你一定会笑我，并问我这样就能保存住日子吗？我便把自己在今年日历的最后一页上写的四句诗拿给你看：

岁月何其速，哎呀又一年；

花叶全无迹，存世惟诗篇。

正像保存葡萄最好的方式是把葡萄变为酒，保存岁月最好的方式是致力把岁月变为永存的诗篇或画卷。

现在我来回答文章开始时那个问题：为什么我喜欢日历？因为日历具有生命感。或者说日历叫我随时感知自己的生命并叫我思考如何珍惜它。

2002 年 12 月 28 日

时　光

　　一岁将尽，便进入一种此间特有的情氛中。平日里奔波忙碌，只觉得时间的紧迫，很难感受到"时光"的存在。时间属于现实，时光属于人生。然而到了年终时分，时光的感觉乍然出现。它短促、有限、性急，你在后边追它，却始终抓不到它飘举的衣袂。它飞也似的向着年的终点扎去。等到你真的将它超越，年已经过去，那一大片时光便留在过往不复的岁月里了。

　　今晚突然停电，摸黑点起蜡烛。烛光如同光明的花苞，宁静地浮在漆黑的空间里；室内无风，这光之花苞便分外优雅与美丽；些许的光散布开来，朦胧依稀地勾勒出周边的事物。没有电就没有音乐相伴，但我有比音乐更好的伴侣——思考。

　　可是对于生活最具悟性的，不是思想者，而是普通大众。比如大众俗语中，把临近年终这几天称作"年根儿"，多么真切和形象！它叫我们顿时发觉，一棵本来是绿意盈盈的岁月之树，已被我们消耗殆尽，只剩下一点点根底。时光竟然这样的紧迫、拮据与深浓……

　　一下子，一年里经历过的种种事物的影像全都重叠地堆在眼前。

不管这些事情怎样庞杂与艰辛，无奈与突兀。我更想从中找到自己的足痕。从春天落英缤纷的京都退藏院到冬日小雨空蒙的德尔菲遗址；从重庆荒芜的红卫兵墓到津南那条神奇的蛤蜊堤；从一个会场到另一个会场，一个活动到另一个活动；究竟哪一些足迹至今清晰犹在，哪一些足迹杂沓模糊甚至早被时光干干净净一抹而去？

我瞪着眼前的重重黑影，使劲看去。就在烛光散布的尽头，忽然看到一双眼睛正直对着我，目光冷峻锐利，逼视而来。这原是我放在那里的一尊木雕的北宋天王像，然而此刻他的目光却变得分外有力。它何以穿过夜的浓雾，穿过漫长的八百年，锐不可当、拷问似的直视着任何敢于朝他瞧上一眼的人？显然，是由于八百年前那位不知名的民间雕工传神的本领、非凡的才气；他还把一种阳刚正气和直逼邪恶的精神注入其中。如今那位无名雕工早已了无踪影，然而他那令人震撼的生命精神却保存下来。

在这里，时光不是分毫不曾消逝么？

植物死了，把它的生命留在种子里；诗人离去，把他的生命留在诗句里。

时光对于人，其实就是生命的过程。当生命走到终点，不一定消失得没有痕迹，有时它还会转化为另一种形态存在或再生。母与子的生命的转换，不就在延续着整个人类吗？再造生命，才是最伟大的生命奇迹。而此中，艺术家们应是最幸福的一种。惟有他们能用自己的生命去再造一个新的生命。小说家再造的是代代相传的人物；作曲家再造的是他们那个可以听到的迷人而永在的灵魂。

此刻，我的眸子闪闪发亮，视野开阔，房间里的一切艺术珍品都一点点地呈现。它们不是被烛光照亮，而是被我陡然觉醒的心智召唤出来的。

其实我最清晰和最深刻的足迹，应是书桌下边，水泥的地面上那两个被自己的双足磨成的浅坑。我的时光只有被安顿在这里，它才不会消失，而被我转化成一个个独异又鲜活的生命，以及一行行永不褪色的文字。然而我一年里把多少时光抛入尘嚣，或是支付给种种一闪即逝的虚幻的社会场景。甚至有时属于自己的时光反成了别人的恩赐。检阅一下自己创造的人物吧，掂量他们的寿命有多长。艺术家的生命是用他艺术的生命计量的。每个艺术家都有可能达到永恒，放弃掉的只能是自己。是不是？

迎面那宋代天王瞪着我，等我回答。

我无言以对，尴尬到了自感狼狈。

忽然，电来了，灯光大亮，事物通明，恍如更换天地。刚才那片幽阔深远的思想世界顿时不在，惟有烛火空自燃烧，显得多余。再看那宋代的天王像，在灯光里仿佛换了一个神气，不再那样咄咄逼人了。

我也不用回答他，因为我已经回答自己了。

丁丑腊月廿一日寒夜

逼来的春天

　　那时，大地依然一派毫无松动的严冬景象，土地梆硬，树枝全抽搐着，害病似的打着冷颤；雀儿们晒太阳时，羽毛多开好像绒球，紧挤在一起，彼此借着体温。你呢，面颊和耳朵边儿像要冻裂那样地疼痛……然而，你那冻得通红的鼻尖，迎着凛冽的风，却忽然闻到了春天的气味！

　　春天最先是闻到的。

　　这是一种什么气味？它令你一阵惊喜，一阵激动，一下子找到了明天也找到了昨天——那充满诱惑的明天和同样季节、同样感觉却流逝难返的昨天。可是，当你用力再去吸吮这空气时，这气味竟又没了！你放眼这死气沉沉冻结的世界，准会怀疑它不过是瞬间的错觉罢了，春天还被远远隔绝在地平线之外吧。

　　但最先来到人间的春意，总是被雄踞大地的严冬所拒绝、所稀释、所泯灭。正因为这样，每逢这春之将至的日子，人们会格外的兴奋、敏感和好奇。

　　如果你有这样的机会多好——天天来到这小湖边，你就能亲眼看到冬天究竟怎样退去，春天怎样到来，大自然究竟怎样完成这一年一度起死回生的最奇妙和最伟大的过渡。

但开始时，每瞧它一眼，都会换来绝望。这小湖干脆就是整整一块巨大无比的冰，牢牢实实，坚不可摧；它一直冻到湖底了吧？鱼儿全死了吧？灰白色的冰面在阳光反射里光芒刺目；小鸟从不敢在这寒气逼人的冰面上站一站。

逢到好天气，一连多天的日晒，冰面某些地方会融化成水，别以为春天就从这里开始。忽然一夜寒飙过去，转日又冻结成冰，恢复了那严酷肃杀的景象。若是风雪交加，冰面再盖上一层厚厚雪被，春天真像天边的情人，愈期待愈迷茫。

然而，一天，湖面一处，一大片冰面竟像沉船那样陷落下去，破碎的冰片斜插水里，好像出了什么事！这除非是用重物砸开的，可什么人、又为什么要这样做呢？但除此之外，并没发现任何异常的细节。那么你从这冰面无缘无故的坍塌中是否隐隐感到了什么……刚刚从裂开的冰洞里露出的湖水，漆黑又明亮，使你想起一双因为爱你而无限深邃又默默的眼睛。

这坍塌的冰洞是个奇迹，尽管寒潮来临，水面重新结冰，但在白日阳光的照耀下又很快地融化和洞开。冬的伤口难以愈合。冬的黑子出现了。

冬天与春天的界限是瓦解。

冰的坍塌不是冬的风景，而是隐形的春所创造的第一幅壮丽的图画。

跟着，另一处湖面，冰层又坍塌下去。一个、两个、三个……随后湖面中间闪现一条长长的裂痕，不等你确认它的原因和走向，居然又发现几条粗壮的裂痕从斜刺里交叉过来。开始这些裂痕发白，渐渐变黑，这表明裂痕里已经浸进湖水。某一天，你来到湖边，会止不住出声地惊叫起来，巨冰已经裂开！黑黑的湖水像打开两扇沉重的大门，把一分为二的巨冰推向两旁，终于袒露出自己阔大、光滑而迷人的胸膛……

这期间，你应该在岸边多待些时候。你就会发现，这漆黑而依旧冰冷的湖水泛起的涟漪，柔软又轻灵，与冬日的寒浪全然两样了。那些仍然覆盖湖面的冰层，不再光芒夺目，它们黯淡、晦涩、粗糙和发脏，表面一块块凹下去。有时，忽然咔嚓清脆的一响，跟着某一处，断裂的冰块应声漂移而去……尤其动人的，是那些在冰层下憋闷了长长一冬的大鱼，它们时而激情难捺，猛地蹦出水面，在阳光下银光闪烁打个挺儿，哗啦落入水中。你会深深感到，春天不是由远方来到眼前，不是由天外来到人间；它原是深藏在万物的生命之中的，它是从生命深处爆发出来的，它是生的欲望、生的能源与生的激情。它永远是死亡的背面。惟此，春天才是不可遏制的。它把酷烈的严冬作为自己的序曲，不管这序曲多么漫长。

追逐着凛冽的朔风的尾巴，总是明媚的春光；所有冻凝的冰的核儿，都是一滴春天的露珠；那封闭大地的白雪下边是什么？你挥动大帚，扫去白雪，一准是连天的醉人的绿意……

你眼前终于出现这般景象：宽展的湖面上到处浮动着大大小小的冰块。这些冬的残骸被解脱出来的湖水戏弄着，今儿推到湖这边儿，明日又推到湖那边儿。早来的候鸟常常一群群落在浮冰上，像乘载游船，欣赏着日渐稀薄的冬意。这些浮冰不会马上消失，有时还会给一场春寒冻结在一起，霸道地凌驾湖上，重温昔日威严的梦。然而，春天的湖水既自信又有耐性，有信心才有耐性。它在这浮冰四周，扬起小小的浪头，好似许许多多温和而透明的小舌头，去舔弄着这些渐软渐松渐小的冰块……最后，整个湖中只剩下一块肥皂大小的冰片片了，湖水反而不急于吞没它，而是把它托举在浪波之上，摇摇晃晃，一起一伏，展示着严冬最终的悲哀、无助和无可奈何……终于，它消失了。冬，顿时也消失于天地间。这时你会发现，湖水并不黝黑，而是湛蓝湛蓝。它和天空一样的颜色。

天空是永远宁静的湖水，湖水是永难平静的天空。

春天一旦跨到地平线这边来，大地便换了一番风景，明朗又朦胧。它日日夜夜散发着一种气息，就像青年人身体散发出的气息。清新的、充沛的、诱惑而撩人的，这是生命本身的气息。大地的肌肤——泥土，松软而柔和；树枝再不抽搐，软软地在空中自由舒展，那纤细的枝梢无风时也颤悠悠地摇动，招呼着一个万物萌芽的季节的到来。小鸟们不必再夹开羽毛，个个变得光溜精灵，在高天上扇动阳光飞翔……湖水因为春潮涨满，仿佛与天更近；静静的云，说不清在天上还是在水里……湖边，湿漉漉的泥滩上，那些东倒西歪的去年的枯苇棵里，一些鲜绿夺目、又尖又硬的苇芽，破土而出，愈看愈多，有的地方竟已簇密成片了。你真惊奇！在这之前，它们竟逃过你细心的留意，一旦发现即已充满咄咄的生气了！难道这是一夜春风、一阵春雨或一日春晒，便齐刷刷钻出地面？来得又何其神速！这分明预示着，大自然囚禁了整整一冬的生命，要重新开始新的一轮竞争了。而它们，这些碧绿的针尖一般的苇芽，不仅叫你看到了崭新的生命，还叫你深刻地感受到生命的锐气、坚忍、迫切，还有生命和春的必然。

1994 年 3 月

苦　夏

　　这一日，终于撂下扇子。来自天上干燥清爽的风，忽吹得我衣飞举，并从袖口和裤管钻进来，把周身滑溜溜地抚动。我惊讶地看着阳光下依旧夺目的风景，不明白数日前那个酷烈非常的夏天突然到哪里去了。

　　是我逃遁似的一步跳出了夏天，还是它就像七六年的"文革"那样——在一夜之间崩溃？

　　身居北方的人最大的福分，便是能感受到大自然的四季分明。我特别能理解一位新加坡朋友，每年冬天要到中国北方住上十天半个月，否则会一年里周身不适。好像不经过一次冷处理，他的身体就会发酵。他生在新加坡，祖籍中国河北；虽然人在"终年都是夏"的新加坡长大，血液里肯定还执着地潜在着大自然四季的节奏。

　　四季是来自于宇宙的最大的拍节。在每一个拍节里，大地的景观便全然变换与更新。四季还赋予地球以诗，故而悟性极强的中国人，在四言绝句中确立的法则是：起，承，转，合。这四个字恰恰就是四季的本质。起始如春，承续似夏，转变若秋，合拢为冬。合在一起，不正是地球生命完整的一轮？为此，天地间一切生命全都依从着这一拍节，无论岁岁枯荣与生死的花草百虫，还是长命百岁的漫漫人生。然而在这生命的四季里，最壮美和最热烈的不就是这长长的夏么？

女人们孩提时的记忆散布在四季，男人们的童年往事大多是在夏天里。这由于，我们儿时的伴侣总是各种各样的虫豸。蜻蜓、天牛、蚂蚱、螳螂、蝴蝶、蝉、蚂蚁、蚯蚓，此外还有青蛙和鱼儿。它们都是夏日生活的主角；每种虫豸都给我们带来无穷的快乐。甚至我对家人和朋友们记忆最深刻的细节，也都与虫豸有关。比如妹妹一见到壁虎就发出一种特别恐怖的尖叫，比如邻家那个斜眼的男孩子专门残害蜻蜓，比如同班一个最好看的女生头上花形的发卡，总招来蝴蝶落在上边；再比如，父亲睡在铺了凉席的地板上，夜里翻身居然压死了一只蝎子。这不可思议的事使我感到父亲的无比强大。后来父亲挨斗，挨整，写检查；我劝慰和宽解他，怕他自杀，替他写检查——那是我最初写作的内容之一。这时候父亲那种强大感便不复存在。生活中的一切事物，包括夏天的意味全都发生了变化。

在快乐的童年里，根本不会感到蒸笼般夏天的难耐与难熬。惟有在此后艰难的人生里，才体会到苦夏的滋味。快乐把时光缩短，苦难把岁月拉长，一如这长长的仿佛没有尽头的苦夏。但我至今不喜欢谈自己往日的苦楚与磨砺。相反，我却从中领悟到"苦"字的分量。苦，原是生活中的蜜。人生的一切收获都压在这沉甸甸的苦字的下边。然而一半的苦字下边又是一无所有。你用尽平生的力气，最终所获与初始时的愿望竟然去之千里。你该怎么想？

于是我懂得了这苦夏——它不是无尽头的暑热的折磨，而是我们顶着毒日头默默又坚忍的苦斗的本身。人生的力量全是对手给的，那就是要把对手的压力吸入自己的骨头里。强者之力最主要的是承受力。只有在匪夷所思的承受中才会感到自己属于强者，也许为此，我的写作一大半是在夏季。很多作家包括普希金不都是在爽朗而惬意的秋天里开花结果？我却每每进入炎热的夏季，反而写作力加倍的旺盛。我想，这一定是那些沉重的人生的苦夏，锻造出我这个反常的性格习惯。我太熟悉那种写作久了，汗湿的胳膊粘在书桌玻璃上的美妙无比的感觉。

在维瓦尔第的《四季》中，我常常只听"夏"的一章。它使我激动，胜过春之蓬发、秋之灿烂、冬之静穆。友人说"夏"的一章，极尽华丽之美。我说我从中感受到的，却是夏的苦涩与艰辛，甚至还有一点儿悲壮。友人说，我在这音乐情境里已经放进去太多自己的故事。我点点头，并告诉他我的音乐体验。音乐的最高境界是超越听觉；不只是它给你，更是你给它。

年年夏日，我都会这样体验一次夏的意义，从而激情迸发，心境昂然。一手撑着滚烫的酷暑，一手写下许多文字来。

今年我还发现，这伏夏不是被秋风吹去的，更不是给我们的扇子轰走的——

夏天是被它自己融化掉的。

因为，夏天的最后一刻，总是它酷热的极致。我明白了，它是耗尽自己的一切，才显示出夏的无边的威力。生命的快乐是能量淋漓尽致地发挥。但谁能像它这样，用一种自焚的形式，创造出这火一样辉煌的顶点？

于是，我充满了夏之崇拜！我要一连跨过眼前的辽阔的秋、悠长的冬和遥远的春，再一次邂逅你，我精神的无上境界——苦夏！

1999 年 8 月　天津

秋天的音乐

你每次上路出远门千万别忘记带上音乐，只要耳朵里有音乐，你一路上对景物的感受就全然变了。它不再是远远待在那里、无动于衷的样子，在音乐撩拨你心灵的同时，也把窗外的景物调弄得易感而动情。你被种种旋律和音响唤起的丰富的内心情绪，这些景物也全部神会地感应到了，它还随着你的情绪奇妙地进行自我再造。你振作它雄浑，你宁静它温存，你伤感它忧患，也许同时还给你加上一点人生甜蜜的慰藉，这是真正知友心神相融的交谈……河湾、山脚、烟光、云影、一草一木，所有细节都浓浓浸透你随同音乐而流动的情感，甚至一切都在为你变形，一幅幅不断变换地呈现出你心灵深处的画面。它使你一下子看到了久藏心底那些不具体、不成形、朦胧模糊或被时间湮没了的感受，于是你更深深坠入被感动的漩涡里，享受这画面、音乐和自己灵魂三者融为一体的特殊感受……

秋天十月，我松松垮垮套上一件粗线毛衣，背个大挎包，去往东北最北部的大兴安岭。赶往火车站的路上，忽然发觉只带了录音机，却把音乐磁带忘记在家，恰巧路过一个朋友的住处，他是音乐迷，便

17

跑进去向他借。他给我一盘说是新翻录的，都是"背景音乐"。我问他这是什么曲子，他怔了怔，看我一眼说：

"秋天的音乐。"

他多半随意一说，搪塞我。这曲名，也许是他看到我被秋风吹得松散飘扬的头发，灵机一动得来的。

火车一出山海关，我便戴上耳机听起这秋天的音乐。开端的旋律似乎熟悉，没等我怀疑它是不是真正地描述秋天，下巴发懒地一蹭粗软的毛衣领口，两只手搓一搓，让干燥的凉手背给湿润的热手心舒服地摩擦摩擦，整个身心就进入秋天才有的一种异样温暖甜醉的感受里了。

我把脸颊贴在窗玻璃上，挺凉，带着享受的渴望往车窗外望去，秋天的大自然展开一片辉煌灿烂的景象。阳光像钢琴明亮的音色洒在这收割过的田野上，整个大地像生过婴儿的母亲，幸福地舒展在开阔的晴空下，躺着，丰满而柔韧的躯体！从麦茬里裸露出浓厚的红褐色是大地母亲健壮的肤色；所有树林都在炎夏的竞争中把自己的精力膨胀到头，此刻自在自如地伸展它优美的枝条；所有金色的叶子都是它的果实，一任秋风翻动，煌煌夸耀着秋天的富有。真正的富有感，是属于创造者的；真正的创造者，才有这种潇洒而悠然的风度……一只鸟儿随着一个轻扬的小提琴旋律腾空飞起，它把我引向无穷纯净的天空。任何情绪一入天空便化作一片博大的安寂。这愈看愈大的天空有如伟大哲人恢弘的头颅，白云是他的思想。有时风云交会，会闪出一道智慧的灵光，响起一句警示世人的哲理。此时，哲人也累了，沉浸在秋天的松弛里。它高远，平和，神秘无限。大大小小、松松散散的云彩是他思想的片断，而片断才是最美的，无论思想还是情感……这千形万状精美的片断伴同空灵的音响，在我眼前流过，还在阳光里洁白耀眼。那乘着小提琴旋律的鸟儿一直钻向云天，愈高愈小，最后变成一个极小的黑点儿，忽然噗地扎入一个巨大、蓬松、发亮的云团……

我陡然想起一句话：

"我一扑向你，就感到无限温柔呵。"

我还想起我的一句话：

"我睡在你的梦里。"

那是一个清明的早晨，在实实在在酣睡一夜醒来时，正好看见枕旁你朦胧的、散发着香气的脸说的。你笑了，就像荷塘里、雨里、雾里悄然张开的一朵淡淡的花。

接下去的温情和弦，带来一片疏淡的田园风景。秋天消解了大地的绿，用它中性的调子，把一切色泽调匀。和谐又高贵，平稳又舒畅，只有收获过了的秋天才能这样静谧安详。几座闪闪发光的麦秸垛，一缕银蓝色半透明的炊烟，这儿一棵那儿一棵怡然自得站在平原上的树，这儿一只那儿一只慢吞吞吃草的杂色的牛。在弦乐的烘托中，我心底渐渐浮起一张又静又美的脸。我曾经用吻，像画家用笔那样勾勒过这张脸：轮廓、眉毛、眼睛、嘴唇……这样的勾画异常奇妙，无形却深刻地记住。你嘴角的小涡、颤动的睫毛、鼓脑门和尖俏下巴上那极小而光洁的平面……近景从眼前疾掠而过，远景跟着我缓缓向前，大地像唱片慢慢旋转，耳朵里不绝地响着这曲人间牧歌。

一株垂死的老树一点点走进这巨大唱片的中间来。它的根像唱针，在大自然深处划出一支忧伤的曲调。心中的光线和风景的光线一同转暗，即使一湾河水强烈的反光，也清冷，也刺目，也凄凉。一切阴影都化为行将垂暮秋天的愁绪；萧疏的万物失去往日共荣的激情，各自挽着生命的孤单；篱笆后一朵迟开的小葵花，像你告别时在人群中的最后一次招手，跟着被轰隆隆前奔的列车甩到后边……春的萌动、颤栗、骚乱，夏的喧闹、蓬勃、繁华，全都销匿而去，无可挽回。不管它曾经怎样辉煌，怎样骄傲，怎样光芒四射，怎样自豪地挥霍自己的精力与才华，毕竟过往不复。人生是一次性的；生命以时间为载体，这就决定人类以死亡为结局的必然悲剧。谁能把昨天和前天追回来，哪怕再经受一次痛苦的诀别也是幸福，还有那做过许多傻事的童年，年轻的母亲和初恋的梦，都与这老了的秋天去之遥远了。一种浓重的忧伤混同音乐漫无边际地散开，渲染着满目风光。我忽然想喊，想叫这列车停住，倒回去！

突然，一条大道纵向冲出去，黄昏中它闪闪发光，如同一支号角嘹亮吹响，声音唤来一大片拔地而起的森林，像一支金灿灿的铜管乐队，奏着庄严的乐曲走进视野。来不及分清这是音乐还是画面变换的缘故，心境陡然一变，刚刚的忧愁一扫而光。当浓林深处一棵棵依然葱绿的幼树晃过，我忽然醒悟，秋天的凋谢全是假象！

它不过在寒飙来临之前把生命掩藏起来，把绿意埋在地下，在冬日的雪被下积蓄与浓缩，等待下一个春天里，再一次加倍地挥洒与铺张！远远山坡上，坟茔在夕照里像一堆火，神奇又神秘，它那里是埋葬的一具尸体或一个孤魂？既然每个生命都在创造了另一个生命后离去，什么叫作死亡？死亡，不仅仅是一种生命的转换、旋律的变化、画面的更迭吗？那么世间还有什么比死亡更庄严、更神圣、更迷人！为了再生而奉献自己的伟大的死亡啊……

秋天的音乐已如圣殿的声音；这壮美崇高的轰响，把我全部身心都裹住、都净化了。我惊奇地感觉自己像玻璃一样透明。

这时，忽见对面坐着两位老人，正在亲密交谈。残阳把他俩的脸晒得好红，条条皱纹都像画上去的那么清楚。人生的秋天！他们把自己的青春年华、所有精力为这世界付出，连同头发里的色素也将耗尽，那满头银丝不是人间最值得珍惜的么？我瞧着他俩相互凑近、轻轻谈话的样子，不觉生出满心的爱来，真想对他俩说些美好的话。我摘下耳机，未及开口，却听他们正议论关于单位里上级和下级的事，哪个连着哪个，哪个与哪个明争暗斗，哪个不可靠和哪个更不可靠，哪个是后患而必须……我惊呆了，以致再不能听下去，赶快重新戴上耳机，打开音乐，再听，再放眼窗外的景物。奇怪！这一次，秋天的音乐，那些感觉，全没了。

"艺术原本是欺骗人生的。"

在我返回家，把这盘录音带送还给我那朋友时，把这话告他。

他不知道我为何得到这样的结论，我也不知道他为何对我说：

"艺术其实是安慰人生的。"

1989 年 4 月 28 日

冬日絮语

    每每到了冬日，才能实实在在触摸到岁月。年是冬日中间的分界。有了这分界，便在年前感到岁月一天天变短，直到残剩无多！过了年忽然又有大把的日子，成了时光的富翁，一下子真的大有可为了。

    岁月是用时光来计算的。那么时光又在哪里？在钟表上，日历上，还是行走在窗前的阳光里？

    窗子是房屋最迷人的镜框，节候变换着镜框里的风景。冬意最浓的那些天，屋里的热气和窗外的阳光一起努力，将冻结在玻璃上的冰雪融化；它总是先从中间化开，向四边蔓延。透过这美妙的冰洞，我发现原来严冬的世界才是最明亮的。那一如人的青春的盛夏，总有荫影遮翳，葱茏却幽暗。小树林又何曾有这般光明？我忽然对老人这个概念生了敬意。只有阅尽人生，脱净了生命年华的叶子，才会有眼前这小树林一般明澈。只有这彻底的通彻，才能有此无边的安宁。安宁不是安寐，而是一种博大而丰实的自享。世中惟有创造者所拥有的自享才是人生真正的幸福。

    朋友送来一盆香棒，放在我的窗台上说："看吧，多漂亮的大叶子！"

这叶子像一只只绿色光亮的大手，伸出来，叫人欣赏。逆光中，它的叶筋舒展着舒畅又潇洒的线条。一种奇特的感觉出现了！严寒占据窗外，丰腴的春天却在我的房中怡然自得。

自从有了这盆香棒，我才发现我的书房竟有如此灿烂的阳光。它照进并充满每一片叶子和每一根叶梗，把它们变得像碧玉一样纯净、通亮、圣洁。我还看见绿色的汁液在通明的叶子里流动。这汁液就是血液。人的血液是鲜红的，植物的血液是碧绿的，心灵的血液是透明的，因为世界的纯洁来自于心灵的透明。但是为什么我们每个人都说自己纯洁，而整个世界却仍旧一片混沌呢？

我还发现，这光亮的叶子并不是为了表示自己的存在，而是为了证实阳光的明媚、阳光的魅力、阳光的神奇。任何事物都同时证实着另一个事物的存在。伟大的出现说明庸人的无所不在；分离愈远的情人，愈显示了他们的心丝毫没有分离；小人的恶言恶语不恰好表达你的高不可攀和无法企及吗？而骗子无法从你身上骗走的，正是你那无比珍贵的单纯。老人的生命愈来愈短，还是他生命的道路愈来愈长？生命的计量，在于它的长度，还是宽度与深度？

冬日里，太阳环绕地球的轨道变得又斜又低。夏天里，阳光的双足最多只是站在我的窗台上，现在却长驱直入，直射在我北面的墙壁上。一尊唐代的木佛一直伫立在阴影里沉思，此刻迎着一束光芒无声地微笑了。

阳光还要充满我的世界，它化为闪闪烁烁的光雾，朝着四周的阴暗的地方浸染。阴影又执着又调皮，阳光照到哪里，它就立刻躲到光的背后。而愈是幽暗的地方，愈能看见被阳光照得晶晶发光的游动的尘埃。这令我十分迷惑：黑暗与光明的界线究竟在哪里？黑夜与晨曦的界线呢？来自于早醒的鸟第一声的啼叫吗……这叫声由于被晨露滋润而异样地清亮。

但是，有一种光可以透入幽闭的暗处，那便是从音箱里散发出来的闪光的琴音。鲁宾斯坦的手不是在弹琴，而是在摸索你的心灵；他还用手思索，用手感应，用手触动色彩，用手试探生命世界最敏感的悟性……琴音是不同的亮色，它们像明明灭灭、强强弱弱的光束，散布在空间！那些旋律片断好似一些金色的鸟，扇着翅膀，飞进布满阴影的地方。有时，它会在一阵轰响里，关闭了整个地球上的灯或者创造出一个辉煌夺目的太阳。我便在一张寄给远方的失意朋友的新年贺卡上，写了一句话：

"你想得到的一切安慰都在音乐里。"

冬日里最令人莫解的还是天空。

盛夏里，有时乌云四合，那即将被峥嵘的云吞没的最后一块蓝天，好似天空的一个洞，无穷的深远。而现在整个天空全成了这样，在你头顶上无边无际地展开！空阔、高远、清澈、庄严！除去少有的飘雪的日子，大多数时间连一点点云丝也没有，鸟儿也不敢飞上去，这不仅由于它冷冽寥廓，而且因为它大得……大得叫你一仰起头就感到自己的渺小。只有在夜间，寒空中才有星星闪烁。这星星是宇宙间点灯的驿站。万古以来，是谁不停歇地从一个驿站奔向下一个驿站？为谁送信？为了宇宙间那一桩永恒的爱吗？

我注视着冬天在大地上的脚步，看看它究竟怎样一步步，沿着哪个方向一直走到春天。

1995 年 12 月 28 日一稿

1996 年 1 月 18 日二稿

小雨入端午

今日进入端午假日，醒来很早，起身坐在我的"心居"，身闲气舒意定神足。我这心居，不是斋号，乃是在阳台一角搭个棚屋，屋里屋外栽些花草藤蔓，屋间放置老家的绿茶、好吃的零食、有弹性的藤椅和心爱的木狮铁佛陶罐石砚等。这是一己的私人角落。平日在外边跑累了，回来坐在这里聚聚气力，抑或有什么未了的思考，便到这里舒展一下脑袋里的翅膀。

今日，我特意在那个木雕花架上挂了几件艳丽五彩的小物件——丝线粽子。这种端午特有的吉祥小品，给花架上青翠又蓬松的蜈蚣草一衬，端午的气息油然而生。其实，过这种古老的节日，不必太刻意表达什么深刻的精神内涵，随性而自然地享受一下传统情味就是了。

小雨从昨晚就来到我的城市里，此刻依旧未走。雨太小，看不到零零落落的雨点，却见屋外边绿叶被雨点敲得一动一动。

眼瞧着这优美地悬垂着的丝线粽子，悠悠地想起一件相关的老事：

念小学的时候，每逢端午佳节，都是班上同学们缠丝线粽子的一次热潮。大家先用硬纸叠成小小的粽子壳，然后使五彩丝线一道道缠起来，缠的过程中不断改变颜色，最后缠成一个个五彩纷呈却各不相同的小粽子来。这原本是课堂上老师教的一种节日手工，由于大家喜爱，课间休息时也缠，下课后不回家还缠。丝线粽子最大的魅力是，颜色完全任由自己搭配，所以每个人都想缠出一个特别又好看的丝线粽子，向别人显摆。于是，弄得教室满地都是彩色线头，做卫生可就费劲了，那些花花绿绿的小线头一扫全绕在扫帚上，得使好大劲才能择干净。

缠粽子的丝线都是同学们从家里带来的。那时代母亲们在家都做针线，各色丝线家家都有，关键看谁配色好，想法出奇。

我的班上有一个女生，叫徐又芳——那时的孩子名字都是三个字，大概与家族的字辈有关。记得她个子高，短发，衣着很旧，据说她家里穷，家里没有好看的丝线，就从地上拾别人扔的线头来缠；可是她心细手巧，虽然拾的线头很短，但缠出的粽子反而色彩十分复杂和丰富，斑斓又精细，超过了所有的人。我向她借一个拿回家给母亲看，母亲也连连称赞说，这种缠法要每缠一道线换一个颜色，太难了。我说她的线都很短，只能缠一道，因为她的线是从地上拾的。母亲说这孩子太可怜了，便用一个木线轴缠了各色的丝线，叫我带给她。

要命的是那时我太不懂事。丰子恺说："孩子的目光是直线的。"其实孩子的一切都是直线的。转天我到班上，把线轴给她，真心对她说："我母亲说你太可怜了，叫我把这线给你。"

我以为她会高兴，谁料她脸色立刻变得很不好看，只说一句："我不要！"似乎很生气，转身就走，从此便不大搭理我了，一直到小学毕业各自东西；以后再没有见到她。这个带着对我的误解却无法接受我歉意的女孩如今在哪里？

我当时不明白她何以会那样气愤，后来明白了：

别人的自尊是绝不能伤害的。

哪怕是不经意的伤害。伤人自尊，那会是一种很深的伤害。

这事过了差不多六十年。虽然平时不会记起，但每逢端午悬挂丝线粽子时都会想起来。原来它深深地记在我的端午的情结里，一年一度提醒着我。

写到此处，小雨似停，天光渐明，外边的朱花碧草像洗过澡一样鲜亮。

2013 年 6 月 10 日

夕照透入书房

我常常在黄昏时分，坐在书房里，享受夕照穿窗而入带来的那一种异样的神奇。

此刻，书房已经暗下来。到处堆放的书籍文稿以及艺术品重重叠叠地隐没在阴影里。

暮时的阳光，已经失去了白日里的咄咄逼人；它变得很温和，很红，好像一种橘色的灯光，不管什么东西给它一照，全都分外的美丽。首先是窗台上那盆已经衰败的藤草，此刻像镀了金一样，蓬勃发光；跟着是书桌上的玻璃灯罩，亮闪闪的，仿佛打开了灯；然后，这一大片橙色的夕照带着窗棂和外边的树影，斑斑驳驳投射在东墙那边一排大书架上。阴影的地方书皆晦暗，光照的地方连书脊上的文字也看得异常分明。《傅雷文集》的书名是烫金的，金灿灿放着光芒，好像在骄傲地说："我可以永存。"

怎样的事物才能真正地永存？阿房宫和华清池都已片瓦不留，李杜的名句和老庄的格言却一字不误地镌刻在每个华人的心里。世上延绵最久的还是非物质的——思想与精神。能够准确地记忆思想的只有文字。所以说，文字是我们的生命。

当夕阳移到我的桌面上，每件案头物品都变得妙不可言。一尊苏格拉底的小雕像隐在暗中，一束细细的光芒从一丛笔杆的缝隙中穿过，停在他的嘴唇之间，似乎想撬开他的嘴巴，听一听这位古希腊的哲人对如今这个混沌而荒谬的商品世界的醒世之言。但他口含夕阳，紧闭着嘴巴，一声不吭。

昨天的哲人只能解释昨天，今天的答案还得来自今人。这样说来，一声不吭的原来是我们自己。

陈放在桌上的一块四方的镇尺最是离奇。这个镇尺是朋友赠送给我的。它是一块纯净的无色玻璃，一条弯着尾巴的小银鱼被铸在玻璃中央。当阳光彻入，玻璃非但没有反光，反而由于纯度过高而消失了，只有那银光闪闪的小鱼悬在空中，无所依傍。它瞪圆眼睛，似乎也感到了一种匪夷所思。

一只蚂蚁从阴影里爬出来，它走到桌面一块阳光前，迟疑不前，几次刚把脑袋伸进夕阳里，又赶紧缩回来。它究竟畏惧这奇异的光明，还是习惯了黑暗？黑暗总是给人一半恐惧，一半安全。

人在黑暗外边感到恐惧，在黑暗里边反倒觉得安全。

夕阳的生命是有限的。它在天边一点点沉落下去，它的光却在我的书房里渐渐升高。短暂的夕照大概知道自己大限在即，它最后抛给人间的光芒最依恋也最夺目。此时，连我的书房的空气也是金红的。定睛细看，空气里浮动的尘埃竟然被它照亮。这些小得肉眼刚刚能看见的颗粒竟被夕阳照得极亮极美，它们在半空中自由、无声和缓缓地游弋着，好像徜徉在宇宙里的星辰。这是惟夕阳才能创造的境象——它能使最平凡的事物变得无比神奇。

在日落前的一瞬，夕阳残照已经挪到我书架最上边的一格。满室皆暗，只有书架上边无限明媚。那里摆着一只河北省白沟的泥公鸡，雪白的身子，彩色翅膀，特大的黑眼睛，威武又神气。这个北方著名的泥玩具之乡，至少有千年的历史，但如今这里已经变为日用小商品的集散地，昔日那些浑朴又迷人的泥狗泥鸡泥人全都了无踪影。可是此刻，这个幸存下来的泥公鸡，不知何故，对着行将熄灭的夕阳张嘴大叫。我的心已经听到它凄厉的哀鸣。这叫声似乎也感动了夕阳。一瞬间，高高站在书架上端的泥公鸡竟被这最后的阳光照耀得夺目和通红，好似燃烧了起来。

2005 年 11 月 28 日

除夕情怀

除夕是一年的最后一天，最后一个夜晚，是一岁中剩余的一点短暂的时光。时光是留不住的，不管我们怎么珍惜它，它还是一天天在我们的身边烟消云散。古人不是说过"黄金易得，韶光难留"吗？所以在这一年最后的夜晚，要用"守岁"——也就是不睡觉，眼巴巴守着它——来对上天恩赐的岁月时光以及眼前这段珍贵的生命时间表示深切的留恋。

除夕是中国人最具生命情感的日子。所以此时此刻一定要和自己有着血缘关系的亲人团聚一起。首先是生养自己的父母。陪伴老人过年，有如依偎着自己生命的根与源头，再有便是和同一血缘的一家人枝叶相拥，温习往昔，尽享亲情。记得有人说："过年不就是一顿鸡鸭鱼肉的年夜饭吗？现在大天鸡鸭鱼肉，年还用过吗？"其实过年并不是为了那一顿美餐，而是团圆。只不过先前中国人太穷，便把平时稀罕的美食当作一种幸福，加入到这个人间难得的团聚中。现在鸡鸭鱼肉司空见惯了，团圆却依然是人们的愿望年的主题。腊月里到火车站或机场去看看声势浩大的春运吧。世界上哪个国家会有一亿人同时返乡，不都要在除夕那天赶到家去？他们到底为了吃年夜饭还是为了团圆？

此刻，我想起关于年夜饭的一段往事——

一年除夕，家里筹备年夜饭，妻子忽说："哎哟，还没有酒呢。"我说："我忙的都是什么呀，怎么把最要紧的东西忘了！"

酒是餐桌上的仙液。这一年一度的人间的盛宴哪能没有酒的助兴、没有醉意？我忙披上棉衣，围上围巾，蹬上自行车去买酒。家里人平时都不喝酒，一瓶葡萄酒——哪怕是果酒也行。

车行街上，天完全黑了，街两旁高高低低的窗子都亮着灯。一些人家开始吃年夜饭了，性急的孩子已经噼噼啪啪点响鞭炮。但是商店全上了门板，无处买到酒，我却不死心，无论如何也不能让这顿年夜饭没有酒。车子一路骑下去，一直骑到百货大楼后边那条小街上，忽见道边一扇小窗亮着灯，里边花花绿绿，分明是个家庭式的小杂货铺。我忙跳下车，过去扒窗一瞧，里边的小货架上天赐一般摆着几瓶红红的果酒，大概是玫瑰酒吧。踏破铁鞋终于找到它了！我赶紧敲窗玻璃，里边出现一张胖胖的老汉的脸，他不开窗，只朝我摇手；我继续敲窗，他隔窗朝我叫道："不卖了，过年了！"我一急，对他大叫："我就差一瓶酒了。"谁料他听罢，怔了一下，唰地拉开小小的窗子，里边热乎乎混着炒菜味道的热气扑面而来，跟着一瓶美丽的红酒梦幻般地摆在我的面前。

我付了钱，对他千恩万谢之后，把酒揣在怀里贴身的地方，我怕把酒摔了，然后飞快地一口气骑车到家。刚才把酒揣进怀里时酒瓶很凉，现在将酒从怀间抽出时，光溜溜的酒瓶竟被身体焐得很温暖。

当晚这瓶廉价的果酒把一家人扰得热乎乎，我却还在感受着刚才那位老汉把酒啪地放在我面前的感觉。他怎么知道我那时为年夜饭缺一瓶酒时急切的心情？很简单——因为那是人们共有的年的情怀。

于是我又想起，一年的年根在火车站上。车厢里人满为患，连走道上也人贴着人地站着。从车门根本挤不上去，有人就从车窗往里爬。我看一个年轻人，半个身子已经爬进车窗，车里的熟人往里拉他，站台上工作人员往外拽他。双方都在使劲，这年轻人拼命地往车里挣扎。就在这时候，忽然站台上的人不拉了，反倒笑嘻嘻把他推上去。我想，要是在平时，站台的工作人员绝不会把他推上去，但此时此刻为什么这样做？为了帮他回家过年。

年，真的是太美好的节日、太好的文化了。在这种文化氛围里，人人无需沟通，彼此心灵相应。正为此，除夕之夜千家万户燃起的烟花，才在寒冷的夜空中交相辉映，呈现出普天同庆的人间奇观。也正为此，那风中飘飞的吊钱，大门上斗大的福字，晶莹的饺子，感恩于天地与先人的香烛，风雪沙沙吹打的灯笼和人人从心中外化出来的笑容，才是这除夕之夜最深切的记忆。

除夕是中国人用共同的生活理想创造出来——并以各自的努力实现的现实。

2008 年春节

年夜思

民间有些话真是意味无穷，比如"大年根儿"。一年的日子即将用尽，就好比一棵树，最后只剩一点根儿——每每说到这话的时候，便会感受到岁月的空寥，还有岁月的深浓。我总会去想，人生的年华，到底是过一天少一天，还是过一天多一天？

今年算冷够劲儿了。绝迹多年的雪挂与冰柱也都奇迹般地出现。据说近些年温温吞吞的暖冬是厄尔尼诺之所为；而今年大地这迷人的银装素裹则归功于拉尼娜。听起来，拉尼娜像是女性的称呼，厄尔尼诺却似男性的名字。看来，女性比起男性总是风情万种。在这久违的大雪里，没有污垢与阴影，夜空被照得发亮，那些点灯的窗子充满金色而幽深的温暖。只有在这种浓密的大雪中的年，才更有情味。中国人的年是红色的，与喜事同一颜色。人间的红和大自然的银白相配，是年的标准色。那飞雪中飘舞的红吊钱，被灯笼的光映红了的雪，还有雪地上一片片分外鲜红的鞭炮碎屑，深深嵌入我们儿时对年的情感里。

旧时的年夜主要是三个节目。一是吃年饭，一是更岁交子时燃放烟花爆竹，一是熬夜。儿时的我，首先热衷的自然是鞭炮。那时我住在旧英租界的大理道，鞭炮都是父亲遣人到宫北大街的炮市上去买，用三轮运回家。我怀里抱着那种心爱的彩色封皮的"炮打双灯"，自然瞧不见打扮得花枝招展而得意洋洋的姐姐和妹妹们。至于熬夜，年年都是信誓旦旦，说非要熬到天明，结果年年都是在噼噼啪啪的鞭炮声里，不胜困乏，眼皮打架，连怎么躺下、脱鞋和脱衣也不知道。早晨睁眼，一个通红的大红苹果就在眼前，由于太近而显得特别大。那是老时候的例儿，据说年夜里放个苹果在孩子枕边，可以保平安。

在儿时，我从来没把年夜饭看得特别非凡。只以为那顿饭菜不过更丰盛些罢了。可是轮到我自己成人又成家，身陷生活与社会的重围里，年饭就渐渐变得格外的重要了。

每到年根儿，主要的事就是张罗这顿年饭。七十年代的店铺还没有市场观念，卖主是上帝。冻鸡冻鸭以及猪头都扔在店门外的地上。猪的"后座"是用铡刀切着卖；冻成大方坨子的带鱼要在马路上摔开。做年饭的第一项大工程，是要费很大的力气把这些带着原始气息的荤腥整理出来。记忆中的年饭是一碗炖肉，两碟炒菜，还有炸花生，松花蛋，凉拌海蜇和妻子拿手的辣黄瓜皮——当然每样都是一点。此外还有一样必不可少的，那是一只我们宁波人特有的红烧鸭子，但在七十年代吃这种鸭子未免奢侈，每年只能在年饭中吃到一次。这样一顿年饭，在当时可以说达到了生活的极致。几千年来，中国人的年饭一直是中国社会经济状况的最真实的上限的"水位"。我说的中国人当然是指普通百姓，绝不是官宦人家。年的珍贵，往往就是因为人们把生活的企望实现在此时的饭桌上。那些岁月，年就是人生中一年一度用尽全力来实现出来的生活的理想啊！平日里把现实理想化，过年时把理想现实化。这是中国人对年的一个伟大的创造。

然而，这年饭还有更深的意义。由于年饭是团圆饭，就是这顿年饭，召唤着天南海北的家庭成员，一年一次地聚在一起。为了重温昨日在一起时的欢乐，还是相互祝愿在海角天涯都能前程无碍和人寿年丰？此刻杯中的酒，碗里的菜，都是添加的一种甜蜜蜜的黏合剂罢了。那时，父亲在世，年年都去他家，钻进他的阴暗的小屋，陪他吃年饭。他那时挨整，每天的惩罚是打扫十三个厕所，冬天里便池结冰，就要动手去清理。据说，"打扫厕所就是打扫自己脑袋里的思想"。于是我们的年饭就有了另一层意愿——叫他暂时忘了现实！可是我们很难使他开心地笑起来。有时一笑，好似痉挛，反倒不如不笑为好。父亲这奇特而痛苦的表情就被我收藏在关于年的记忆中，每年的年夜都会拿出来看一看。

旧时中国人的年，总是要请诸神下界。那无非是人生太苦，想请神仙们帮一帮人间的忙。但人们真的相信有哪位神仙会伸手帮一下吗？中国人在长期封建桎梏中的生存方式是麻痹自己。1967年我给我那时居住的八平米的小屋起名字叫宽斋。宽是心宽，这是对自己的一种宽慰；宽也是从宽，这是对那个残酷的时代的一种可怜的痴望。但起了这名字之后我的一段生活反倒像被钳子死死钳住了一样。记得那年午夜放炮时，炸伤了右手的虎口，以致很长时候不能握笔。

我有时奇怪，像旧时的年，不过吃一点肉、放几个炮，但人们过年怎么会有这么大的劲头？那时没有电视春节晚会，没有新春音乐会和新商品展销，更没有全家福大餐。可是今天有了这一切，为什么竟埋怨年味太淡？我们怀念往日的年味，可是如果真的按照那种方式过一次年，一定会觉得它更加空洞乏味了吧！

我想，这是不是因为我们一直误解了年？

我们总以为年是大吃大喝。这种认识的反面便是，有吃有喝之后，年就没什么了。其实，吃喝只是一种载体，更重要的是年赋予它的意义。比如吃年饭时的团圆感、亲情、孝心，以及对美好未来的希冀与祝愿。正为此，愈是缺憾的时候，渴望才来得更加强烈。年是被一种渴望撑大的。那么，年到底是精神的，还是物质的？当然它首先是精神的！它绝不是民族年度的服装节与食品节，而是我们民族一年一度的生活情感的大爆发，是以家庭为单位的大团聚，是现实梦想的大表现。正因为这样，年由来已久，年永世不绝。只要我们对生活的向往与追求紧拥不弃，年的灯笼就一定会在大年根儿红红地照亮。

写到此处，忽有激情迸发，奔涌笔端，急忙展纸，挥笔成句，曰：

玉兔已乘百年去，青龙又驾千岁来。

风光铺满前程地，鲜花随我一路开。

一时写得水墨淋漓，锋毫飞扬，屋内灯烛正明，窗外白雪倍儿亮。心无块垒，胸襟浩荡是也。

庚辰春节于津门醒夜轩

马年的滋味

龙年颂龙，猴年夸猴，牛年赞牛，马年呢？友人说，你脱脱俗套说点真实的吧，你属马，也最知马年的滋味。

我回头一看，倏忽已过了五个马年。咀嚼一下，每个本命年的滋味竟然全不一样。

我的第一个马年是1942年，我出生。本来母亲先怀了一个孩子，不料小产了，不久就怀上我，倘若那孩子——据说也是个男孩子——"地位稳固"，便不会有我。我的出生乃是一种幸中之幸。第一个马年里我一落地，就是匹幸运之马。

第二个马年是1954年，我十二岁。这一年天下太平。世界上没有大战争，吾国没有政治运动。我一家人没病没灾没祸没有意外的不幸。今天回忆起那个马年来，每一天都是笑容。我则无忧无虑地踢球、钓鱼、捉蟋蟀、爬房、画画，钻到对门大院内去偷摘苹果，并且第一次感觉到邻桌的女孩有种动人的香味。这个马年我是快乐之马。

第三个马年是1966年，我二十四岁。这年大地变成大海，黑风白浪，翻天覆地。我的家被红卫兵占领四十天，占领者每人执一木棒或铁棍，将我的一切，包括我的理想与梦想全都完全彻底地捣个粉碎。那一年我看到了生活的反面，人的负面，并发现只有漆黑的夜里才是最安全的。我还有三分钟的精神错乱。这一马年我是受难之马。

第四个马年是1978年，我三十六岁。这一年我住在北京的人民文学出版社里写小说。第一次拿到了散发着油墨香味的自己的书《义和拳》。但我真正走进文学还是因为投入了当时思想解放的洪流。到处参加座谈会，每个会都是激情洋溢，人人发言都有耀眼的火花。那是个热血沸腾的时代。作家们都为自己的思想而写作。我"胆大妄为"地写了伤痕文学《铺花的歧路》。这小说原名叫《创伤》，由于书稿在人民文学出版社引起激烈争论，误了发表，而卢新华的《伤痕》出来了，便改名为《铺花的歧路》。这情况直到11月才有转机，一是由于茅盾先生表示对我的支持，二是被李小林要走，拿到刚刚复刊的《收获》上发表。我便一下子站到当时文学的"风口浪尖"上。这一马年对于我，是从挣扎之马到脱缰之马。

第五个马年是1990年，我四十八岁。我的创作出现困顿，无人解惑，便暂停了写作，打算理一理自己的脑袋，再走下边的路。在迷惘与焦灼中重拾画笔，却意外地开始了阔别已久的绘画生涯。世人不知我的"前身"为画家，吃惊于我；我却不知这些年竟积累如此深厚的人生感受，万般情境，挥笔即来，我也吃惊于自己。在艺术创作中最美好的感觉莫过于叫自己吃惊。于是发现，稿纸之外还有一片无涯的天地，心情随之豁然。这一年的我，可谓突围之马。

回首五个马年才知，这马年的滋味，酸甜苦辣，驳杂种种。何况本命年只是人生的驿站，各站之间长长的十二年的征程中，还有说不尽的曲折婉转。我不知别人的本命马年是何滋味，反正人生况味，都是五味俱全。五味之中，苦味为首。那么，在这个将至的马年里，我这匹马又该如何？

　　前几天，请友人治印两方，皆属闲文。一方是"一甲子"，一方是"老骥"。这"老骥"二字，不过是乘一时之兴，借用曹操的诗，以寓志在千里罢了。可是反过来，我又笑自己不肯甘守寂寞，总用种种近忧远虑来折磨自己。看来这一年我注定是奔波之马了？

庚辰腊月二十八

白　发

　　人生入秋，便开始被友人指着脑袋说：

　　"呀，你怎么也有白发了？"

　　听罢笑而不答。偶尔笑答一句："因为头发里的色素都跑到稿纸上去了。"

　　就这样，嘻嘻哈哈、糊里糊涂地翻过了生命的山脊，开始渐渐下坡来。或者再努力，往上登一登。

　　对镜看白发，有时也会认真起来：这白发中的第一根是何时出现的？为了什么？思绪往往会超越时空，一下子回到了少年时——那次同母亲聊天，母亲背窗而坐，窗子敞着，微风无声地轻轻掀动母亲的头发，忽见母亲的一根头发被吹立起来，在夕照里竟然银亮银亮，是一根白发！这根细细的白发在风里柔弱摇曳，却不肯倒下，好似对我召唤。我第一次看见母亲的白发，第一次强烈地感受到母亲也会老，这是多可怕的事啊！我禁不住过去扑在母亲怀里。母亲不知出了什么事，问我，用力想托我起来，我却紧紧抱住母亲，好似生怕她离去……事后，我一直没有告诉母亲这究竟为了什么。最浓烈的感情难以表达出来，最脆弱的感情只能珍藏在自己心里。如今，母亲已是满头白发，但初见她白发的感受却深刻难忘。那种人生感，那种凄然，那种无可奈何，正像我们无法把地上的落叶抛回树枝上去……

妻子把一小酒盅染发剂和一枝扁头油画笔拿到我面前，叫我帮她染发。我心里一动，怎么，我们这一代生命的森林也开始落叶了？我瞥一眼她的头发，笑道："不过两三根白头发，也要这样小题大做？"可是待我用手指撩开她的头发，我惊讶了，在这黑黑的头发里怎么会埋藏这么多的白发！我竟如此粗心大意，至今才发现才看到。也正是由于这样多的白发，才迫使她动用这遮掩青春衰退的颜色。可是她明明一头乌黑而清香的秀发呀，究竟怎样一根根悄悄变白的？是在我不停歇的忙忙碌碌中、侃侃而谈中，还是在不舍昼夜的埋头写作中？是那些年在大地震后寄人篱下的茹苦含辛的生活所致？是为了我那次重病内心焦虑而催白的？还是那件事……几乎伤透了她的心，一夜间骤然生出这么多白发？

黑发如同绿草，白发犹如枯草；黑发像绿草那样散发着生命诱人的气息，白发却像枯草那样晃动着刺目的、凄凉的、枯竭的颜色。我怎样做才能还给她一如当年那一头美丽的黑发？我急于把她所有变白的头发染黑。她却说：

"你是不是把染发剂滴在我头顶上了？"

我一怔，赶忙用眼皮噙住泪水，不叫它再滴落下来。

一次，我把剩下的染发剂交给她，请她也给我的头发染一染。这一染，居然年轻许多！谁说时光难返，谁说青春难再，就这样我也加入了用染发剂追回岁月的行列。谁知染发是件愈来愈艰难的事情。不仅日日增多的白发需要加工，而且这时才知道，白发并不是由黑发变的，它们是从走向衰老的生命深处滋生出来的。当染过的头发看上去一片乌黑青黛，它们的根部又齐刷刷冒出一茬雪白。任你怎样去染，去遮盖，它还是茬茬涌现。人生的秋天和大自然的春天一样顽强。挡不住的白发啊！

开始时精心细染，不肯漏掉一根。但事情忙起来，没有闲暇染发，只好任由它花白。染又麻烦，不染难看，渐而成了负担。

这日，邻家一位老者来访。这老者阅历深，博学，又健朗，鹤发童颜，很有神采。他进屋，正坐在阳光里。一个画面令我震惊——他不单头发通白，连胡须眉毛也一概全白；在强光的照耀下，蓬松柔和，光明透彻，亮如银丝，竟没有一根灰黑色，真是美极了！我禁不住说，将来我也修炼出您这一头漂亮潇洒的白发就好了，现在的我，染和不染，成了两难。老者听了，朗声大笑，然后对我说：

"小老弟，你挺明白的人，怎么在白发面前糊涂了？孩童有稚嫩的美，青年有健旺的美，你有中年成熟的美，我有老来冲淡自如的美。这就像大自然的四季——春天葱茏，夏天繁盛，秋天斑斓，冬天纯净。各有各的美感，各有各的优势，谁也不必羡慕谁，更不能模仿谁，模仿必累，勉强更累。人的事，生而尽其动，死而尽其静。听其自然，对！所谓听其自然，就是到什么季节享受什么季节。哎，我这话不知对你有没有用，小老弟？"

我听罢，顿觉地阔天宽，心情快活。摆一摆脑袋，头上花发来回一晃，宛如摇动一片秋光中的芦花。

1995 年 2 月 2 日

书　桌

我有张小小的书桌。它又窄又矮，破旧极了，在外人眼里简直不成样子。上边的漆成片地剥落下来，残余的漆色变得晦暗发黑，连我自己都认不准它最初是什么颜色。桌面又满是划痕、硬伤，还有热水杯烫成的一个个套起来的深深浅浅的白圈儿。它一边只有三个小抽屉，抽屉的把手早不是原套了。一个是从破箱子上移来的铜把手，另两个是后钉上去的硬木条。别看它这副模样，三十年来，却一直放在我的窗前，我房间透进光来的地方。我搬过几次家，换过几件家具，但从来没有想到处理掉它……

"这么难看还要它干吗？！要是我早劈掉生火了！"

"它又不实用。你这么大人将就这样一个小桌子，早晚得驼背！"

"你怎么就是不肯扔掉这破玩意儿，难道它是件宝？你说呀……"

我笑而不答。那淡淡的笑意里包含着任何知己都难以理解、难以体会到的一种，一种……一种什么呢？

没有共同的经历就不会有同感。有时，同感能发挥出非常奇妙的作用，它能成为两颗心相融的最短、最直接的通道。如果没有同感，说它做什么？还不如独自一人到树林里，踩着落叶，自己对自己默默地说它一阵子，排遣出来，倒是一种慰安。

我无法想起，究竟是什么时候，我开始使用这小桌的。我只模模糊糊记得，最初，我是站在它前面写写画画，而不是坐着。待我要坐下时，屁股下边必须垫上书包、枕头或一大摞画报，才能够得上桌面……

记忆里，幼时的事，都是穿不成串儿的珠子。这珠子却在记忆的深井的底儿滴溜溜、闪闪发光地打转，很难抓住它们——

我把"人"字总误写成"入"字，就在这桌上吧！

我一排排地晾干弹弓子用的小泥球儿，就在这桌上吧！

我在小木板上钉钉子，就在这桌上吧！

对，就在这儿。桌面上原来有一块能够照见自己脸儿的光光的玻璃板，给我钉钉子时打碎了——这件事我可记得清清楚楚，为此我还挨爸爸一通好打呢！也许打得太疼，我才记得十分牢。但过后我却一点也不后悔。因为，从此我做的、经历过的、经受过的许许多多的事，都在这没有玻璃板保护的桌面上留下了痕迹。

桌面上净是些小癞坑。有的坑儿挺深，像个洞眼，蚂蚁爬到那儿，得停一下，迟疑片刻，最后绕过去……细细瞧吧，还满是划痕呢，横竖歪斜，有的深，如一道沟；有的轻浅，还有的比蛛丝还细。这细细的印痕，是不是当初刮铅笔尖留下的？那一条条长长的道道儿，是不是随意用指甲划上去的？那儿黑乎乎的一块儿，是不是过年做灯笼，烤弯竹条时碰倒了蜡烛烧的？分辨不清了，原因不明了，全搅在一起了；这中间还混着许多字迹，钢笔的、铅笔的、墨笔的，还有用什么硬东西刻上去的。也有画上去的形象，有的完整，有的破碎——一只靴子啦，枪啦，一张侧面脸啦，这是不是我的自画像？年深日久，早都给磨得模糊一片。痕迹斑驳的桌面，有如一块风化得相当厉害、漫漶不清的碑石。

但我从中细心查辨，也能认出某些痕迹的来由，想起这里边包含着的、只有我才知道的故事，并联想到与此有关或无关的、早已融进往昔岁月中的童年生活。

为此，我很少用湿布去拭抹它。

只有一次例外。那是我上小学四年级时。我前排坐着一个女同学，十分瘦弱。她年龄与我一般大，个子却比我矮一头。两条短短的黄辫儿，简直是两根麻绳头。一天，上语文课，我没听讲，却悄悄把眼前的两条黄辫子拴在这女同学的椅子背儿上。正巧老师叫她回答问题，她一起身，拴住的辫子扯得她头痛得大叫。我的语文老师姓李，瘦削的脸满是黑胡楂，连脸颊上都是。一副黑边的近视镜遮住他的眼神，使我头次见到他时以为他挺凶，其实他温和极了。他对我们调皮的忍耐限度比别的老师都大，但不知为什么，那天他好厉害，把我一把拉到课堂前，叫我伸出双手，狠狠打了十多板子。他真生气呢！气呼呼地直喘，什么话也说不出来了，只指着门瞪圆眼对我吼道：“走！快走！”我离开了课堂，一路跑回家。我手疼倒没什么，但当众挨打受罚，我的自尊心受不了。于是，我眼泪汪汪地在桌上写了“李老师是狗！”几个字。我写得那么痛快和解气，好像这几个字给我报了什么“仇”似的。这几个字就相当威风地在我桌上保留了好长时间。

在表的嘀嗒声中，在上下课的铃声中，在雨和雪轮番交替地敲打窗子声中，我长大起来，事也懂得多了。桌上那几个字却不那么神气了。反而怕被人瞧见，似乎成了一种不光彩甚至是耻辱的污迹，我带着一种说不清是对李老师，还是对长大后再也遇不到的那个瘦弱的女同学的愧疚心情，用手巾尖儿蘸些水使劲把这几个字抹下去。

真奇怪！字儿抹掉了，好像心里干净了一些。

我上了中学，毕业了，参加了工作。我的许多事，写信、写文章、画画、吃东西，做些什么零七八碎的事都在这桌上，它一直伴随着我。

但它在我长大起来的身躯前，渐渐显得矮小，不合用了；而且用久了，愈来愈破旧，在后来买进来的新家具中间，显得寒碜和过时。它似乎老了，早完成了使命，在人世间物换星移的常规里等待着接受取代。

有一天我画画。画幅大，桌面小，不得不把一半画纸垂到桌下，先画铺在桌面上的一半；待画得差不多时，再拉上纸来画另一半。这样就很难照顾到画面的整体感，我画得那么别扭，真急了，止不住愤愤地骂道：

"真该死，这破桌子！"

它听着，不吭一声。等我画好了画儿，张挂起来；画面却意外地好。我十分快活，早把桌子忘在一旁。它呢？依然默默旁立。它就是这样与我为伴，好像我不抛掉它，它就一心而从无二意地跟随着我。是不是由于它仅仅是无生命的物品，我从未把它作为一只小猫、小鸟、小兔那样的伴侣？但是，小兔死了，小猫跑了，小鸟飞了，它却不声不响地有心地记下我生活经历过的许多酸甜苦辣，并顺从地任我做任何有损于它的事。当一次，我听说自己遭遇不幸，是因为被一位多年来与我非常要好的朋友出卖时，我忍受不住，发疯似的猛地一拍桌面：

啪！

桌面上出现一条长长的裂缝；我那颗初入社会纯真的心上，也暗暗出现一条裂痕。它竟同我一样。

从此，我便不觉地爱护起它来了。

我有过一个女朋友。她是一只快乐的小鸟——那早晨站在沾着露水的枝头抖动翅膀、在阳光里飞来飞去、在烟囱上探头探脑的小鸟。她总笑，她整天似乎除去快乐什么也不知道。她在任何一群人中出现，都能极快地把快乐通过笑、通过活泼的目光、通过喜气洋洋的俊俏的小脸儿、通过率真的动作，传染给每一个人。我说她的快乐是照眼的、悦耳的、香喷喷的，是魔术。我称她为"快乐女神"。

她一双腿长长的，爱穿一条淡蓝色的短裙。她一进屋来，常常是一蹦就坐到小书桌上——这或许是她还带着些孩子气；或许她腿长，桌子矮，坐上去正合适。

我呢？过去吻她高矮也正好。我吻她，她不让，一忽儿把脸甩向左边，一忽儿又甩到右边，还调皮地笑着。她那光滑的短发像穗子一样在我笨拙的嘴唇上蹭来蹭去。

以后，由于挺复杂的原因，她终于说："我们的爱没有物质土壤，幻想的种子连幻想也结不出来了。"这句话，她说了许多遍，一次比一次肯定，最后她无可奈何又断然地离去了。

稀奇的是，那快乐女神始终与我这哑巴桌子连在一起。每当我的目光碰到桌沿，就会幻觉出她当初坐在桌上的样子。浅蓝色的短裙扇状地铺开，一双直直又顺溜儿的长腿垂下来，两只小巧的脚交叉地别着。这时她那动听的笑声好似又在桌上的空间里发出来。

我需要记着的，这桌儿都给我记着了。而那女神与我临别时掉在桌上的泪滴，却一点痕迹也没留下。大概那不是泪，而是水滴。

桌上惟有一处大硬伤。那是——那天，一群穿绿服装、臂套红色袖章的男女孩子闯进我家来。每人拿一把斧头，说要"砸烂旧世界"，我被迫站在门口表示欢迎，并木然地瞅着他们在顷刻间，把我房间里的一切胡乱砸一通。其中有个姑娘，模样挺端正，但她的眼神叫我害怕。她不吵不闹，砸起东西来异乎寻常地细致。她在屋里转来转去，把尚且完整的东西翻出来，一件件、有条不紊地敲得粉碎。然后，她翻出我的一本相册，把里面的照片一张张抽出来，全都撕成两半。她做这些事时，脸上没有任何表情。

她忽然把一张照片面对我，问：

"这是谁？"

这是我那"快乐女神"的。我说：

"一个朋友。"

她微微现出一种冷笑，一双秀气的眼睛直盯着我，两只白白的手把这照片撕成细小的碎片。我至今不明白，在那时为什么一些女孩子干这种事时，反比男孩子干得更彻底、更狠心、更无情。相册中所有女人的照片——我姐姐、妻子、母亲的，她撕得尤其凶，唰、唰、唰地响。仿佛此刻她心里有什么受不了的情感折磨着她，迫使她这样做。

最后，她临去时，一眼瞥见我的书桌。大约这书桌过于破旧，开始时并没引起他们的兴趣。此刻在一堆碎物中间，反而惹眼了。她撇向一边的薄薄的唇缝里含着一种讥讽：

"你还有这么个破玩意儿！"

随手一斧子，正砍在桌角上，掉下一块挺大的木茬。

就这样，我过去生活的一切，无论是快乐和幸福的，还是忧愁和不幸的，都留在桌上了。哪怕我忘了，它会无声地提醒我。

它就摆在我窗前。从窗子透进的光笼罩着它。我窗外是一棵大槐树的树冠，这树冠摇曳婆娑的影子总是和阳光一起投照在我这小小的桌面上。

每当这树冠的枝影间满是小小的黑点时，那是春天；黑点点儿则是大槐树初发的芽豆豆。这期间，偶尔还有一种俗名叫作"绿叶儿"的候鸟，在枝间伶俐地蹦跳的影子出现在桌面上。夏天来了，树影日浓，渐渐变成一块阴凉，密密实实地遮盖住我的小桌。等到那块厚厚的阴凉破碎了，透现出一些晃动着的阳光的斑点时，秋风还会把一两片变黄的叶子吹进窗，像几只金色的小船，落在我这如同无风的水面一般平光光的桌面上。随后该关窗子了，玻璃蒙上了薄薄的水蒸气。那片叶无存、光秃秃、只剩下枝丫的树影，便像一张朦胧模糊的大网，把我的小桌罩住……

我常常被这些情景弄得发呆。谁说它丑？它无用？它应当被丢弃？它有着任何华贵的物品都无法代替的风韵和诗意。在它的更深处，甚至还潜藏着思想。

尤其是在阴雨的日子里，乌云像拉上的厚帘子把窗户遮暗了，小桌变成黑影，很像一块浓雾里的礁石，黑黝黝的，沉默无语。忽然一道闪电把它整个照亮，它那桌面上反射着可怕的蓝色的电光。但在这一瞬间的强光里，它上边的一切痕迹都清晰地显现出来，留在这中间的往事一下子全都复活了……

我闭上眼，情愿被再现在幻觉中的往事深深地感动着。

我终于失去了它。

在地震中，塌落下来的屋顶把它压垮。我的孩子正好躲在桌下，给它保护住了生命。它才是真正地为我献出了一切呢！等我从废墟中把它找出来，只是一堆碎木板、木条和木块了。我请来一个能干的木匠，想把它复原。木匠师傅瞅着它，抽着烟，最后摇了摇头。并且莫名其妙地瞧了我一眼，显然他不明白我何以有此意图——又不是复原一件破损的稀世古物。

它就这样在我的生活中没了。

我需要书桌，只得另买一张。新买的桌子宽大、实用、漆得锃亮，高矮也挺合适。我每每坐在这崭新却陌生的大书桌前，就觉得过去的一切像那不能再生的书桌一样，烟消云散，虚无飘渺，再也无从抓住似的……

我因此感到隐隐的忧伤。不由得想起几句话，却想不起是谁说的了：

"啊，生活，你真迷人……哪怕是久已过去的，也叫人割舍不得；哪怕是不幸的，也渐渐能化为深沉的诗。"

1980 年 11 月 12 日　天津

空信箱

我的信箱挂在大门上，门板掏个长形的洞，信打外边塞进来。只要听邮递员叮叮一拨车铃，马上跑去打开，一封信悄然沉静立在箱子里。天蓝色的信封像一块天空，牛皮纸褐色的信封像一片泥板，沉甸甸。扯开信时的心情总是急渴渴，不知里边装着的是意外是倾诉是愁苦是体贴是欢愉是求助，或是火一样的恋情烟一样的思绪带子一样扯不断的思念。天南地北海角天涯朋友们的行踪消息全靠它了。

有时等信等得好苦，一天几次去打开它，总以为错过邮递员的铃，打开却是空的。我最怕它空空洞洞冷冷清清的样子。我的院墙高，门也高，阳光跨不进来，外边世界的兴衰枯荣常常由它告我；打开信箱，里边有时几团柳絮几片落花几个干卷的叶子，还有洁白的雪深暗的雨点。它们是从投信孔钻进来的。有时随着开门的气流，几朵蒲公英的种子噗地毛茸茸地扑在脸上，然后飘飘摇摇飞升，在高高的阳光里闪着，有如银羽。目光便随它投向淡淡的天，亮的云。春天也到达我塞外朋友那里了吧，我陷入一片温馨的痴想……

它是拿几块木板草草钉上的，没涂漆，日晒雨淋，到处开裂，但没有任何箱子比它盛得更多。

它是我生活的一部分，也就是我心的一部分。

用心生活是累人的，但惟此才幸福。

大灾难把我这部分扯去。信箱的门儿叫一个无知的孩子掰掉。箱子的四边像个方木框残留那里。一连几个月等不到邮递员铃的召唤，朋友们的命运都会碰到什么？

我这才懂得，心不相连人极远。

它空在那儿，似乎比我还空。

可是……奇迹出现了。一天天暮，夕阳打投信孔照进来。我院子里头一次有了阳光。先是在长条形洞孔迷蒙灿烂地流连一会儿，便落到墙角，向例最暗最潮最阴冷的地方，把满地青苔照得鲜碧如洗，俯下身看，好像一片雨后清新的草原，极美。随后这光就沿着墙根一条砖一条砖往上爬，直爬到第五条砖，停住，几只蚂蚁也停在那里默默享受这世界最后的暖意和光明。不知不觉这光变得渐细渐淡直到无声无息地熄灭。整个信箱变成一块方形的黑影。盯着它看，就会一直走进空无一物的宇宙。

蜘蛛开始在信箱里拉网了，上下左右，横来斜去，它们何以这样放胆在这儿安家？天一凉，秋叶钻进来，落在蛛网上。金色的船，银色的渔网，一层网一层船，原来寂寞也会创造诗。诗人从来不会创造寂寞。

忽然一天，叮叮，我心一亮，邮递员，信！

跑出去，远远就见白白的一封信稳稳竖在箱中。过去一捏，厚厚的，千言万语，一个几次梦到的朋友寄来的。一拿，却有股微微的力往回扯，是黏黏带点韧劲的蛛丝。再拉，蛛丝没断却拉得又长又直，极亮，还微微抖颤，上边船形的黄叶子全在一斜一直、一直一斜来回扭动。一如五线谱上甜蜜的旋律，无声地响起来……

昨夜我忽然梦到这许久以前的情景，一条条长长亮闪闪的蛛丝，来回扭动的黄叶子，我梦得好逼真，连拉蛛丝时那股子韧劲都感觉到了。心里有点奇怪，可我断言这是我有生以来最美的一个梦境。

1986 年 12 月 30 日　天津

谜

大概是我九岁那年的晚秋，因为穿着很薄的衣服在院里跑着玩，跑得一身汗，又站在胡同口去看一个疯子，拍了风，病倒了。病得还不轻呢！面颊烧得火辣辣的，脑袋晃晃悠悠，不想吃东西，怕光，尤其受不住别人嗡嗡出声地说话……

妈妈就在外屋给我架一张床，床前的茶几上摆了几瓶味苦难吃的药，还有与其恰恰相反，挺好吃的甜点心和一些很大的梨。妈妈用手绢遮在灯罩上，嗯，真好！灯光细密的针芒再不来逼刺我的眼睛了，同时把一些奇形怪状的影子映在四壁上。为什么精神颓萎的人竟贪享一般地感到昏暗才舒服呢？

外屋和妈妈住的那间房有扇门通着。该入睡时，妈妈披一条薄毯来问我：还难受不？想吃什么？然后，她低下身来，用她很凉的前额抵一抵我的头，那垂下来的毯边的丝穗弄得我的肩膀怪痒的。"还有点烧，谢天谢地，好多了……"她说。在半明半暗的灯光里，妈妈朦胧而温柔的脸上现出爱抚和舒心的微笑。

最后，她扶我吃了药，给我盖了被子，就回屋去睡了。只剩下我自己了。

我一时睡不着，便胡思乱想起来。总想编个故事解解闷，但脑子里乱得很，好像一团乱线，抽不出一个可以清晰地思索下去的线头。白天留下的印象搅成一团：那个疯子可笑和可怕的样子总缠着我，不想不行；还有追猫呀，大笑呀，死蜻蜓呀，然后是哥哥打我，挨骂了，呕吐了，又是挨骂；鸡蛋汤冒着热气儿……穿白大褂的那个老头，拿着一个连在耳朵上的冰凉的小铁疙瘩，一个劲儿地在我胸脯上乱摁；后来我觉得脑子完全混乱，不听使唤，便什么也不去想，渐渐感到眼皮很重，昏沉沉中，觉得茶几上几只黄色的梨特别刺眼，灯光也讨厌得很，昏暗、无聊、没用，呆呆地照着。睡觉吧，我伸手把灯闭了。

黑了！霎时间好像一切都看不见了。怎么这么安静、这么舒服呀……

跟着，月光好像刚才一直在窗外窥探，此刻从没拉严的窗帘的缝隙里钻了进来，碰到药瓶上、瓷盘上、铜门把手上，散发出淡淡发蓝的幽光。远处一家作坊的机器有节奏地响着，不一会儿也停下来了。偶尔，从很远很远的地方传来货轮的鸣笛声，声音沉闷而悠长……

灯光怎么使生活显得这么狭小，它只照亮身边；而夜，黑黑的，却顿时把天地变得如此广阔、无限深长呢？

我那个年龄并不懂得这些。思索只是简单、即时和短距离的，忧愁和烦恼还从未有乘着夜静和孤独悄悄爬进我的心里。我只觉得这黑夜中的天地神秘极了，浑然一体，深不可测，浩无际涯；我呢，这么小，无依无靠，孤孤单单；这黑洞洞的世界仿佛要吞掉我似的。这时，我感到身下的床没了，屋子没了，地面也没了，四处皆空，一切都无影无踪；自己恍惚悬在天上了，躺在软绵绵的云彩上……周围那样旷阔，一片无穷无尽的透明的乌蓝色，这云也是乌蓝乌蓝的；远远近近还忽隐忽现地闪烁着星星般五光十色的亮点儿……

这天究竟有多大，它总得有个尽头呀！哪里是边？那个边的外面是什么？又有多大？再外边……难道它竟无边无际吗？相比之下，我们多么小。我们又是谁？这么活着，喘气，眨眼，我到底是谁呀？

我伸手摸摸自己的脸、鼻子、嘴唇，觉得陌生又离奇，挺怪似的……这究竟是怎么回事？

我是从哪儿来的？从前我在哪里？什么样子？我怎么成为现在这个我的？将来又怎么样？长大，像爸爸那么高，做事……再大，最后呢？老了，老了以后呢？这时我想起妈妈说过的一句话："谁都得老，都得死的。"

死？这是个多么熟悉的字眼呀！怎么以前我就从来没想过它意味着什么呢？死究竟意味着什么？像爷爷，像从前门口那个卖糖葫芦的老婆婆，闭上眼，不能说话，一动不动，好似睡着了一样。可是大家哭得那么伤心，到底还是把他们埋在地下了。为什么要把他们埋起来？他们不就永远也不能说话，也不能动，永远躺在厚厚的土地下了？难道就因为他们死了吗？忽然，我一阵阵感到死的神秘、阴冷和可怕，觉得周身都仿佛散出凉气来。

于是，哥哥那本没皮儿的画报里脸上长毛的那个怪物出现了，跟着是白天那只死蜻蜓，随时想起来都吓人的鬼故事；跟着，胡同口的那个疯子朝我走来了……黑暗中，出现许多爷爷那样的眼睛，大大小小，紧闭着，眼皮还在鬼鬼祟祟地颤动着，好像要突然睁开，瞪起怕人的眼珠儿来……

我害怕了，已从将要入睡的懵懂中完全清醒过来了。我想——将来，我也要死的，也会被人埋在地下，这世界就不再有我了。我也就再不能像现在这样踢球呀，做游戏呀，捉蟋蟀呀，看马戏时吃那种特别酸的红果片呀……还有时去舅舅家看那个总关得严严实实的迷人的大黑柜，逗那条瘸腿狗，到那乱七八糟、杂物堆积的后院去翻找"宝贝"……而且再也不能"过年"了，那样地熬夜、拜年、放烟火、攒压岁钱；表哥把点着的鞭炮扔进鸡窝去，吓得鸡像鸟儿一样飞到半空中，乐得我喘不过气来；我们还瞒着妈妈去野坑边钓鱼，钓来一条又黄又丑的大鱼，给馋嘴的猫咪饱餐了一顿；下雨的晚上，和表哥躺在被窝里，看窗外打着亮闪，响着大雷……活着有多少快活的事，死了就完了。那时，表哥呢？妹妹呢？爸爸妈妈呢？他们都会死吗？他们知道吗？怎么也不害怕呀？我们能够不死吗？活着有多好！大家都好好活着，谁也不死。可是，可是不行啊……"谁都得老，都得死的。"死，这时就像拥有无限威力似的，而且严酷无情。在它面前，我那么无力，哀求也没用，大家都一样，只有顺从，听摆布，等着它最终的来临……想到这里，尤其是想到妈妈，我的心简直冷得发抖。

妈妈将来也会死吗？她比我大，会先老，先死的。她就再不能爱我了，不能像现在这样，脸挨着脸，搂我，亲我……她的笑，她的声音，她柔软而暖和的手，她整个人，在将来某一天就会一下子永远消失了吗？她会有多少话想说，却不能说，我也就永远无法听到了；她再看不见我，我的一切她也不再会知道。如果那时我有话要告诉她呢？到哪儿去找她？她也得被埋在地下吗？土地，坚硬、潮湿、冷冰冰的……我真怕极了。先是伤心、难过、流泪，而后愈想愈加心虚害怕，急得蹬起被子来。趁妈妈活着的时光，我要赶紧爱她，听她的话，不惹她生气，只做让大家和妈妈高兴的事。哪怕她还骂我，我也要爱她，快爱，多爱；我就要起来跑到她房里，紧紧搂住她……

四周黑极了，这一切太怕人了。我要拉开灯，但抓不着灯线，慌乱的手碰到茶几上的药瓶。我便失声哭叫起来："妈妈，妈妈……"

灯忽然亮了。妈妈就站在床前。她莫名其妙地看着我："怎么，做噩梦了？别怕……孩子，别怕。"

她俯身又用前额抵一抵我的头。这回她的前额不凉，反而挺热的了。"好了，烧退了。"她宽心而温柔地笑着。

刚才的恐怖感还没离开我。这是怎么回事？我茫然地望着她，有种异样的感觉。一时，我很冲动，要去拥抱她，但只微微挺起胸脯，脑袋却像灌了铅似的沉重，刚刚离开枕头，又坠倒在床上。

"做什么？你刚好，当心再着凉。"她说着便坐在我床边，紧挨着我，安静地望着我，一直在微笑，并用她暖和的手抚弄我的脸颊和头发。"你刚才是不是做噩梦了？听你喊的声音好大啊！"

"不是，……我想了……将来，不，我……"我想把刚才所想的事情告诉给妈妈，但不知为什么，竟然无法说出来。是不是担心说出来，她知道后也要害怕的？那是件多么可怕的事啊！

"得了，别说了，疯了一天了，快睡吧！明天病就全好了……"

昏暗的灯光静静地照着床前的药瓶、点心和黄色的梨，照着妈妈无言而含笑的脸。她拉着我的手，我便不由得把她的手握得紧紧的……

我再不敢想那些可怕又莫解的事了。但愿世界上根本没有那种事。

栖息在邻院大树上的乌鸦不知为何缘故，含糊不清地咕嚷一阵子，又静下去了。被月光照得微明的窗帘上走过一只猫的影子。渐渐地，一切都静止了，模糊了，淡远了，融化了，变成一团无形的、流动的、软软而迷漫的烟。我不知不觉便睡着了。

一个深奥而难解的谜，从那个夜晚便悄悄留存在我的心里。后来我才知道，这是我最初在思索人生。

1981 年 9 月于天津

歪　儿

那个暑假，天刚擦黑，晚饭吃了一半，我的心就飞出去了。因为我又听到歪儿那尖细的召唤声："来玩踢罐电报呀——"

"踢罐电报"是那时男孩子们最喜欢的游戏。它不单需要快速、机敏，还带着挺刺激的冒险滋味。它的玩法又简单易学，谁都可以参加。先是在街中央用白粉粗粗画一个圈儿，将一个空洋铁罐儿摆在圈里，然后大家聚拢一起"手心手背"分批淘汰，最后剩下一个人坐庄。坐庄可不易，他必须极快地把伙伴们踢得远远的罐儿拾回来，放到原处，再去捉住一个乘机躲藏的孩子顶替他，才能下庄；可是就在他四处去捉住那些藏身的孩子时，冷不防从什么地方会蹿出一人，叭地将罐儿丁零当啷踢得老远，倒霉，又得重新开始……一边要捉人，一边还得防备罐儿再次被踢跑，这真是个苦差事，然而最苦的还要算是歪儿！

歪儿站在街中央，寻着空铁罐左盼右盼，活像一个蒸熟了的小红薯。他细小、软绵绵、歪歪扭扭；眼睛总像睁不开，薄薄的嘴唇有点斜，更奇怪的是他的耳朵，明显的一大一小，像是父子俩。他母亲是

60

苏州人，四十岁才生下这个有点畸形的儿子，取名叫"弯儿"。我们天天都能听到她用苏州腔呼唤儿子的声音，却把"弯儿"错听成"歪儿"。也许这"歪儿"更像他的模样。由于他身子歪，跑起来就打斜，玩踢罐电报便十分吃亏。可是他太热爱这种游戏了，他宁愿坐庄，宁愿徒然奔跑，宁愿一直累得跌跌撞撞……大家玩的罐儿还是他家的呢！

只有他家才有这装芦笋的长长的铁罐，立在地上很得踢，如果要没有这宝贝罐儿，说不定大家嫌他累赘，不带他玩了呢！

我家刚搬到这条街上来，我就加入了踢罐电报的行列，很快成了佼佼者。这游戏简直就是为我发明的——我的个子比同龄的孩子高一头，腿也几乎长一截，跑起来真像骑摩托送电报的邮差那样风驰电掣，谁也甭想逃脱我的追逐。尤其我踢罐儿那一脚，叭的一声过后，只能在远处朦胧的暮色里去听它丁零当啷的声音了，要找到它可得费点劲呢！这时，最让大家兴奋的是瞅着歪儿去追罐儿那样子，他一忽儿斜向左，一忽儿斜向右，像个脱了轨而瞎撞的破车，逗得大家捂着肚子笑。当歪儿正要发现一个藏身的孩子时，我又会闪电般冒出来，一脚把罐儿踢到视线之外，可笑的场面便再次出现……就这样，我成了当然的英雄，得意非凡；歪儿怕我，见到我总是一脸懊丧。天天黄昏，这条小街上充满着我的迅猛威风和歪儿的疲于奔命。终于有一天，歪儿一屁股坐在白粉圈里，怏怏无奈地痛哭不止……他妈妈跑出来，操着纯粹的苏州腔朝他叫着骂着，扯他胳膊回家。这愤怒的声音里似乎含着对我们的谴责。我们都感觉自己做了什么不好的事，默默站了一会儿才散。

歪儿不来玩踢罐电报了。他不来，罐儿自然也变了，我从家里拿来一种装草莓酱的小铁罐，短粗，又轻，不但踢不远，有时还踢不上，游戏的快乐便减色许多。那么失去快乐的歪儿呢？我望着他家二楼那扇黑黑的玻璃窗，心想他正在窗后边眼巴巴瞧着我们玩吧！这时忽见窗子一点点开启，跟着一个东西扔下来。这东西掉在地上的声音那么熟悉、那么悦耳、那么刺激，原来正是歪儿那长长的罐儿。我的心头一次感到被一种内疚深深地刺痛了。我迫不及待地朝他招手，叫他来玩儿。

歪儿回到了我们中间。

一切都奇妙又美好地发生了变化。大家并没有商定什么，却不约而同，齐心合力地等待着这位小伙伴了。大家尽力不叫他坐庄；有时他"手心手背"输了，也很快有人情愿被他捉住，好顶替他。大家相互配合，心领神会，作假成真。一次，我看见歪儿躲在一棵大槐树后边正要被发现，便飞身上去，一脚把罐儿踢得好远好远，解救了歪儿，又过去拉着他，急忙藏进一家院内的杂物堆里。我俩蜷缩在一张破桌案下边，紧紧挤在一起，屏住呼吸，却互相能感到对方的胸脯急促起伏，这紧张充满异常的快乐啊！我忽然见他那双眯缝的小眼睛竟然睁得很大，目光兴奋、亲热、满足，并像星星一样光亮！原来他有这样一双又美又动人的眼睛。是不是每个人都有这样一双眼睛，就看我们能不能把它点亮？

1995 年 7 月 4 日　天津

珍珠鸟

真好！朋友送我一对珍珠鸟。放在一个简易的竹条编成的笼子里，笼内还有一卷干草，那是小鸟舒适又温暖的巢。

有人说，这是一种怕人的鸟。

我把它挂在窗前。那儿还有一盆异常茂盛的法国吊兰。我便用吊兰长长的、串生着小绿叶的垂蔓蒙盖在鸟笼上，它们就像躲进深幽的丛林一样安全；从中传出的笛儿般又细又亮的叫声，也就格外轻松自在了。

阳光从窗外射入，透过这里，吊兰那些无数指甲状的小叶，一半成了黑影，一半被照透，如同碧玉；斑斑驳驳，生意葱茏。小鸟的影子就在这中间隐约闪动，看不完整，有时连笼子也看不出，却见它们可爱的鲜红小嘴儿从绿叶中伸出来。

我很少扒开叶蔓瞧它们，它们便渐渐敢伸出小脑袋瞅瞅我。我们就这样一点点熟悉了。

三个月后，那一团愈发繁茂的绿蔓里边，发出一种尖细又娇嫩的鸣叫。我猜到，是它们有了雏儿。我呢？绝不掀开叶片往里看，连添食加水时也不睁大好奇的眼去惊动它们。过不多久，忽然有一个小脑袋从叶间探出来。更小哟，雏儿！正是这个小家伙！

它小，就能轻易地由疏格的笼子钻出身。瞧，多么像它的母亲；红嘴红脚，灰蓝色的毛，只是后背还没有生出珍珠似的圆圆的白点；它好肥，整个身子好像一个蓬松的球儿。

起先，这小家伙只在笼子四周活动，随后就在屋里飞来飞去，一会儿落在柜顶上，一会儿神气十足地站在书架上，啄着书脊上那些大文豪的名字；一会儿把灯绳撞得来回摇动，跟着跳到画框上去了。只要大鸟在笼里生气儿地叫一声，它立即飞回笼里去。

我不管它。这样久了，打开窗子，它最多只在窗框上站一会儿，绝不飞出去。

渐渐它胆子大了，就落在我书桌上。

它先是离我较远，见我不去伤害它，便一点点挨近，然后蹦到我的杯子上，俯下头来喝茶，再偏过脸瞧瞧我的反应。我只是微微一笑，依旧写东西，它就放开胆子跑到稿纸上，绕着我的笔尖蹦来蹦去，跳动的小红爪子在纸上发出嚓嚓响。

我不动声色地写，默默享受着这小家伙亲近的情意。这样，它完全放心了，索性用那涂了蜡似的、角质的小红嘴，嗒嗒啄着我颤动的笔尖。我用手抚一抚它细腻的绒毛，它也不怕，反而友好地啄两下我的手指。

有一次，它居然跳进我的空茶杯里，隔着透明光亮的玻璃瞅我。它不怕我突然把杯口捂住。是的，我不会。

白天，它这样淘气地陪伴我；天色入暮，它就在父母的再三呼唤声中，飞向笼子，扭动滚圆的身子，挤开那些绿叶钻进去。

有一天，我伏案写作时，它居然落到我的肩上。我手中的笔不觉停了，生怕惊跑它。待一会儿，扭头看，这小家伙竟趴在我的肩头睡着了，银灰色的眼睑盖住眸子，小红脚刚好给胸脯上长长的绒毛盖住。我轻轻抬一抬肩，它没醒，睡得好熟！还呷呷嘴，难道在做梦？

我笔尖一动，流泻下一时的感受：

信赖，往往创造出美好的境界。

1984 年 1 月　天津

麻　雀

　　这种褐色、带斑点、乌黑的尖嘴小鸟，为什么要在城市里落居为生，我想，一定有个生动并颇含哲理意味的故事。不过这故事只能虚构了。

　　这是群精明的家伙。贼头贼脑，又机警，又多疑，似乎心眼儿极多，北方人称它们为"老家贼"。

　　它们从来不肯在金丝笼里美餐一顿精米细食，也不肯在镀银的鸟架上稍息片刻。如果捉它一只，拴上绳子，它就要朝着明亮的窗子，一边尖叫，一边胡乱扑飞；飞累了，就垂下来，像一个秤锤，还张着嘴喘气。第二天早上，它已经伸直腿，闭上眼死掉了。它没有任何可驯性，因此它不是家禽。

　　它们不像燕子那样，在屋檐下搭窝。而是筑巢在高楼的犄角；或者在光秃秃的大墙中间，脱落掉一两块砖的洞眼儿里。在那儿，远远可见一些黄黄的草，5月间，便由那里传出雏雀儿一声声柔细的鸣叫。这些巢儿总是离地很远，又高又险，人手摸不到的地方。

　　经常同人打交道，它懂得人的恶意。只要飞进人的屋子，人们总是先把窗子关上，然后连扑带打，跳上跳下，把它捉住，拿出去给孩子们玩弄，直到它死掉。从来没有人打开窗子放它飞去。因此，一辈辈麻雀传下来的一个警句就是：不要轻易相信人。麻雀生来就不相信人。它长着土的颜色，为了混淆人的注意力。它活着，提心吊胆，没有一刻得以安心。逆境中磨炼出来的聪明，是它活下去的本领。它们几千年来生活在人间，精明成了它们必备的本领。你看，所有麻雀不都是这样吗？秋去春来的候鸟黄莺儿，每每经过城市都要死去一批，麻雀却在人间活下来。

它们每时每刻都在躲闪人，不叫人接近它们，哪怕那个人并没有看见它，它也赶忙逃掉；它要在人间觅食，还要识破人们布下的种种圈套，诸如支起的箩筐，挂在树上的铁夹子，张在空间的透明的网等，并且在这上边、下边、旁边撒下一些香喷喷的米粒面渣。还有那些特别智巧的人发明的一种又一种奇特的新捕具。

有时地上有一粒遗落的米，亮晶晶的，那么富于魅力地诱惑着它。它只能用饥渴的眼睛远远盯着它，却没有飞过去叼起来的勇气。它盯着，叫着，然后腾身而去——这因为它看见了无关的东西在晃动，惹起它的疑心或警觉，或者无端端地害怕起来。它把自己吓跑。这样便经常失去饱腹的机会，同时也免除了一些可能致死的灾难。

这种活在人间的鸟儿，长得细长精瘦，有一双显得过大的黑眼睛，目光却十分锐利。由于时时提防人，反而要处处盯着人的一举一动。脑袋仿佛一刻不停地转动着，机警地左顾右盼；起飞的动作有如闪电，而且具有长久不息的飞行耐力。

它们总是吃不饱，需要往返不停地奔跑，而且见到东西就得快吃。有时却不能吃，那是要叼回窝去喂饱羽毛未丰的雏雀儿。

雏雀长齐翅膀，刚刚学飞时，是异常危险的。它们跌跌撞撞，落到地上，就要遭难于人们的手中。更可怕的是，这些天真的幼雀，总把人料想得不够坏。因此，大麻雀时常对它们发出警告。诗人们曾以为鸟儿呢喃是一种开心的歌唱，实际上，麻雀一生的喊叫中，一半是对同伴发出的警戒的呼叫。这鸣叫里包含着惊心和紧张。人可以把夜莺儿的鸣叫学得乱真，却永远学不会这种生存在人间的小鸟的语言。

愉快的声调是单纯的，痛苦的声音有时很奇特；喉咙里的音调容易仿效，心里的声响却永远无法模拟。

如果雏雀被人捉到，大麻雀就会置生死于度外地扑来营救。因此人们常把雏雀捉来拴好，要弄得它吱吱叫喊，旁边设下埋伏，来引大麻雀入网。这种利用血缘情感来捕杀麻雀，是万无一失的。每每此时，大麻雀总是失去理智地扑去，结果做了人们晚间酒桌上一碟新鲜的佳肴。

在这些小生命中间，充满了惊吓、危险、饥荒、意外袭击和一桩桩想起来后怕的事，以及难得的机遇——院角一撮生霉的米。

它们这样劳碌奔波，终日躲避灾难，只为了不入笼中，而在各处野飞野跑。大多数鸟儿都习惯一方天地的笼中生活，用一身招人喜欢的羽翼，要着花腔，换得温饱。惟有麻雀甘心在风风雨雨中，过着饥饿疲惫又担惊受怕的日子。人憎恶麻雀的天性。凡是人不能喂养的鸟儿，都称作"野鸟"。

但野鸟可以飞来飞去；可以直上云端，徜徉在凉爽的雨云边；可以掠过镜子一样的水面；还可以站在钻满绿芽的春树枝头抖一抖疲乏的翅膀。可以像笼鸟们梦想的那样。

到了冬天，人们关了窗子，把房内烧暖，麻雀更有一番艰辛，寒冽的风整天吹着它们。尤其是大雪盖严大地，见不到食物，它们常常忍着饥肠饿肚，一串串落在人家院中晾衣绳上，瑟缩着头，细细的脚给肚子的毛盖着。北风吹着它们的胸脯，远看像一个个褐色的绒球。同时它们的脑袋仍在不停地转动，仍然不失对人为不幸的警觉。

哎，朋友，如果你现在看见，一群麻雀正在窗外一家楼顶熏黑的烟囱后边一声声叫着，你该怎么想呢？

1970 年 2 月写

1982 年 6 月整理

捅马蜂窝

爷爷的后院虽小——它除去堆放杂物，很少人去，里边的花木从不修剪，快长疯了！枝叶纠缠，荫影深浓——却是鸟儿、蝶儿、虫儿们生存和嬉戏的一片乐土，也是我儿时的乐园。我喜欢从那爬满青苔的湿漉漉的大树干上，取下一只又轻又薄的蝉衣，从土里挖出筷子粗肥大的蚯蚓，把团团飞舞的小蠓虫赶到蜘蛛网上去。那沉甸甸压弯枝条的海棠果，个个都比市场买来的大。这里，最壮观的要数爷爷窗檐下的马蜂窝了，好像倒垂的一只大莲蓬，无数金黄色的马蜂爬进爬出，飞来飞去，不知忙些什么，大概总有百十只之多，以致爷爷不敢开窗子，怕它们中间哪个冒失鬼一头闯进屋来。

"真该死，屋子连透透气儿也不能，哪天请人来把这马蜂窝捅下来！"奶奶总为这个马蜂窝生气。

"不行，要蜇死人的！"爷爷说。

"怎么不行？头上蒙块布，拿竹竿一捅就下来。"奶奶反驳道。

"捅不得，捅不得。"爷爷连连摇手。

我站在一旁，心里却涌出一种捅马蜂窝的强烈欲望。那多有趣！

当我给这个淘气的欲望鼓动得难以抑制时，就找来妹妹，趁着爷爷午睡的当儿，悄悄溜到从走廊通往后院的小门口。我脱下褂子蒙住头顶，用扣上衣扣儿的前襟遮盖下半张脸，只需一双眼。又把两根竹竿接绑起来，作为捣毁马蜂窝的武器。我和妹妹约定好，她躲在门里，把住关口，待我捅下马蜂窝，赶紧开门放我进来，然后把门关住。

妹妹躲在门缝后边，眼瞧我这非凡而冒险的行动。我开始有些迟疑，最后还是好奇战胜了胆怯。当我的竿头触到蜂窝的一刹那，好像听到爷爷在屋内呼叫，但我已经顾不得别的，一些受惊的马蜂轰地飞起来，我赶紧用竿头顶住蜂窝使劲地摇撼两下，只听嘣，一个沉甸甸的东西掉下来，跟着一团黄色的飞虫腾空而起，我扔掉竿子往小门那边跑，谁料到妹妹害怕，把门在里边插上，她跑了，将我关在门外。我一回头，只见一只马蜂径直而凶猛地朝我扑来，好像一架燃料耗尽、决心相撞的战斗机。这复仇者不顾一切的拼死气势使我惊呆了。瞬间只觉眉心像被针扎似的剧烈地一疼，挨蜇了！我下意识地用手一拍，感觉我的掌心触到它可怕的身体。我吓得大叫，不知道谁开门把我拖到屋里。

当夜，我发了高烧。眉心处肿起一个枣大的疙瘩，自己都能用眼瞧见。家里人轮番用醋、酒、黄酱、万金油和凉手巾把儿，也没能使我那肿疮迅速消下来。转天请来医生，打针吃药，七八天后才渐渐复愈。这一下好不轻呢！我生病也没有过这么长时间，以致消肿后的几天里不敢到那通向后院的小走廊上去，生怕那些马蜂还守在小门口等着我。

过了些天，惊恐稍定，我去爷爷的屋子，他不在，隔窗看见他站在当院里，摇手召唤我去，我大着胆子去了。爷爷手指窗根处叫我看，原来是我捅掉的那个马蜂窝，却一只马蜂也不见了，好像一只丢弃的干枯的大莲蓬头。爷爷又指了指我的脚下，一只马蜂！我惊吓得差点叫起来，慌忙跳开。

"怕什么，它早死了！"爷爷说，"这就是蜇你的那只马蜂，可能被你那一拍，拍死的。"

仔细瞧，噢，原来是死的。仰面朝天躺在地上，几只黑蚂蚁在它身上爬来爬去。

"马蜂就是这样，你不惹它，它不蜇你。"爷爷说。

"那它干吗还要蜇我呢，这样它自己不也完了吗？"

"你毁了它的家——那是多大一个家呀！它当然要跟你拼命的！"爷爷说。

我听了心里暗暗吃惊。一只小虫竟有这样的激情和勇气。低头再瞧瞧那只马蜂，微风吹着它，轻轻颤动，好似活了一般。我不禁想起那天它朝我猛扑过来时那副生死不顾的架势，与毁坏它们生活的人拼出一切，真像一个英雄……我面对这壮烈牺牲的小飞虫的尸体，似乎有种罪孽感沉重地压在我的心上。

那一窝马蜂呢，被我扰得无家可归的一群呢，它们还会不会回来重建家园？我甚至想用胶水把那只空空的蜂窝粘上去。

这一年，我经常站在爷爷的后院里，始终没有等来一只马蜂。

转年开春，有两只马蜂飞到爷爷的窗檐下，落到被晒暖的木窗框上，然后还在过去的旧巢的残迹上爬了一阵子，跟着飞去而不再来。空空又是一年。

第三年，风和日丽之时，爷爷忽叫我抬头看，隔着窗玻璃看见窗檐下几只赤黄色的马蜂忙来忙去。在这中间，我忽然看到，一个小巧的、银灰色的、第一间蜂窝已经筑成了。

于是，我和爷爷面对面开颜而笑，笑得十分舒心。我不由得暗暗告诉自己，再不做一件伤害旁人的事。

1982 年 11 月 17 日写

2010 年 1 月改

花　脸

做孩子的时候，盼过年的心情比大人来得迫切，吃穿玩乐花样都多，还可以把拜年来的亲友塞到手心里的一小红包压岁钱都积攒起来，做个小富翁。但对于孩子们来说，过年的魅力还有更一层深在的缘故，便是我要写在这几张纸上的。

每逢年至，小闺女们闹着戴绒花、穿红袄、嘴巴涂上浓浓的胭脂团儿；男孩子们的兴趣都在鞭炮上，我则不然，最喜欢的是买个花脸戴。这是种纸浆轧制成的面具，用掺胶的彩粉画上戏里边那些有名有姓、威风十足的大花脸。后边拴根橡皮条，往头上一套，自己俨然就变成那员虎将了。这花脸是依脸型轧的，眼睛处挖两个孔，可以从里边往外看。但鼻子和嘴的地方不通气儿，一戴上，好闷，还有股臭胶和纸浆的味儿；说出话来，声音变得低粗，却有大将威武不凡的气概，神气得很。

一年年根，舅舅带我去娘娘宫前年货集市上买花脸。过年时人都分外有劲，挤在人群里好费力，终于从挂满一条横竿的花花绿绿几十种花脸中，惊喜地发现一个。这花脸好大，好特别！通面赤红，一双墨眉,眼角雄俊地吊起,头上边凸起一块绿包头,长巾贴脸垂下,脸下边是用马尾做的很长的胡须。这花脸与那些愣头愣脑、傻头傻脑、神头鬼脸的都不一样,虽然毫不凶恶,却有股子凛然不可侵犯的庄重之气,咄咄逼人。我看得直缩脖子,要是把它戴在脸上,管叫别人也吓得缩脖子。我竟不敢用手指它,只是朝它扬下巴,说:"我要那个大红脸!"

卖花脸的小罗锅儿,举竿儿挑下这花脸给我,龇着黄牙笑嘻嘻说:"还是这小少爷有眼力,要做关老爷!关老爷还得拿把青龙偃月刀呢!我给您挑把顶精神的!"就从戳在地上的一捆刀枪里,抽出一柄最漂亮的大刀给我。大红漆杆,金黄刀面,刀面上嵌着几块闪闪发光的小镜片,中间画一条碧绿的小龙,还拴一朵红缨子。这刀!这花脸!没想到一下得到两件宝贝。我高兴得只是笑,话都说不出。舅舅付了钱,坐三轮车回家时,我就戴着花脸,倚着舅舅的大棉袍执刀而立,一路引来不少人瞧我,特别是那些与我般般大的男孩子们投来艳羡的目光时,我快活至极。舅舅给我讲了许多关公的故事,过五关斩六将,温酒斩华雄。边讲边说:"你好英雄呀!"好像在说我的光荣史。当他告我这把青龙偃月刀重八十斤,我简直觉得自己力大无穷。舅舅还教我用京剧自报家门的腔调说:

"我——姓关,名羽,字云长。"

到家,人人见人人夸,妈妈似乎比我更高兴。连总是厉害地板着脸的爸爸也含笑称我"小关公"。我推开人们,跑到穿衣镜前,横刀立马地一照,呀,哪里是小关公,我是大关公呢!

这样,整个大年三十我一直戴着花脸,谁说都不肯摘,睡觉时也戴着它,还是睡着后我妈妈轻轻摘下放我枕边的,转天醒来头件事便是马上戴上,恢复我这"关老爷"的本来面貌。

大年初一，客人们陆陆续续来拜年，妈妈喊我去，好叫客人们见识见识我这关老爷。我手握大刀，摇晃着肩膀，威风地走进客厅，憋足嗓门叫道："我——姓关，名羽，字云长。"

客人们哄堂大笑，都说："好个关老爷，有你守家，保管大鬼小鬼进不来！"

我愈发神气，大刀呼呼抡两圈，摆个张牙舞爪的架势，逗得客人们笑个不停。只要客人来，妈妈就喊我出场表演。妈妈还给我换上只有三十夜拜祖宗时才能穿的那件青缎金花的小袍子。我成了全家过年的主角。连爸爸对我也另眼看待了。

我下楼一向不走楼梯。我家楼梯扶手是整根的光亮的圆木，下楼时便一条腿跨上去，咪溜一下滑到底。这时我就故意躲在楼上，等客人来突然由天而降，叫他们惊奇，效果会更响亮！

初一下午，来客进入客厅，妈妈一喊我，我跨上楼梯扶手飞骑而下，呜呀呀大叫一声闯进客厅，大刀上下一抡，谁知用力过猛，脚底没根，身子栽出去，叭地巨响，大刀正砍在花架上一尊插桃枝的大瓷瓶上，哗啦啦粉粉碎，只见瓷片、桃枝和瓶里的水飞满屋，一块瓷片从二姑脸旁飞过，险些擦上了；屋内如淋急雨，所有人穿的新衣裳都是水渍；再看爸爸，他像老虎一样直望着我，哎哟，一根开花的小桃枝迎面飞去，正插在他梳得油光光的头发里。后来才知道被我打碎的是一尊祖传的乾隆官窑百蝶瓶，这简直是死罪！我坐在地上吓傻了，等候爸爸上来一顿狠狠的揪打。妈妈的神气好像比我更紧张，她一下抓不着办法救我，瞪大眼睛等待爸爸的爆发。

就在这生死关头，二姑忽然破颜而笑，拍着一双雪白的手说道：

"好啊，好啊，今年大吉大利，岁（碎）岁（碎）平安呀！哎，关老爷，干吗傻坐在地上，快起来，二姑还要看你耍大刀哪！"

谁知二姑这是使的什么法术，绷紧的气氛霎时就松开了。另一位姨婆马上应和说："旧的不去，新的不来，不除旧，不迎新。您等着瞧吧，今年非抱个大金娃娃不成，是吧？"她满脸欢笑朝我爸爸说，叫他应声。其他客人也一拥而上，说吉祥话，哄爸爸乐。

这些话平时根本压不住爸爸的火气，此刻竟有神奇的效力，迫使他不乐也得乐。过年乐，没灾祸。爸爸只得嘿嘿两声，点头说：

"呵，好、好、好……"

尽管他脸上的笑纹明显含着被克制的怒意，我却奇迹般地因此逃脱开一次严惩。妈妈对我丢了个眼色，我立刻爬起来，拖着大刀，狼狈而逃。身后还响着客人们着意的拍手声、叫好声和笑声。

往后几天里，再有拜年的客人来，妈妈不再喊我，节目被取消了。我躲在自己屋里很少露面，那把大刀也掖在床底下，只是花脸依旧戴着，大概躲在这硬纸后边再碰到爸爸时有种安全感。每每从眼孔里望见爸爸那张阴沉含怒的脸，不再觉得自己是关老爷，而是个可怜虫了！

过了正月十五，大年就算过去了。我因为和妹妹争吃撤下来的祭灶用的糖瓜，被爸爸抓着腰提起来，按在床上死揍了一顿。我心里清楚，他是把打碎花瓶的罪过加在这件事上一起清算，因为他盛怒时，向我要来那把惹祸的大刀，用力折成段，大花脸也撕成碎片片。

从这事，我悟到一个祖传的概念：一年之中惟有过年这几天是孩子们的自由日，在这几天里无论怎样放胆去闹，也不会立刻得到惩罚。这便是所有孩子都盼望过年深在的缘故。当然那被撕碎的花脸也提醒我，在这有限的自由里可得勒着点自己，当心事后加倍地算账。

1989 年正月十六

空　屋

　　好像家里人谁也不肯说，为什么后院那间小屋一直空着，锁着，甚至连院子也很少人去。这空屋便常常隐在几株大梧桐深幽的、湿漉漉的荫影里，红砖墙几乎被苔涂绿，黝黑的檐下总是挂着一些亮闪闪的大蜘蛛网。一入秋，大片大片黄黄的落叶就粘在蛛网上，片片姿态都美，它们还把地面铺得又厚又软，奇怪的是很少有鸟儿飞到这院里来，这便在它的荒芜中加进一点阴森的感觉；影影绰绰，好像听说这屋闹鬼——空屋里常有人走动，还有女人咯咯笑，茶壶自己竟会抬起来斟水……弄不清这是从哪个鬼故事里听来的，还就是这空屋里发生过的令人毛骨悚然的事。那时我小，儿时常把真假混记在一起。

　　一个夏夜，我隔窗清晰听到后院这空屋突然发出叭的一声，好像谁用劲把一根棍子掰断，分明有人！鬼？当时，只觉得自己身子缩得很小很小，眼睛瞪得老大老大，脖子不敢也不能转动了。母亲以为我得了什么急病，问我，我不敢说，最可怕的事都是怕说出来的。从这次起我连通往后院的小门都不敢接近，以致一穿过那段走廊，两条胳膊的鸡皮疙瘩马上全鼓起来。但上楼梯必须横穿过这走廊，每次都是慌慌张张连蹿带跳冲过去，不止一次滑倒跌跤，还跌断过一颗门牙，做了半年多的"没牙佬"。在我的童年里，这空屋是我的一个阴影、威胁、精神包袱，和各种可怕的想象与噩梦的来源。

后来，长大一些，父亲叫我随他去后院这空屋里拿东西，我慑于父亲的威严，被迫第一次走进这鬼的世界。

我紧贴在父亲的身后，左右胆战心惊地瞅这屋，竟然和我生来对它的所有猜想都截然不同。没有骷髅、白骨、血手印和任何怪物，而是一间静得要死的素雅的小书房；几架子书，一个书桌，一张小床，一个带椭圆形镜子的小衣柜。屋里的主人好像突然在某一个时候离去——桌上的铜墨盒打开着，床上的被子没叠，地上的果核也没清扫，便被时间的灰尘一层层封闭了。我从来没见过哪一间屋子有这么厚的尘土，积在玻璃杯里的灰尘足有半寸厚，杯子外边的灰尘也同样厚，一切物品都陷没并凝固在逝去的岁月里，灰蒙蒙的，看上去像一幅淡淡而又冷漠的水墨画。

灰尘是时间的物质。它隔离人与物，今与昔，但灰尘下边呢？什么东西暗暗相连？

一间房子里如果有人住，虽然天天使用房中的一切，它们反而不会损坏，这大概是由于人的精神照射在这些物品上，它们带着活人的气息，与人的生命有光、有色、有声、有机地混合一起；但如果这房子久无人住，它们便全死了，待在那儿自己竟然会开裂、脱落、散架、坏掉……奇怪吗？不不，人创造的一切因人而在。人旺而物荣，人灭而物毁。只见这书桌前的座椅已经散成一堆木棍，有如零落的尸骨；蚊帐粉化了，依稀还有些丝缕耷拉在床架上，好像吹口气便化成一股烟；头顶上双股灯线断了一股，灯泡带着伞状的灯罩斜垂着；迎面的几个书架最惨，木框大多脱开，上边的书歪歪斜斜或成堆地掉落在尘埃里……忽然，吓我一跳！什么东西在动？那椭圆镜子里的自己？鬼！我看见了一个人！我的叫声刚到嗓子眼儿，再瞧，原来是墙上旧式镜框里一个陌生的男青年的照片——他隔着尘污的玻璃炯炯望着我，目光直视，冷冷的，有点怕人。他是谁？这空屋原先的主人吗？我可从来没见过这个梳中分头、穿西装、领口系黑色蝴蝶结的人！他早死了吗？空屋里那些吓人的动静莫非就是他的幽灵作祟？

父亲拿了一盏台灯和字典，把那铜墨盒和铜笔架放在我手里。我抢在父亲前面赶快走出这空屋。经我再三追问，母亲才告诉我——

墙上那照片里的青年确实早已死去。他竟是我的堂兄！他在上大学时，被他痴爱的女友抛弃，从此每当上哲学课，就对一位不相干的教哲学的女教师嘿嘿傻笑，这才知道他疯了。那女友与他分手时送给他一枝双朵的芭兰花。那是用细铁丝拧成的双枝的小叉子，把一对芭兰花插在上边。他便天天捏着这对花忽笑忽哭，直到花儿烂掉，没了，他依旧举着这光光的小叉子用鼻子闻，后来大概他意识到没有花了，就把小叉往鼻孔里插，常常鼻孔被插出血来。终于有一天，他把这小叉子插在电插座上，结束了痛苦绝望的人生。据说那一瞬间，我家电闸的保险丝断了，所有灯齐灭，全楼一片漆黑。

我那时还不懂爱情这东西如此厉害，但它的刺激性全部感受到了。虽然我对这位堂兄全无印象，他是在我三岁时去世的，可随着我渐渐长大，就一点点悟出我这同胞灵魂中曾经承受和不能承受的是些什么。对鬼的幻觉与惧怕也就随之消失，但我仍不肯再走进这空屋。在我那同胞与世决绝之时，这空屋里的一切都不曾给他一点牵挂与挽留啊！这是个无情的空间，一如漠漠人生。我讨厌那屋里所有东西，似乎都是冰冷的、不祥的，像一堆尸骨。我不明白父亲为什么要用那台灯、墨盒和笔架。尤其当那台灯在父亲的书案上亮起，一看这惨白清冷的灯光，我心里便禁不住打个寒噤。世界上所有台灯的灯光都有一种温情啊！

我认定自己终生不会走进这空屋，但第二次进去却是另一种更加意想不到的感受。

"文革"初的一天，突如其来，我家被彻底捣毁，父亲被弄到屋顶上批斗，他随时可能被推下来或者自己跳下来；母亲给拉到大街上，被迫和几个挨整的妇女跪着赛跑。许多陌生人围在门外喊口号，一个老邻居家的孩子带领红卫兵用棍棒斧头把我家扫荡得粉粉碎，直到天黑他们才退去。我一家人坐在被砸毁的成堆成堆的破烂东西上，战战兢兢，不知何时会有人闯进来，再发生什么祸事。这世界变得无法无天，无论谁都可以对我们构成致命的威胁。更深夜半时，近处和远处还在响着喊斗呼打声，我们不敢开灯，不敢出声，黑夜有如恐怖无边地、紧紧地包裹着我……

后来，疲惫不堪的父母和妹妹卧在地上睡着了，不知为什么，我独自起身悄悄穿过走廊和后院，走进那一向被我拒绝的空屋。脚一踏入，那是怎样一个异样宁静的空间啊！

我先在屋中央月光射入的银白照眼的一块地上蹲下来，瞅着一片片清晰而如墨的梧桐叶影；四周，透过黑色透明的空气，书架家具一件件朦朦胧胧地显现出来。随之而来的是一种很奇怪的感觉，屋中这些陌生的、无生命的、本来被我看作是无情无义的死东西，此刻对我反而都是这世上独有的无伤害和保护的了。一切有关的都不安全，一切无关的才最安全。隐隐约约，黑乎乎的墙上、我那疯了并死了的堂兄正冷冷地瞅着我；镜框可能被抄家的人打歪，堂兄的脸也歪着，更添一种活生生的神情，我丝毫不怕，却很想他能像鬼那样走下来，和我说话，反倒会驱散现实压在我心上非常具体的恐怖。我紧紧盯着他，等他，盼他的鬼魂出现……不知不觉进入一种从未经验过的境界：安慰、逃脱与超然。

整整一夜，我享受着这空屋。

猫　婆

　　我那小阁楼的后墙外，居高临下是一条又长又深的胡同，我称它为猫胡同。每日夜半，这里是猫儿们无法无天的世界。它们戏耍、求偶、追逐、打架，叫得厉害时有如小孩扯着嗓子嚎哭。吵得人无法入睡时，便常有人推开窗大吼一声"去——"，或者扔块石头瓦片轰赶它们。我在忍无可忍时也这样怒气冲冲干过不少次。每每把它们赶跑，静不多时，它们又换个什么地方接着闹，通宵不绝。为了逃避这群讨厌的家伙，我真想换房子搬家。奇怪，哪来这么多猫，为什么偏偏都跑到这胡同里来聚会闹事？

　　一天，我到一位朋友家去串门，聊天，他养猫，而且视猫如命。

　　我说："我挺讨厌猫的。"

　　他一怔，扭身从墙角纸箱里掏出个白色的东西放在我手上。呀，一只毛线球大小雪白的小猫！大概它有点怕，缩成个团儿，小耳朵紧紧贴在脑袋上，一双纯蓝色亮亮的圆眼睛柔和又胆怯地望着我。我情不自禁赶快把它捧在怀里，拿下巴爱抚地蹭它毛茸茸的小脸，竟然对这朋友说："太可爱了，把它送给我吧！"

我这朋友笑了，笑得挺得意，仿佛他用一种爱战胜了我不该有的一种怨恨。他家大猫这次一窝生了一对小猫——一只一双金黄眼儿，一只一双天蓝色眼儿。尽管他不舍得送人，对我却例外地割爱了。似乎为了要在我身上培养出一种与他同样的爱心来；真正的爱总希望大家共享，尤其对我这个厌猫者。

小猫一入我家，便成了我全家人的情感中心。起初它小，趴在我手掌上打盹睡觉，我儿子拿手绢当被子盖在它身上，我妻子拿眼药瓶吸牛奶喂它。它呢，喜欢像婴儿那样仰面躺着吃奶，吃得高兴时便用四只小毛腿抱着你的手，伸出柔软的、细砂纸似的小红舌头亲昵地舔你的手指尖……这样，它长大了，成为我家中的一员，并有着为所欲为的权利——睡觉可以钻进任何人的被窝儿，吃饭可以跳到桌上，蹲在桌角，想吃什么就朝什么叫，哪怕最美味的一块鱼肚或鹅肝，我们都会毫不犹豫地让给它。嘿，它夺去我儿子受宠的位置，我儿子却毫不妒忌它，反给它起了顶漂亮、顶漂亮的名字，叫蓝眼睛。这名字起得真好！每当蓝眼睛闯祸——砸了杯子或摔了花瓶，我发火了，要打它，但只要一瞅它那纯净光澈、惊慌失措的蓝眼睛，心中的火气顿时全消，反而会把它拥在怀里，用手捂着它那双因惊恐瞪大的蓝眼睛，不叫它看，怕它被自己的冒失吓着……

我也是视猫如命了。

入秋，天一黑，不断有些大野猫出现在我家的房顶上，大概都是从后面猫胡同爬上来的吧。它们个个很丑，神头鬼脸向屋里张望。它们一来，蓝眼睛立即冲出去，从晾台蹿上屋顶，和它们对吼、厮打，互相穷追不舍。我担心蓝眼睛被这些大野猫咬死，关紧通向晾台的门，蓝眼睛便发疯似的抓门，还哀哀地向我乞求。后来我知道蓝眼睛是小母猫，它在发狂地爱，我便打开门不再阻拦。它天天夜出晨归，归来时，浑身滚满尘土，两眼却分外兴奋明亮，像蓝宝石。就这样，在很冷的一天夜里出去了，没再回来，我妻子站在晾台上拿根竹筷子当当敲着它的小饭盆，叫它，一连三天，期待落空。意想不到的灾难降临——蓝眼睛丢了！

情感的中心突然失去，家中每个人全空了。

我不忍看妻子和儿子噙泪的红眼圈，便房前房后去找。黑猫、白猫、黄猫、花猫、大猫、小猫，各种模样的猫从我眼前跑过，惟独没有蓝眼睛……懊丧中，一个孩子告诉我，猫胡同顶里边一座楼的后门里，住着一个老婆子，养了一二十只猫，人称猫婆，蓝眼睛多半是叫她的猫勾去的。这话点亮了我的希望。

当夜，我钻进猫胡同，在没有灯光的黑暗里寻到猫婆家的门，正想察看情形，忽听墙头有动静，抬头吓一跳，几只硕大的猫影黑黑地蹲在墙上。我轻声一唤"蓝眼睛"，猫影全都微动，眼睛处灯光似的一闪一闪，并不怕人。我细看，没有蓝眼睛，就守在墙根下等候。不时一只走开，跳进院里；不时又从院里爬上一只来，一直没等到蓝眼睛。但这院里似乎是个大猫洞，我那可怜的宝贝多半就在里边猫婆的魔掌之中了。我冒冒失失地拍门，非要进去看个究竟不可。

门打开，一个高高的老婆子出现——这就是猫婆了。里边亮灯，她背光，看不清面孔，只是一条墨黑墨黑神秘的身影。

我说我找猫，她非但没拦我，反倒立刻请我进屋去。我随她穿过小院，又低头穿过一道小门，是间阴冷的地下室。一股浓重噎人的猫味马上扑鼻而来。屋顶很低，正中吊下一个很脏的小灯泡，把屋内照得昏黄。一个柜子，一只生铁炉子，一张大床，地上几只放猫食的破瓷碗，再没别的，连一把椅子也没有。

猫婆上床盘腿而坐，她叫我也坐在床上。我忽见一团灰涂涂的棉被上，东一只西一只横躺竖卧着几只猫。我扫一眼这些猫，还是没有蓝眼睛。猫婆问我："你丢那猫什么样儿？"我描述一遍，她立即叫道："那大白波斯猫吧？长毛？大尾巴？蓝眼睛？见过见过，常从房上下来找我们玩儿，还在我们这儿吃过东西呢，多疼人的宝贝！丢几天了？"我盯住她那略显浮肿、苍白无光的老脸看，只有焦急，却无半点装假的神气。我说："五六天了。"她的脸顿时阴沉下来，停了片刻才说："您甭找了，回不来了！"我很疑心这话为了骗我，目光搜寻可能藏匿蓝眼睛的地方。这时，猫婆的手忽向上一指，呀，迎面横着的铁烟囱上，竟然还趴着好大一长排各种各样的猫！有的眼睛看我，有的闭眼睡觉，它们是在借着烟囱的热气取暖。

猫婆说："您瞧瞧吧，这都是叫人打残的猫！从高楼上摔坏的猫！我把它们拾回来养活的。您瞧那只小黄猫，那天在胡同口叫孩子们按着批斗，还要烧死它，我急了，一把从孩子们手里抢出来的！您想想，您那宝贝丢了这么多天，哪还有好？现在乡下常来一伙人，下笼子逮猫吃，造孽呀！他们在笼里放了鸟儿，把猫引进去，笼门就关上……前几天我的一只三花猫就没了。我的猫个个喂得饱饱的，不用鸟儿绝对引不走，那些狼心狗肺的家伙，吃猫肉，叫他们吃！吃得烂嘴、烂舌头、浑身烂、长疮、烂死！"

她说得脸抖，手也抖，点烟时，烟卷抖落在地。烟囱上那小黄猫，瘦瘦的，尖脸，很灵，立刻跳下来，叼起烟，仰起嘴，递给她。猫婆笑脸开花，咧着嘴不住地说："瞧，您瞧，这小东西多懂事！"像在夸赞她的一个小孙子。

我还有什么理由疑惑她？面对这天下受难猫儿们的救护神，告别出来时，不觉带着一点惭愧和狼狈的感觉。

蓝眼睛的丢失虽使我伤心很久，但从此不知不觉我竟开始关切所有猫儿的命运。猫胡同再吵再闹也不再打扰我的睡眠，似乎有一只猫叫，就说明有一只猫活着，反而令我心安。猫叫成了我的安眠曲……

转过一年，到了猫儿们求偶时节，猫胡同却忽然安静下来。

我妻子无意间从邻居那里听到一个不幸的消息：猫婆死了。同时——在她死后——才知道关于她在世时的一点点经历。

据说，猫婆本是先前一个开米铺老板的小婆，被老板的大婆赶出家门，住在猫胡同那座楼第一层的两间房子里，后又被当作资本家老婆，轰到地下室。她无亲无故，孑然一身，拾纸为生，以猫为伴，但她所养的猫没有一个良种好猫，都是拾来的弃猫、病猫和残猫。她天天从水产店捡些臭鱼烂虾煮了，放在院里喂猫，也就招引一些无家可归的野猫来填肚充饥，有的干脆在她家落脚。她有猫必留，谁也不知道她家到底有多少只猫。

"文革"前，曾有人为她找个伴儿，是个卖肉的老汉。结婚不过两个月，老汉忍受不了这些猫闹、猫叫、猫味儿，就搬出去住了。人们劝她扔掉这些猫，接回老汉，她执意不肯，坚持与这些猫共享着无人能解的快乐。

前两个月，猫婆急病猝死，老汉搬回来，第一件事便是把这些猫统统轰走。被赶跑的猫儿依恋故人故土，每每回来，必遭老汉一顿死打，这就是猫胡同忽然不明不白静下来的根由了。

这消息使我的心一揪。那些猫，那些在猫婆床上、被上、烟囱上的猫，那些残的、病的、瞎的猫儿们呢？那只尖脸的、瘦瘦的、为猫婆叼烟卷的小黄猫呢？如今漂泊街头、饿死他乡，被孩子弄死，还是叫人用笼子捉去吃掉了？一种伤感与担虑从我心里漫无边际地散开，散出去，随后留下的是一片沉重的空茫。这夜，我推开后窗向猫胡同望下去，只见月光下，猫婆家四周的房顶墙头趴着一只只猫影，大约有七八只，黑黑的，全都默不作声。这都是猫婆那些生死相依的伙伴，它们等待着什么呀？

从这天起，我常常把吃剩下的一些东西，一块馒头、一个鱼头或一片饼扔进猫胡同里去，这是我仅能做到的了。但这一年里，我也不断听到一些猫这样或那样死去的消息，即使街上一只猫被轧死，我都认定必是那些从猫婆家里被驱赶出来的流浪儿。入冬后，我听到一个令人震栗的故事——

我家对面一座破楼修理瓦顶。白天里瓦工们换瓦时活没干完，留下个洞，一只猫为了御寒，钻了进去；第二天瓦工们盖上瓦走了，这只猫无法出来，急得在里边叫。住在这楼顶层的五六户人家都听到猫叫，还有在顶棚上跑来跑去的声音，但谁家也不肯将自家的顶棚捅坏，放它出来。这猫叫了三整天，开头声音很大，很惨，瘆人，但一天比一天声音微弱下来，直至消失！

听到这故事，我彻夜难眠。

更深夜半，天降大雪，猫胡同里一片死寂，这寂静化为一股寒气透进我的肌骨。忽然，后墙下传来一声猫叫，在大雪涂白了的胡同深处，猫婆故居那墙头上，孤零零趴着一只猫影，在凛冽中蜷缩一团，时不时哀叫一声，甚是凄婉。我心一动，是那尖脸小黄猫吗？忙叫声："咪咪！"想下楼去把它抱上来，谁知一声唤，将它惊动，起身慌张跑掉。

猫胡同里便空无一物。只剩下一片夜的漆黑和雪的惨白，还有奇冷的风在这又长又深的空间里呼啸。

1989 年 9 月 6 日《世界日报》首发

老母为我扎红带

今年是马年，我的本命年，又该扎红腰带了。

在古老的传统中，本命年又称"槛儿年"，本命年扎红腰带——俗称"扎红"，就是顺顺当当"过槛儿"，寄寓着避邪趋吉的心愿。故而每到本命年，母亲都要亲手为我扎红。记得十二年前我甲子岁，母亲已八十六岁，却早早为我准备好了红腰带，除夕那天，亲手为我扎在腰上。那一刻，母亲笑着，我笑着，屋内其他人也笑着，我心里深深地感动。所有孩子自出生那一刻，母亲最大的心愿莫过于孩子的健康与平安，这心愿一直伴随着孩子的成长而执着不灭；而我竟有如此宏福，六十岁还能感受到母亲这种天性和深挚的爱。一时心涌激情，对母亲说，十二年后，还要她再为我扎红，母亲当然知道我这话里边的含意，笑嘻嘻连连说一个字：好好好。

十二年过去，我的第六个本命年来到，如今七十二岁了。

母亲呢？真棒！她信守诺言，九十八岁寿星般的高龄，依然健康，面无深皱，皮肤和雪白的发丝泛着光亮；最叫我高兴的是她头脑仍旧明晰和富于觉察力，情感也一直那样丰富又敏感，从来没有衰退过。而且，今年一入腊月就告诉我，已经预备了红腰带，要在除夕那天亲手给我扎在腰上，还说这次腰带上的花儿由她自己来绣。她为什么刻意自己来绣？她眼睛的玻璃体有点小问题，还能绣吗？她执意要把深心的一种祝愿，一针针地绣入这传说能够保佑平安的腰带中吗？

于是在除夕这天，我要来体验七十人生少有的一种幸福——由老母来给扎红了。

母亲郑重地从柜里拿出一条折得分外齐整的鲜红的布腰带，打开给我看；一端——终于揭晓了——是母亲亲手用黄线绣成的四个字"马年大吉"。竖排的四个字，笔画规整，横平竖直，每个针脚都很清晰。这是母亲绣的吗？母亲抬头看着我说："你看绣得行吗？我写好了字，开始总绣不好，太久不绣了，眼看不准手也不准，拆了三次绣了三次，马字下边四个点儿间距总摆不匀，现在这样还可以吧？"我感觉此刻任何语言都无力于心情的表达。妹妹告我，她还换了一次线呢，开头用的是粉红色的线，觉得不显眼，便换成了黄线。妹妹笑对母亲说，你要是再拆再绣，布就扎破了。什么力量使她克制着眼睛里发浑的玻璃体，顽强地使每一针都依从心意、不含糊地绣下去？

母亲为我扎红时十分认真。她两手执带绕过我的腰时，只说一句："你的腰好粗啊。"随后调整带面，正面朝外，再把带子两端汇集到腰前正中，拉紧拉直；结扣时更是着意要像蝴蝶结那样好看，并把带端的字露在表面。她做得一丝不苟，庄重之至，有一种仪式感，叫我感受到这一古老风俗里有一种对生命的敬畏，还有世世代代对传衍的郑重。

我比母亲高出一头还多，低头正好看着她的头顶，她稀疏的白发中间，露出光亮的头皮，就像我们从干涸的秋水看得了洁净的河床。母亲真的老了，尽管我坚信自己有很强的能力，却无力使母亲重返往昔的生活——母亲年轻时种种明亮光鲜的形象就像看过的美丽的电影片断那样仍在我的记忆里。

然而此刻，我并没有陷入伤感。因为，活生生的生活证明着，我现在仍然拥有着人间最珍贵的母爱。我鬓角花白却依然是一个孩子，还在被母亲呵护着。而此刻，这种天性的母爱的执着、纯粹、深切、祝愿，全被一针针绣在红带上，温暖而有力地扎在我的腰间。

感谢母亲长寿，叫我们兄弟姐妹们一直有一个仍由母亲当家的家；在远方工作的手足每逢年时依然能够其乐融融地回家过年，享受那种来自童年的深远而常在的情味，也享受着自己一种美好的人生情感的表达——孝顺。

孝，是中国作为人的准则的一个字，是一种缀满果实的树对根的敬意，是万物对大地的感恩，也是人性的回报和回报的人性。

我相信，人生的幸福最终还来自己的心灵。

此刻，心中更有一个祈望，让母亲再给我扎一次红腰带。

这想法有点神奇吗？不，人活着，什么美好的事都有可能。

2014 年 2 月 11 日

金婚有感

今年的元旦对我有点特殊——是我的金婚日。

很久很久之前有人对我说：

"你见到的长辈们正在经过的事，最终一件件也会发生在你自己身上。"

这话真的很对，一件件全应验了，结婚，生子，搬家，升迁，祸福；然后是儿子结婚生子。再有便是逢五逢十过生日，逢五逢十过结婚纪念日，却不曾想过"金婚"。今天，我和妻子居然迎来了"金婚"的日子。

记得上世纪八十年代去看冰心老人，那天老人穿一身缎料制的新衣，十分光鲜，满面笑容；屋里放了香气四溢的盆花，还有一幅黄永玉先生赠送的大幅中堂，画着一树红梅，繁花满纸，更添喜气。冰心的先生吴文藻也是一身新装，不过式样古板一些。待问方知，原来那天是冰心和吴文藻的金婚。那时不知何为金婚，再问才知金婚是两个人整整半个世纪的携手相伴。那时我还年轻，心想多么遥远漫长的人生之路，多么长久相依为命的夫妻，才能共同迎来金婚？五十年间的朋友可以断断续续，时远时近，五十年的夫妻却需要天天实实在在生活在一起。什么力量使他们半个世纪不离不弃，怎么才能真正做到"执子之手，与子偕老"？那次拜访，使我对他们多了一层敬意。这敬意缘自他们彼此忠贞不渝的情感。

有人说这是一种持久的坚守。情感也需要坚守吗？人生的事没有体验不能做出回答。

如今我们也站在人生旅途中金婚这个驿站上。

我对自己金婚最鲜明的感觉首先是惊奇。

我们怎么这么快就到达这里，我们是飞来的吗？如今，我们不是和半个世纪以前一样说说笑笑吗？对生活与艺术的兴趣不是一点未减吗？过去的岁月只不过像堆在了昨天那样——为什么？是因为我们曾经的生活多经磨砺而不愿回头，还是我们天性总生活在希望里，所以不太在乎昨天？都不是。

不久前，我刚写过一部自传性的作品《无路可逃》。我用美国摄影写实主义画家怀斯那种苛刻地追求客观的手法，再现我所经历的崎岖、艰辛以及种种心灵的感受。那时真感觉岁月有种失去尽头般的漫长。然而今天看来，生活不管在当时多么漫长，过后都会变得十分短暂。因为，人生最终会将其中平庸的日子抽掉，留给你的只是一个生命的梗概而已。

但生命的梗概可不是一串干巴巴的概念。它是活生生沉重的负荷、艰辛、险阻，甚至劫难——包括唐山大地震时房倒屋塌——我们都尝受过了。只有尝过，经受过，背负过，并一直相携、相助、相互砥砺，还有相互的宽容和理解，才能共同走到今天，才懂得人生的分量与意义，才知道为什么五十年的婚姻叫作金婚。

金子是炼出来的。然而金婚是怎么炼出来的？

金婚是人生稀有的果实。每一个金婚都是一个奇特的故事。有人问我，会不会把它写下来？我说不会。人生有些事要讲出来，有些事还是放在心里好。然而，我们会用各个时期有特殊意义的照片编一本私人化图集。我想用它构建自己过往的时光隧道，然后走进时光隧道重新认知一下自己。人只有自己的经历才是真正属于自己的。这样做，还为了一种纪念，也是为了一种再现和重温，同时给自己的亲朋好友看看，共享我们的此时此刻。

　　我喜欢在人生每一个重要的节点上，过得"深"一些，在记忆中刻下一个印记。让生命多一点纵向的东西；这是因为前面还有路要走，可能路还挺长，还有曲折。我们想让未来听取过去的告诫。

　　那么，这个加上"金婚"标注的元旦之日该怎么过呢？按照我们五十年来的一个老习惯，在每一个重要的结婚纪念日里，共同合作一幅画吧。于是元旦这天我们又画了一幅，题目就叫《金婚》，还题诗在上边：

　　　　岁月如水入墨池，此中滋味几人知。

　　　　相许一生风雨里，光华自在金婚时。

2017 年 1 月 3 日

父子应是忘年交

儿子考上大学时，闲话中提到费用，他忽然说："从上初中开始，我一直用自己的钱缴的学费。"

我和妻子都吃一惊。我们活得又忙碌又糊涂，没想到这种事。我问他：

"你哪来的钱？"

"平时的零花钱，还有以前过年时的压岁钱，攒的。"

"你为什么要用自己的钱呢？"我犹然不解。

他不语。事后妻子告诉我，他说："我要像爸爸那样，一切都靠自己。"

于是我对他肃然起敬，并感到他一下子长大了。那个整天和我踢球、较量、打闹并被我爱抚地捉弄着的男孩儿已然倏忽远去。人长大，不是身体的放大，不是唇上出现的软髭和颈下凸起的喉结，而是一种成熟，一种独立人格的出现。但究竟他是怎样不声不响、不落痕迹地渐渐成长，忽然一天这样叫我惊讶，叫我陌生？是不是我的眼睛太多关注于人生的季节和社会的时令，关注那每一朵嫩苞一截枯枝一块阴影和一片日光，关注笔尖下每一个细节的真实和每一个词语的准确，因而忽略了日日跟在身边却早已悄悄发生变化的儿子？

我把这感觉告诉给朋友，朋友们全都笑了，原来在所有的父亲心目里，儿子永远是夹生的。

对于天下的男人们，做父亲的经历各不一样，做父亲的感觉却大致相同。

这感觉一半来自天性，一半来自传统。

七六年大地震那夜，我睡地铺。地动山摇的一瞬，我本能地一跃而起，扑向儿子的小床，把他紧紧拥在怀里，任凭双腿全被乱砖乱瓦砸伤。事后我逢人便说自己如何英勇地捍卫了儿子，那份得意，那份神气，那份英雄感，其实是一种自享。享受一种做父亲尽天职的快乐。父亲，天经地义是家庭和子女的保护神。天职就是天性。

至于来自传统的做父亲的感觉，便是长者的尊严，教导者的身份，居高临下的视角与姿态……每一代人都从长辈那里感受这种父亲的专利，一旦他自己做了父亲就将这种专利原原本本继承下来。

这是一种"传统感觉"，也是一种"父亲文化"。

我们就是在这一半天性一半传统中，美滋滋又糊里糊涂做着父亲。自以为对儿子了如指掌，一切一切，尽收眼底，可是等到儿子一旦长大成人，才惊奇地发现自己竟然对他一无所知。最熟悉的变为最陌生，最近的站到了最远，对话忽然中断，交流出现阻隔。弄不好还可能会失去他。人们把这弄不明白的事情推给"代沟"这个字眼儿，却不清楚：每个父亲都会面临重新与儿子相处的问题。

我想起，我的儿子自小就不把同学领到狭小的家里来玩，怕打扰我写作，我为什么不把这看作是他对我工作的一种理解与尊重？他也没有翻动过我桌上的任何一片写字的纸，我为什么没有看到文学在他心里也同样的神圣？我由此还想起，照看过他的一位老妇人说，他从来没有拉过别人的抽屉，对别人的东西产生过好奇与眼羡……当我把这许多不曾留意的细节，与他中学时就自己缴学费的事情串联一起，我便开始一点点向他走近。

他早就有一个自己的世界，里边有很多发光的事物，直到今天我才探进头来。

被理解是一种幸福，理解人也是一种幸福。

当我看到了他独立的世界和独立的人格，也就有了与他相处的方式。

对于一个走向成年的孩子，千万不要再把他当作孩子，而要把他当作一个独立的男人。

我开始尽量不向他讲道理，哪怕这道理千真万确，我只是把这道理作为一种体会表达出来而已。他呢？也只是在我希望他介入我的事情时，他才介入进来。我们对彼此的世界，不打扰，不闯入，不指手画脚，这才是男人间的做法。我深知他不喜欢用语言张扬情感，崇尚行动的本身；他习惯于克制激动，同时把这激动用隐藏的方式保留起来。我们的性格刚好相反，我却学会用他这种心领神会的方式与他交流。比方我在书店买书时，常常会挑选几本他喜欢的书，回家后便不吭声地往他桌上一放。他也是这样为我做事。他不喜欢添油加醋的渲染，而把父子之情看得天地一样的必然。如果这需要印证，就去看一看他的眼睛——儿子望着父亲的目光，总是一种彻底的忠诚。

所以，我给他所翻译的埃里克·奈特那本著名的小说《好狗莱希》（又名《莱希回家了》）写的序文，故意用了这样一个题目：忠诚的价值胜过金子。

儿子，在孩提时代是一种含义。但长大成人后就变了，除去血缘上的父子关系之外，又是朋友，是一个忘年交。而只有真正成为这种互为知己的忘年交，我们才获得完满的做父亲的幸福，才拥有了实实在在又温馨完美的人生。

1996 年 6 月　天津

往事如"烟"

从家族史的意义上说，抽烟没有遗传。虽然我父亲抽烟，我也抽过烟，但在烟上我们没有基因关系。我曾经大抽其烟，我儿子却绝不沾烟，儿子坚定地认为不抽烟是一种文明。看来个人的烟史是一段绝对属于自己的人生故事。而且在开始成为烟民时，就像好小说那样，各自还都有一个"非凡"的开头。

记得上小学时，我做肺部的 X 光透视检查。医生一看我肺部的影像，竟然朝我瞪大双眼，那神气好像发现了奇迹。他对我说："你的肺简直跟玻璃的一样，太干净太透亮了。记住，孩子，长大可绝对不要吸烟！"

可是，后来步入艰难的社会。我从事仿制古画的单位被"文革"的大锤击碎。我必须为一家塑料印刷的小作坊跑业务，天天像沿街乞讨一样，钻进一家家工厂去寻找活计。而接洽业务，打开局面，与对方沟通，先要敬上一支烟。烟是市井中一把打开对方大门的钥匙。可最初我敬上烟时，却只是看着对方抽，自己不抽，这样反而倒有些尴尬，敬烟成了生硬的"送礼"。于是，我便硬着头皮开始了抽烟的生涯。为了敬烟而吸烟。应该说，我抽烟完全是被迫的。

儿时，那位医生叮嘱我的话，那句金玉良言，我至今未忘。但生活的警句常常被生活本身击碎，因为现实总是至高无上的，甚至还会叫真理甘拜下风。当然，如果说起我对生活严酷性的体验，这还只是九牛一毛呢！

古人以为诗人离不开酒，酒后的放纵会给诗人招来意外的灵感；今人以为作家的写作离不开烟，看看他们写作时脑袋顶上那纷纭缭绕的烟缕，多么像他们头脑中翻滚的思绪啊。但这全是误解！好的诗句都是在清明的头脑中跳跃出来的；而"无烟作家"也一样写出大作品。

他们并不是为了写作才抽烟。他们只是写作时也要抽烟而已。

真正的烟民全都是无时不抽的。

他们闲时抽，忙时抽；舒服时抽，疲乏时抽；苦闷时抽，兴奋时抽；一个人时抽，一群人更抽；喝茶时抽，喝酒时抽；饭前抽几口，饭后抽一支；睡前抽几口，醒来抽一支。右手空着时用右手抽，右手忙着时用左手抽。如果坐着抽，走着抽，躺着也抽，那一准是头一流的烟民。记得我在自己烟史的高峰期，半夜起来还要点上烟，抽半支，再睡。我们误以为烟有消闲、解闷、镇定、提神和助兴的功能，其实不然。对于烟民来说，不过是这无时不伴随着他们的小小的烟卷，参与了他们大大小小一切的人生苦乐罢了。

我至今记得父亲挨整时，总躲在屋角不停地抽烟。那个浓烟包裹着的一动不动的蜷曲的身影，是我见到过的世间最愁苦的形象。烟，到底是消解了还是加重了他的忧愁和抑郁？

那么，人们的烟瘾又是从何而来？

烟瘾来自烟的魅力。我看烟的魅力，就是在你把一支雪白和崭新的烟卷从烟盒抽出来，性感地夹在唇间，点上，然后深深地将雾化了的带着刺激性香味的烟丝吸入身体而略感精神一爽的那一刻，即抽第一口烟的那一刻。随后，便是这吸烟动作的不断重复，而烟的魅力在这不断重复的吸烟中消失。

其实，世界上大部分事物的魅力，都在最初接触的那一刻。

我们总想去再感受一下那一刻，于是就有了瘾。所以说，烟瘾就是不断燃起的"抽上一口"——也就是第一口烟的欲求。这第一口之后再吸下去，就成了一种毫无意义的习惯性的行为。我的一位好友张贤亮深谙此理，所以他每次点上烟，抽上两三口，就把烟按死在烟缸里。有人说，他才是最懂得抽烟的，他抽烟一如赏烟，并说他是"最高品位的烟民"。但也有人说，这第一口所受尼古丁的伤害最大，最具冲击性，所以笑称他是"自残意识最清醒的烟鬼"。但是，不管怎么样，烟最终留给我们的是发黄的牙和夹烟卷的手指，熏黑的肺，咳嗽和痰喘，还有难以谢绝的烟瘾本身。

父亲抽了一辈子烟，抽得够凶。他年轻时最爱抽英国老牌的"红光"，后来专抽"恒大"。"文革"时发给他的生活费只够吃饭，但他还是要挤出钱来，抽一种军绿色封皮的最廉价的"战斗"牌纸烟。如果偶尔得到一支"墨菊""牡丹"，便像今天中了彩那样，立刻眉开眼笑。这烟一直抽得他晚年患肺气肿，肺叶成了筒形，呼吸很费力，才把烟扔掉。

十多年前，我抽得也凶，尤其是写作中。我住在北京人民文学出版社写长篇时，四五个作家挤在一间屋里，连写作带睡觉。我们全抽烟，天天把小屋抽成一片云海。灰白色厚厚的云层静静地浮在屋子中间。烟民之间全是有福同享。一人有烟大家抽，抽完这人抽那人。全抽完了，就趴在地上找烟头。凑几个烟头，剥出烟丝，撕一条稿纸卷上，又一支烟。可有时晚上躺下来，忽然害怕桌上烟火未熄，犯起了神经质，爬起来查看查看，还不放心，索性把新写的稿纸拿到枕边，怕把自己的心血烧掉。

烟民做到这个份儿，后来戒烟的过程必然十分艰难。单用意志远远不够，还得使出各种办法对付自己。比方，一方面我在面前故意摆一盒烟，用激将法来捶打自己的意志；一方面在烟瘾上来时，又不得不把一支不装烟丝的空烟斗叼在嘴上。好像在戒奶的孩子的嘴里塞上一个奶嘴，致使来访的朋友们哈哈大笑。

只有在戒烟的时候，才会感受到烟的厉害。

最厉害的事物是一种看不见的习惯。当你与一种有害的习惯诀别之后，又找不到新的事物并成为一种习惯时，最容易出现的便是返回去。从生活习惯到思想习惯全是如此。这一点也是我在小说《三寸金莲》中"放足"那部分着意写的。

如今我已经戒烟十年有余。屋内烟消云散，一片清明，空气里只有观音竹细密的小叶散出的优雅而高逸的气息。至于架上的书，历史的界限更显分明：凡是发黄的书脊，全是我吸烟时代就立在书架上的；此后来者，则一律鲜明夺目，毫无污染。今天，写作时不再吸烟，思维一样灵动如水，活泼而光亮。往往看到电视片中出现一位奋笔写作的作家，一边皱眉深思，一边吞云吐雾，我会哑然失笑。并庆幸自己已然和这种糟糕的样子永久地告别了。

一个边儿磨毛的皮烟盒，一个老式的有机玻璃烟嘴，陈放在我的玻璃柜里。这是我生命的文物。但在它们成为文物之后，所证实的不仅仅是我做过烟民的履历，它还会忽然鲜活地把昨天生活的某一个画面唤醒，就像我上边描述的那种种的细节和种种的滋味。

去年，我去北欧。在爱尔兰首都都柏林的一个小烟摊前，忽然一个圆形红色的形象跳到眼中。我马上认出这是父亲半个世纪前常抽的那种英国名牌烟"红光"。一种十分特别和久违的亲切感拥到我的身上。我马上买了一盒。回津后，在父亲忌日那天，用一束淡雅的花衬托着，将它放在父亲的墓前。这一瞬竟叫我感到了父亲在世一般的音容，很生动，很贴近。这真是奇妙的事！虽然我明明知道这烟曾经有害于父亲的身体，在父亲活着的时候，我希望彻底撇掉它，但在父亲离去后，我为什么又把它十分珍惜地自万里之外捧了回来？

我明白了，这烟其实早已经是父亲生命的一部分。

从属于生命的事物，一定会永远地记忆着生命的内容，特别是在生命消失之后。我这句话是广义的。

物本无情，物皆有情，这两句话中间的道理便是本文深在的主题。

2001 年 2 月　天津

第二辑　艺事

关于艺术家

人类艺术史的进程中，两次迈出巨人的脚步：一次是从自发的艺术到自觉的艺术，一次是从自觉的艺术到艺术的自觉，后一次的缘故是艺术家的出现。自此，艺术就变得无比艰难。

艺术家的工作是把艺术个性化。创造的含义就变为独创。艺术中没有超越，只有区别，成功者都是在千差万别中显露自己。艺术家的个性魅力成了他艺术的灵魂。于是，平庸与浅薄被视为垃圾，因袭模仿被看作偷窃，都是艺术的淘汰物。但是如何把个性魅力变成个性艺术？艺术家们各有各的秘密。

凭仗着他们的努力，创造一个世界。这世界不是现实世界的复制。智慧到处发光，才华到处流溢；所有颜色都是语言，所有声音都有灵性，所有空间都充满想象。这世界的一切，都是由无到有，每个人物都是虚构而成，还要同活人一样有血有肉有性格有心灵，可是这些人物的生命却从不依循活人的生死常规；不成功的人物生来就死，成功的人物却能永恒。有时，他们在书中戏中电影中死去，但在每一次艺术欣赏中重新再活一次，艺术有它神秘的规律。由于艺术的本质是生命，它一如人的生命本身，是个古老又永远不解的谜。

艺术家生存在自己的艺术中，艺术一旦完结，艺术家虽生犹死。长命的办法惟有不断区别别人，也区别自己。这苛刻的法则便逼迫艺术家必须倾注全部身心，宁肯在人间死掉，也要在艺术中永生。难怪他们在现实生活中七颠八倒，在虚构的世界里却不会弄错任何一根纤细的神经。反常的人创造正常的人物。人们往往能宽恕艺术中的人物，并不能宽恕生活中的艺术家。他们照旧默默吃苦受罪，把用心血锻造出的金银绯紫贡献给陌生的人们。一旦失败，有如死去，无人理睬；一旦成功，自己却来不及享受。因为只要不再超越这成功，同样意味着告终。

但真正的艺术又常常不被理解。在明天认可之前，今天受尽嘲笑；成功不一定在它的诞生之日。不被理解的艺术与失败的艺术，同样受冷落，一样的境遇，一样的感觉。艺术家最大的敌人是寂寞，伴随艺术家一生的是忽冷忽热的观众、读者和一种深刻的孤独。

这便是我心中的艺术家，天生的苦行僧，拿生命祭奠美的圣徒，一群常人眼中的疯子、傻子或上帝。但如果没有他们，人类的才智便沉没于平庸，生活化为一片枯索的沙漠，好比没山，地球只是一个光秃秃暗淡的球体。

1987 年 11 月 7 日　天津

水墨文字

一

兀自飞行的鸟儿常常会令我感动。

在绵绵细雨中的峨眉山谷，我看见过一只黑色的孤鸟。它用力扇动着又湿又沉的翅膀，拨开浓重的雨雾和叠积的烟霭，艰难却直线地飞行着。我想，它这样飞，一定有着非同寻常的目的。它是一只迟归的鸟儿？迷途的鸟儿？它为了保护巢中的雏鸟还是寻觅丢失的伙伴？它扇动的翅膀，缓慢、有力、富于节奏，好像慢镜头里的飞鸟。它身体疲惫而内心顽强。它像一个昂扬而闪亮的音符在低调的旋律中穿行。

我心里忽然涌出一些片断的感觉，一种类似的感觉；那种身体劳顿不堪而内心的火犹然熊熊不息的感觉。

后来我把这只鸟，画在我的一幅画中。

所以我说，绘画是借用最自然的事物来表达最人为的内涵。这也正是文人画的首要的本性。

二

画又是画家作画时的心电图。画中的线全是一种心迹。因为，惟有线条才是直抒胸臆的。

心有柔情，线则缠绵；心有怒气，线也发狂。心境如水时，一条线从笔尖轻轻吐出，如蚕吐丝，又如一串清幽的音韵流出短笛。可是你有情勃发，似风骤至，不用你去想怎样运腕操笔，一时间，线条里的情感、力度乃至速度全发生了变化。

为此，我最爱画树画枝。

在画家眼里树枝全是线条；在文人眼里，树枝无不带着情感。

树枝千姿万态，皆能依情而变。树枝可仰，可俯，可疏，可繁，可争，可倚；惟此，它或轩昂，或忧郁，或激奋，或适然，或坚韧，或依恋……我画一大片木叶凋零而倾倒于泥泞中的树木时，竟然落下泪来。而每一笔斜拖而下的长长的线，都是这种伤感的一次宣泄与加深，以至我竟不知最初缘何动笔。

至于画中的树，我常常把它们当作一个个人物。它们或是一大片肃然站在那里，庄重而阴沉，气势逼人；或是七零八落，有姿有态，各不相同，带着各自不同的心情。有一次，我从画面的森林中发现一棵婆娑而轻盈的小白桦树。它娇小，宁静，含蓄；那叶子稀少的树冠是薄薄的衣衫。作画时我并没有着意地刻画它。但此时，它仿佛从森林中走来了。我忽然很想把一直藏在心里的一个少女写出来。

三

绘画如同文学一样，作品完成后往往与最初的想象全然不同。作品只是创作过程的结果。而这个过程却充满快感，其乐无穷。这快感包括抒发、宣泄、发现、深化与升华。

绘画比起文学有更多的变数。因为，吸水性极强的宣纸与含着或浓或淡水墨的毛笔接触时，充满了意外与偶然。它在控制之中显露光彩，在控制之外却会现出神奇。在笔锋扫过的地方，本应该浮现出一片沉睡在晨雾中的远滩，可是感觉上却像阳光下摇曳的亮闪闪的荻花，或是一抹在空中散步的闲云。有时笔中的水墨过多过浓，天上的云向下流散，压向大地山川，慢慢地将山顶峰尖黑压压地吞没。它叫我感受到，这是天空对大地惊人的爱！但在动笔之前，并无如此的想象。到底是什么，把我们曾经有过的感受唤起与激发？

是绘画的偶然性。

然而，绘画的偶然必须与我们的心灵碰撞才会转化为一种独特的画面。

绘画过程中总是充满了不断的偶然，忽而出现，忽而消失。就像我们写作中那些想象的明灭，都是一种偶然。感受这种偶然的是我们的心灵，将这种偶然变为必然的，是我们敏感又敏锐的心灵。

因为我们是写作人，我们有着过于敏感的内心。我们的心还积攒着庞杂无穷的人生感受。我们无意中的记忆远远多于有意的记忆；我们深藏心中的人生的积累永远大于写在稿纸上的有限的素材。但这些记忆无形地拥满心中，日积月累，重重叠叠，谁知道哪一片意外形态的水墨，会勾出一串曾经牵肠挂肚的昨天？

然而，一旦我们捕捉到一个千载难逢的偶然，绘画的工作就是抓住它不放，将它定格，然后去确定它、加强它、深化它。一句话：

艺术就是将瞬间化为永恒。

四

纯画家的作画对象是他人；文人（也就是写作人）作画对象主要是自己，面对自己和满足自己。写作人作画首先是一种自言自语、自我陶醉和自我感动。

因此，写作人的绘画追求精神与情感的感染力；纯画家的绘画崇尚视觉与审美的冲击力。

纯画家追求技术效果和形式感，写作人则把绘画作为一种心灵工具。

五

一阵急雨沙沙有声落在纸上，那是我洒落在纸上的水墨。江中的小舟很快就被这阵蒙蒙雨雾所遮翳，只有桅杆似隐似现。不能叫这雨过密过紧，吞没一切。于是，一支蘸足清水的羊毫大笔挥去，如一阵风，掀起雨幕的一角，将另一只扁舟清晰地显露出来，连那个头顶竹笠、伫立船头的艄公也看得分外真切。一种混沌中片刻的清明，昏沉里瞬息的清醒。可是，跟着我又将一阵急雨似淋漓的水墨洒落纸上，将这扁舟的船尾遮蔽起来，只留下这瞬息显现的船头与艄公。

我作画的过程就像我上边文字所叙述的过程。我追求这个过程的一切最终全都保留在画面上，并在画面上能够体验到，这就是可叙述性。

写作的叙述是线性的，过程性的，一字一句，不断加入细节，逐步深化。

这里，我的《树后边是太阳》正是这样：大雪后的山野一片洁白，绝无人迹。如果没有阳光，一定寒冽又寂寥。然而，太阳并没有隐遁，它就在树林的后边。虽然看不见它灿烂夺目的本身，但它无比强烈的光芒却穿过树干与枝丫，照射过来，巨大的树影无际无涯地展开，一下子铺满了辽阔的雪原。

于是，一种文学性质需要说明白，就是我这里所说的叙述性。它不属于诗，而属于散文。那么绘画的可叙述也就是绘画的散文化。

六

最能寄情寓意的是大自然的事物。

比如前边所说树枝的线条可以直接抒发情绪。

再比如，这种种情绪还可以注入流水。无论它激扬、倾泻、奔流，还是流淌、潺湲、波澜不惊，全是一时的心绪。一泻万里如同浩荡的胸襟；骤然的狂波好似突变的心境；细碎的涟漪中夹杂着多少放不下的愁思？

至于光，它能使一切事物变得充满生命感，哪怕是逆光中的炊烟，一切逆光的树叶都胜于艳丽的花。这原因，恐怕还是因为一切生命都受惠于太阳，生命的一切物质含着阳光的因子。比如我们迎着太阳闭上眼，便会发现被太阳照透的眼皮里那种血色，通红透明，其美无比。

还有秋天的事物。一年四季里，惟有秋天是写不尽也画不尽的。春之萌动与锐气，夏之蓬勃与繁华，冬之萧瑟与寂寥，其实也都包括在秋天里。秋天的前一半衔接着夏天，后一半融入冬天。它本身又是大自然最丰饶的成熟期。故此，秋的本质是矛盾又斑斓，无望与超逸，繁华而短促，伤感而自足。

写作人的心境总是百感交集的。比起单纯的情境，他们一定更喜欢惟秋天才有的萧疏的静寂，温柔的激荡，甜蜜的忧伤，以及放达又优美的苦涩。

能够把一切人生的苦楚都化为一种美的只有艺术。

在秋天里，我喜欢芦花。这种在荒滩野水中开放的花，是大自然开得最迟的野花。它银白色的花有如人老了的白发，它象征着大自然一轮生命的衰老吗？如果没有染发剂，人间一定处处皆芦花。它生在细细的苇秆的上端，在日渐寒冽的风里不停地摇曳。然而，从来没有一根芦苇获花是被寒风吹倒吹落的！还有，在漫长的夏天里，它从不开花，任凭人们漠视它，把它只当作大自然的芸芸众生，当作水边普普通通的野草。它却不在乎人们怎么看它，一直要等到百木凋零的深秋，才喷放出那穗样的毛茸茸的花来，没有任何花朵与它争艳。不，本来它的天性就是与世无争的。它无限的轻柔，也无限的洒脱。虽然它不停地在风中摇动，但每一个姿态都自在、随意，绝不矫情，也不搔首弄姿。尤其在阳光的照耀下，它那么夺目和圣洁！我敢说，没有一种花能比它更飘洒、自由、多情，以及这般极致的美！也没有一种花比它更坚韧与顽强。它从不取悦于人，也从不凋谢摧折。直到河水封冻，它依然挺立在荒野上。它最终是被寒风一点点撕碎的。

在这永无定态的花穗与飘逸自由的茎叶中，我能获得多少人生的启示与人生的共鸣？

七

绘画的语言是可视的。

绘画的语言有两种。一是形式的，一是技术的。古代人叫作笔墨；现代人叫作水墨。

我更看重笔墨这种语言。

笔作用于纸，无论轻重缓急；墨作用于纸，无论浓淡湿枯——都是心情使然。

笔的老辣是心灵的枯涩，墨的溶化是情感的舒展；笔的轻淡是一种怀想，墨的浓重是一种撞击。故此，再好的肌理美如果不能碰响心里事物，我也会将它拒之于画外。

文学表达含混的事物，需要准确与清晰的语言；绘画表达含混的事物，却需要同样含混的笔墨。含混是一种视觉美，也是我们常在的一种心境。它暧昧、未明、无尽、噯嚅、富于想象。如果写作人作画，便一定会醉心般地身陷其中。

八

我习惯写散文时，放一些与文章同种气质的音乐做背景。

那天，我在写一只搁浅于湖边的弃船在苦苦期待着潮汐，忽然，耳边听到潮汐之声骤起。当然这是音乐之声，是拉赫马尼诺夫的音乐吧！我看到一排排长长的深色的潮水迎面而来。它们卷着雪白的浪花，来自天边，其速何疾！一排涌过，又一排上来，向着搁浅的小船愈来愈近。雨点般的水点溅在干枯的船板上，扬起的浪头像伸过来的透明而急切的手。音乐的旋律一层层如潮地拍打我的心上，我紧张地捏着笔杆，心里激动不已，却不知该怎么写。

突然，我一推书桌，去到画室。我知道现在绘画已经是我最好的方式了。

我把白宣纸像月光一样铺在画案上，满满地刷上清水，然后，用一支水墨人笔来回几笔，墨色神奇地洇开，顿时乌云满纸。跟着大笔落入水盂，笔中的余墨在盂中的清水里像烟一样地散开。我将一笔极淡的花青又窄又长地抹上去，让阴云之间留下一隙天空。随即另操起一支兼毫的长锋，重墨枯笔，捻动笔管，在乌云压迫下画出一排排翻滚而来的潮汐……笔中的水墨不时飞溅到桌上手背上；笔杆碰在盆子碟子上叮当有声。我已经进入绘画之中了。

待我画完这幅《久待》，面对画面，尚觉满意，但总觉还有什么东西深藏画中。沉默的图画是无法把这东西"说"出来的。我着意地去想，不觉拿起钢笔，顺手把一句话写在稿纸上：

"人生的大部分时间就像钓者那样守着一种美丽的空望。"

跟着，我就写了下去：

"期望没有句号。

"美好的人生是始终坚守着最初的理想。

"真正的爱情是始终恪守着最初的誓言。

"爱比被爱幸福。"

于是，我又返回到文学中来。

我经常往返在文学与绘画之间，然而这是一种甜蜜的往返。

2002 年 5 月 6 日　天津

灵感忽至

凌晨时分被一种莫名的不安扰醒，这不安可不是什么焦虑与担心，而是有种兴致在暗暗鼓动，缘何有此兴奋我并不知道。随后想到今天是元月元日。这一日像时间的领头羊，带着一大群时光充裕的日子找我来了。

妻子还在睡觉，房间光线不明。我披衣去到书房。平日随手堆满了书房的纸页和图书在迷离的晨色里充满了温暖和诗意。这里是我安顿灵魂的地方。我的巢不是用树枝搭起来而是用写满了字的纸和书码起来的。我从中抽出一页素纸，要为今天写些什么。待拿起笔，坐了良久，心中却一片茫然。一时人像浮在无际无涯的半空中，飘飘忽忽，空空荡荡。我便放下笔，知道此时我虽有情绪，却无灵感。

写作是靠灵感启动的。那么灵感是什么，它在哪里，它怎么到来？不知道。似乎它想来就来，不请自来，但有时求也不来，甚至很久也不露一面，好似远在天外，冷漠又悭吝；没有灵感的艺术家心如荒漠，几近呆滞。我起身打开音乐。我从不在没有心灵欲望时还赖在桌前。如果毫无灵感地坐在这里，会渐渐感觉自己江郎才尽，那就太

117

可怕了。

音响里散放出的歌是前几年从俄罗斯带回来的，一位当下正红的女歌手的作品集。俄罗斯最时尚的歌曲的骨子里也还是他们固有的气质，浑厚而忧伤。忧伤的音乐最容易进入心底，撩动起过往的岁月积存在那里的抹不去的情感。很快，我就陷入这种情绪里。这时，忽见画案那边有一块金黄色的光。它很小，静谧，神秘；它是初升的太阳照在对面大楼的玻璃幕墙反射下来，落在画案那边什么地方。此刻书房内的夜色还未褪尽，在灰蒙蒙、晦暗的氤氲里，这块光像一扇远远亮着灯的小窗。也许受到那忧伤歌声的感染，这块光使我想起四十年间蛰居市廛中那间小屋，还有炒锅里的菜叶、破烂的家什、混合在寒冷的空气中烧煤的气味、妻子无奈的眼神……然而在那冰天雪地时代，惟有家里的灯光才是最温暖的。于是此刻这块小小的光亮变得温情了。我不禁走到画案前铺上宣纸，拿起颤动的笔蘸着黄色和一点点朱红，将这扇明亮的小窗子抹在纸上。随即是那扰着风雪的低矮的小屋。一大片被冷风摇撼着的老槐树在屋顶上空横斜万状，说不清那些苍劲的枝丫是在抗争还是兀自地挣扎。在通幅重重叠叠黑影的对比下，我这亮灯的小屋反倒显得更加温馨与安全。我说过，家是世界上最不必设防的地方。

记得有一年，特大的雪下了一夜，我的矮屋门槛太低，早晨推不开门，门外挡着的积雪足足有两尺厚。我从这小窗户跳出去，用木板推开门外的雪才把门打开。当时我们从家里走出，站在清洌的冻耳朵的空气里，多么像雪后从洞里钻出来的野兔……于是我把大块没有落墨的纸当作矮屋前的白雪。我用淡淡的水墨渲染地上厚厚而柔软的白雪时，还得记起那时常有的一种盼望——有朋友来串门和敲门。支撑

118

我们走过困境与苦难的不是人间种种情与义吗？我便用笔在雪地上点出一串深深的脚窝渐渐通进我的小屋。这小屋的灯光顿时更亮，黄色的光影还透射到窗外的雪地上。

没想到，就这样一幅画出来了。温情又伤感，孤寂又温馨。画中的一切都是我心底的景象。我写过这样一句话："人为了看见自己的内心才画画。"而心中的画多半是它们自己冒出来的。这是一种长久的日积月累，等待着有朝一日的升华；就像冬日大地上的万物，等待着春风吹来，一切复活；又如高高一堆干枝干柴，等待一个飞来的火种。这意外出现的火种就是灵感。

灵感带来突然之间的发现、突破、超越与升腾。它是上天的赐予，是上天对艺术家的心灵之吻，是对一切生命创造的发端与启动。那么我们只有束手等待它吗？当然不是。正如无上的爱总是属于对它苦苦追求者。在你找它时，它一定也在找你。当然它不一定在你规定的时间和地点到来。就像我在书房原本是想写点什么，灵感没有来，可是谁料它竟然化作一块灵性的光降临到我的画案上。它没有进入我的钢笔，却钻进我的毛笔。

记得前些年访问挪威时，中国作协请我写一幅字赠送给挪威作家协会。我只写了两个字：笔顺。挪威的作家朋友不明其意。我解释道："这是中国古代文人间相互的祝词。笔顺就是写作思路顺畅，没有障碍的意思。"对方想了想，点点头，似乎还没弄明白我写这两个字的含义。中国的文字和文化真是很深，对外交流时首先要把自己解释明白。我又换了一种说法解释道："就是祝你们写作时常常有灵感。"他听了马上咧开嘴，很高兴地谢谢我，也祝我常有灵感。看来灵感对于全球的艺术家都是"救世主"了。

新年初至，灵感即降临我的书房画室，这于我可是个好兆头。当然我明白，只要我守住自己的信仰与追求及所爱，灵感会不时来吻一吻我的脑门。

2008 年 1 月 1 日新年第一篇

画枝条说

是日，做纯理性思考。思考乃一奇妙的境界。各种思维线索，有如大地江河，往来奔突，纵横交错，看上去如同乱网，实则源流有序，泾渭分明。于是一时思得心头大畅，抬手由笔筒取长锋羊毫一支，正巧砚池有墨，案桌有纸，遂将笔锋饱浸墨汁。笔随手，手随心，心无所想，更无形象，落纸却长长抒展出一根枝条来。这好似春风吹树，生机勃发，转瞬就又软又韧伸出这好长好鲜的一条啊。

一枝既出，复一枝顺势而来。由何而来，我且不管。反正腕下如行云流水，漫泻轻飏，无所阻碍。枝枝不绝，铺向满纸。不知不觉间，已浸入并尽享一种自我的丰富之中了。

然而行笔之间，渐渐有种异样的感觉。这一条条运行在纸上的墨线，多么像刚才那思维的轨迹！

有时，一条线飘逸流泻，空游无依，自由自在，真好比一种神思在随意发挥；有时，笔生艰涩，腕中较劲，线条顿挫有力，蹿枝拔节，酷似思维的层层深入；有时，笔锋疾转，陡生意外，莫不是心中腾起新的灵感？于是，真如树分两枝，一条线化成两条线，各自扬长

121

而去，纸上的境界为之一变。

这枝条居然都成了我思维的显影。

一大片修长的枝条好似向阳生长，朝着斜上方拥去；那里却有几条劲枝逆向而下，带着一股生气与锐意，把这片丰繁而弥漫的枝丫席卷回来。思维的世界本无定式，就看哪股力量更具生命的本质。往往一枝夺目出现，顿时满树没入迷茫。而常常又在一团参差交错、乱无头绪的枝丫中，会发现一个空洞似的空间，从中隐隐透着蒙蒙的微明。这可不是一处空白，仔细看去，那里边已经有了淡淡的优雅的一枝，它多么像一声清明又鲜活的召唤！

我明白了，原来这满纸枝条，本来就是我此刻思维的图像。我第一次看见了自己的理性世界。在这往复穿插、层层叠叠的立体空间里，无数优美的思维轨迹，无数勇气的涉入与艰涩的进取，无数灵性的神来之笔，无数深邃幽远的间隙，无比的丰富、神奇、迷人！这原来都是我们的思维创造的。理性世界原来并不完全是逻辑的、界定的、归纳的、简化的；它原来比生命天地更充溢着强者的对抗，新旧的更替，生动的兴衰与枯荣；它还比感情世界更加变化无穷，流动不已，灿烂多姿和充满了创造。

我停住笔，惊讶于自己画了这样一幅没有感情色彩却使自己深深感动的画。原来人类的理性思考才是一个至美的境界。此外，大千万象，人间万物，谁能比之？

1997 年 11 月　天津

画飞瀑记

这日，忽有莫名之豪情骤至，画兴随之勃发，展纸于案，但觉纸短，便扯过一幅八尺素白宣纸换上。伸手从笔筒中取一支长管大笔，此刻心中虽无任何形象，激荡情绪已到笔端，笔头随即强烈抖颤起来。转手一捅砚心，墨滴四溅，点点落到皎白纸面也全然不顾。然手中之笔已不听任于手，惊鸟一般陡地跳入水盂，一汪清水便被这墨笔扰得如乌云般翻滚涌动。眼前纸面，恍若疾风吹过，云皆横态，大江奔去，浪作斜姿；奔泻的笔墨随同这幻象一同呈现。

水墨大笔在纸的上端横向挥洒，即刻一片洪流潺然展开，看似万骏狂驰，瞬息而至。不待思索如何谋篇布局，笔管自动立起，向下劲扫数笔，顿时万马落崖，江河倒挂，水汽冲来，不觉倒退几步，更有一阵冷雨扑面，不知是挥舞的水墨飞溅，还是一种逼真的幻觉所致。大水随笔倾下，长流百尺，一泻到底，极是畅快，心中块垒也被浇得净尽。水落深谷，腾龙跃蛟，崩云卷雪，耳边已响起一阵如雷般的轰鸣。继而，换一支羊毫大笔，饱蘸清水淡墨，亦我绵绵情意，化浪花为湿雾，化浓霭为轻烟，默然飞动，舒漫流散。更有云烟飞升，萦绕

123

于危崖绝巘之间；望去如薄纱遮翳，似明似灭，或有或无，渺迷幽复，无上高远复深远也。此皆运笔之虚实轻重使然。笔欲住而水不止，烟欲遁而雾不绝。水过重谷，乱石相截。然非此不能表现水的浩荡、顽强与百折不回的勇气。因之，阔笔写一横滩，水则涌而漫过；浓墨泼一立石，水则砰然拍去，激出巨浪，笔甩墨飞，冷气夹带水珠，弹向天空。岩石夹峙，水流倍猛，四处疾射，奔流前行。一路遇阻而过，逢截必越，腕间似有不挡之势。画笔受激情鼓荡，撞得水盂砚池叮当作响。此亦画之音乐也。直画得荡气回肠，大气磅礴。只见水出谷底，汇成巨流，汩汩而去。不觉挥腕一扫，掷笔画成。

于是，悬画于壁，静心望去，原来竟是一大幅飞瀑图。奇怪！作画之前，并未有此图之想，缘何成此画图？一般所谓作画"胸有成竹"在"胸无成竹"之上，错矣！殊不知，"胸无成竹"才是最高的作画境界。此便是先有内心的情氛与实感，不过借笔墨一时成像罢了。

身在世纪之交，每思前顾后，阅历百年，感慨万端。然而，由当今而瞻前，确是阔而无涯。心所往，皆宏想。由是黄钟大吕，时亦鸣响心中。这便是如上豪情时有骤至之故。图画至此，意犹未尽，遂取一支长锋狼毫笔，题数字于画上，乃是这样一句：

"万里泻入心怀间。"

画为文外事，文亦画外事；画为文中事，文亦画中事。画罢作文，以记之。

1997 年 2 月

124

命运的驱使

这是我踏上文学之路时最初的足迹。它一片凌乱、深深浅浅、反反复复,仿佛带着那样多的不情愿、被迫和犹豫不决……这究竟为了什么?

1966年的大狂乱到来之前,我的世界有如风暴前的海面,它没有丝毫预感,没察觉任何先兆,在一片出奇的静谧里,暖意的阳光躺在我柔软的、层层褶皱一般的、有节奏的生活波浪上。那时我才二十多岁!我热爱着艺术。我是肖邦、柴可夫斯基、贝多芬最驯顺的俘虏;我常常一个人在屋里高声背诵《长恨歌》《蜀道难》和普希金的《致大海》;最后,我终于以一种为美丽而献身的精神,决意把一生的时光,都融进调色盘里。那雨中的船、枝上的鸟、泥土中的小花小草、薄暮溟蒙中一张张模糊而有生气的脸,把我牢牢地固定在画架前,再也没有想到与它分开。

然而,1966年那场突如其来的大动乱就像一记无法抗拒、从天而降的重锤,把我的世界砸得粉碎。一夜之间,千万人的命运发生骤变;千万个家庭演出了在书本里都不曾见过的怪诞离奇的悲剧。对于我，平时所留意的人的面容、姿态、动作变得毫无意义；摆在眼前的，是在翻来覆去的政治风浪里淘洗出来的一颗颗赤裸裸的心。它们无形地隐藏在人身上最不易发现的地方，有的比宝石还美，有的比魔怪还丑，世上再没有比人与人、心与心的差距更为遥远的了。为了在这刀丛般的人事纠葛中间生存，现实逼着我百倍地留意、提防、躲闪；于是，往日那些山光水色、鸟语花香，美梦一般流散了。

天津海河边有个地方叫作挂甲寺。夏天里，偶然会有人游泳不慎淹死了，就被拖到岸边，等家人来认领。但在这期间，几乎天天都有人投河自尽，给人们用绑着铁钩的长竿钩上来，一排排陈列着。原有的两张席不够用，有的便露着不堪一睹的面孔。有老者，有青年，有腰间捆着婴儿一同殉难的妇女。我直愣愣望着这些下狠心毁掉自己的人，心想他们必有许多隐忍在心、难以抗拒的苦痛。还有一次，我看到一个悬梁自尽的人蹬倒的椅面上留着很多徘徊不定的脚印，我的心颤栗了……每每此时，我便不自觉地虚构起他们生前的故事；当然这可能是与他们完全无关的虚构，但我平日在生活中的所见所闻、万千感受却自然而然地向虚构的故事中聚拥而来。当故事形成，在心里翻腾不已时，我便有了一种强烈的表现欲。

开始，我只是把这些故事讲给至亲好友们听。为了安全，我把故事中的人物、地点、社会背景全换成外国的，当作一个旧的外国小说或电影故事。我的许多亲友听过这些故事。在文化一片空白的当时，他们以听我的故事为快事，我却以讲故事来发泄表现欲，排遣郁结中的情感。我哪里知道，这就是我后来一些作品的雏形。

一个夜晚，外边刮着冷风。一位许久未见的老朋友突然跑到我家来。他不等我说什么，便一口气讲了他长长一段奇特的遭遇。我听着，流下泪，夹在手指间的烟卷灭了也不知道。这位朋友讲述他的遭遇时，带着一种神经质的冲动，我真担心他回去后会做出什么不够冷静而可怕的事来。他讲完了，忽然用激动得发颤的声音问我：

"你说，将来的人会不会知道咱们这种生活？这种处境？如果总这样下去不变，再过几十年，现在活着的人都死了，这不就得靠后来的作家瞎编？你说，现在有没有人把这些事写下来？那就得冒着生命的危险呀！不过，这对于将来的人总是有价值的……"

那是怎样一个时代呀！

我们都沉默了。烟碟里未熄的烟蒂冒着丝一般的烟缕，在昏黄的灯光里萦回缭绕。似乎我俩都顺着他这番话思索下去……从此，我便产生了动笔写的念头。

我把自己锁在屋里，偷偷写起来，只要有人叩门，我立即停笔，并把写了字的纸东藏西掖。这片言只语要是被人发现，就会毁了自己，甚至家破人亡，不堪设想。每每运动一来，我就把这些写好的东西埋藏在院子的砖块下边、塞在楼板缝里，或者一层层粘起来，外边糊上宣传画片，作为掩蔽，以便将来有用时拿温水泡了再一张张揭出来……但藏东西的人总觉得什么地方都不稳妥。一度，我把这些稿子卷成卷儿，塞进自行车的横梁管儿里。这车白天就放在单位里，单位整天闹着互相查找"敌情线索"。我总觉得会有人猛扑过去从车管儿里把稿子掏出来。不安整天折磨着我，终于我把稿子悄悄弄出来，用火点着烧了。心里立刻平静下来，跟着而来的却是茫然和沮丧。以后，我一有了抑制不住的写的冲动时，便随写随撕碎，扔在厕所里冲掉；冬天我守着炉子写，写好了，轻轻读给自己听，读到自己也受感动时便再重读几遍，最后却只能恋恋不舍地投进火炉里。当辗转的火舌把一张张浸着心血的纸舔成薄薄的余灰时，我的心仿佛被灼热的火舌刺穿了。

在望不见彼岸的漫长征途上，谁都有过踌躇不前的步履。这是无效劳动，滥用精力啊！写了不能发表，又不能给任何人看，还收留不住，有什么用？多么傻气的做法！多么愚蠢的冲动！多么无望的希望！而我最痛苦的就是在这种忽然理智和冷静下来，否定自己行为的价值的时候。

我必须从自己身上寻找力量充实自己。于是，我发现，我是有良心的，我爱自己的祖国和人民，我是悄悄地为祖国的将来做一点点事呀！我还是有艺术良心的，没有为了追求利禄而去写迎合时尚、违心的文字。我珍爱文学，不会让任何不良的私欲而玷污了它……这样，我便再不毁掉自己笔下的每一张纸了。我下了决心，我干我的，不管将来如何，不管光明多么遥远，不管路途中间会多么艰辛和寂寞，会有多高的阻障，会出现怎样意外的变故。我至今还保存着一首诗，是当时自己写给自己的，诗名叫《路》：

> 人们自己走自己的路，谁也不管谁，
> 我却选定这样一条路——
>
> 一条时而欢欣、时而痛苦的路，
> 一条充满荆棘、布满沟壑的路。
> 一条宽起来无边、窄起来惊心的路，
> 一条爬上去艰难、滑下去危险的路。
>
> 一条没有尽头、没有归宿的路，
> 一条没有路标、无处询问的路。
> 一条时时中断的路，

一条看不见的路……

但我决意走这条路，
因为它是一条真实的路。

现在回想起来，这便是我走向文学之路最初的脚步了。

前年我在滇南，亚热带风情的大自然使我耳目一新。那些哈尼族人的大茅屋顶、傣族人的竹楼、苗族妇女艳丽的短裙，混在一片棕榈、芭蕉、竹丛、雪花一样飘飞的木棉和蓝蓝的山影之中，令我感动不已。不知不觉又唤起我画画的欲望。我回到家，赶忙翻出搁放许久的纸笔墨砚，待在屋里一连画了许多天，还拿出其中若干幅参加了美术展览。当时，一些朋友真怀疑我要重操旧业了。不，不，这仅仅像着了魔似的闹了一阵子而已。跟着，潜在心底的人物又开始浮现出来，日夜不宁地折磨我了。我便收拾起画具，抹净桌面，摆上一沓空白的稿纸……

是啊，我之所以离开至今依然酷爱的绘画，中途易辙，改从写作生涯，大概是受命运的驱使吧！这不单是个人的命运，也是民族、祖国、同时代人共同的命运所致。至于"命运"二字，我还不会解释，而只是深深感到它罢了。

1981 年 1 月 20 日

无书的日子

你出外旅行，在某个僻远的小镇住进一家小店，赶上天阴落雨，这该死的连绵的雨把你闷在屋里。你拉开提包拉锁，呀，糟糕至极！竟然把该带在身边的一本书忘在家中——这是每一个出外的人经常会碰到的遗憾。你怎么办？身在他乡，陌生无友，手中无书，面对雨窗孤坐，那是何等滋味？我嘛，嘿，我自有我的办法！

道出这办法之前，先要说这办法的由来。

我家在"文革"初被洗劫一空。藏书千余，听凭革命造反派们撕之毁之，付之一炬。抄家过后，收拾破破烂烂的家具杂物时，把残书和哪怕是零零散散的书页都万分珍惜地敛起来，整理、缝订，破口处全用玻璃纸粘好；完整者寥寥，残篇散页却有一大包袱。逢到苦闷寂寞之时，便拿出来读。读书如听音乐，一进入即换一番天地。时入蛮荒远古，时入异国异俗，时入霞光夕照，时入人间百味。一时间，自身的烦扰困顿乃至四周的破门败墙全都化为乌有，书中世界与心中世界融为一体——人物的苦恼赶走自己的苦恼，故事的紧张替代现实的紧张，即便忧伤郁悒之情也换了一种。艺术把一切都审美化，丑也是一种美，在艺术中审丑也是审美，也是享受。

但是，我从未把书当作伴我消度时光的闲友，而是把它们认定为充实和加深我的真正伙伴。你读书，尤其是那些名著，就是和人类历史上最杰出的先贤智者相交！这些先贤智者著书或是为了寻求别人理解，或是为了探求人生的途径与处世的真理。不论他们的箴言沟通你的人生经验，他们聪慧的感受触发你的悟性，还是他们天才的思想顿时把你蒙昧混沌的头颅透彻照亮——你的脑袋仿佛忽然变成一盏通电发亮的灯——他们不是你最宝贵的精神朋友吗？

半本《约翰·克利斯朵夫》几乎叫我看烂，散页的中外诗词全都烂熟于我心中。然而，读这些无头无尾的残书倒别有一种体味，就像面对残断胳膊的维纳斯时，你不知不觉会用你自己最美的想象去完成它。书中某一个人物的命运由于缺篇少章不知后果，我并不觉得别扭，反而用自己的想象去发展它，完成它。我按照自己的意志为它们设想出必然的命运变化和结局。我感到自己就像命运之神那样安排着一个个生命有意味的命运历程。当时，我的命运被别人掌握，我却掌握着另一些人物的命运；前者痛苦，后者幸福。

往往我给一个人物设计出几种结局。小说中人物的结局才是人物的完成。当然我不知道这些人物在原书中的结局是什么，我就把自己这些续篇分别讲给不同朋友听。凡是某一种结局感动了朋友，我就认定原作一定是这样，好像我这才是真本，听故事的朋友自然也就深信不疑。

"文革"后，书都重新出版了。常有朋友对我说："你讲的那本书最近我读了，那人物根本没死，结尾也不是你讲的那样……"他们来找我算账。不过也有的朋友望着我笑而不答的脸说："不过，你那样结束也不错……"

当初，续编这些残书未了的故事，我干得挺来劲儿，因为在续编中，我不知不觉使用了自己的人生经验，调动出我生活中最生动、独特和珍贵的细节，发挥了我的艺术想象。而享受自己的想象才是最醉心的，这是艺术创造者们所独有的一种感受。后来，又是不知不觉，我脱开别人的故事轨道，自己奔跑起来。世界上最可爱的是纸，偏偏纸多得无穷无尽，它们是文学挥洒的无边无际的天地。我开始把一张张洁白无瑕的纸铺在桌上，写下心中藏不住的、惟我独有的故事。

写书比读书幸福得多了。

读书是欣赏别人，写书是挖掘自己；读书是接受别人的沐浴，写作是一种自我净化。一个人的两只眼用来看别人，但还需要一只眼对向自己，时常审视深藏自身中的灵魂，在你挑剔世界的同时还要同样地挑剔自己。写作能使你愈来愈公正、愈严格、愈开阔、愈善良。你受益于文学首先是这样的自我更新和灵魂再造，否则你从哪里获得文学所必需的真诚？

读书是享用别人的创造成果，写书是自己创造出来供给他人享用。文学的本质是从无到有；文学毫不宽容地排斥仿造，人物、题材、形式、方法，哪怕别人甚至自己使用过的一个巧妙的比喻也不容在你笔下再次出现。当他所有的细胞都是新生的，才能说你创造了一个新生命。于是你为这世界提供一个有认识价值并充满魅力的新人物，他不曾在人间真正活过一天，却有名有姓有血有肉，并在许许多多读者心底深刻并形象地存在着；一些人从他身上发现身边的人，一些人从他个性中发现自己；人们从中印证自己，反省过失，寻求教训，发现生存价值和生活真谛……还有，世界上一切事物在你的创作中，都带着光泽、带着声音、带着生命的气息和你的情感而再现，而这所有一切又都是在你两三尺小小书桌上诞生的，写书是多么令人迷醉的事情啊！

在那无书的日子里，我是被迫却又心甘情愿地走到这条道路上去的，这便是写书。

无书而写书。失而复得，生活总是叫你失掉的少，获得的多。

嘿嘿，这就是我要说的了——

每当旅行在外，手边无书，我就找几块纸铺展在桌。哪怕一连下上半个月的雨，我照旧充满活力、眼光发亮、有声有色地待在屋中。我可不是拿写书当作一种消遣，我在做上帝做过的事：创造生命。

1989 年 12 月

书房花木深

一天忽发奇想，用一堆木头在阳台上搭一座木屋，还将剩余的板条钉了几只方形的木桶，盛满泥土，栽上植物，分别放在房间四角。鲜花罕有，绿叶为多。再摆上几把藤椅，竹几，小桌，两只木筋裸露的老柜子；各类艺术品随心所欲地放置其间。还有一些老东西，如古钟、傩面、钢剑以及拆除老城时从地上捡起的铁皮门牌高高矮矮挂在壁上……最初是想把它作为一间新辟的书房，期待从中获得新的灵感，谁料坐在里边竟写不出东西来。白日里，阳光进来一晒，没有涂油漆松木的味道浓浓地冒出来，与植物的清香混在一起，一种享受生活的欲望被强烈地诱惑出来。享受对于写作人来说是一种腐蚀，它使心灵松弛，握不住手里沉重的笔了。

到了夜间，偏偏我在这书房各个角落装了一些灯。这些灯使所有事物全都陷入半明半暗。明处很美，暗处神秘。如果再打开音响，根本不可能再写作了。

写作是一种与世隔绝的想象之旅，是钻到自己心里的一种生活，是精神孤独者的文字放纵。在这样的被各种美迷乱了心智的房子里怎

134

么写作呢？因此，我没在这里写过一行字。每有"写"的欲望，仍然回到原先那间胡乱堆满书卷与文稿的书房伏案而作。

渐渐地这间搭在阳台上的木屋成了花房，但得不到我的照顾。我只是在想起给那些植物浇水时才提着水壶进去，没时间修葺与收拾。房内四处的花草便自由自在、毫无约束地疯长起来。从云南带回来的田七，张着耳朵大的碧绿的圆叶子，沿着墙面向上爬，像是攀岩；几棵年轻又旺足的绿萝已经蹿到房顶，一直钻进灯罩里；最具生气的是窗台那些泥槽里生出的野草，已经把窗子下边一半遮住，窗子上边又被蒲扇状的葵叶黑乎乎地捂住。由窗外射入的日光便给这些浓密的枝叶撕成一束束，静静地斜在屋子当中。一天，两只小麻雀误以为这里是一片天然的树丛，从敞着的窗子唧唧喳喳地飞了进来，使我欣喜至极，我怕惊吓它们，不走进去，它们居然在里边快乐地鸣唱起来了。

一下子，我感受到大自然野性的气质，并感受到大自然的本性乃是绝对的自由自在。我便顺从这个逻辑，只给它们浇水，甚至还浇点营养液，却从不人为地改变它们，于是它们开始创造奇迹——

首先是那些长长的枝蔓在屋子上端织成一道绿盈盈的幔帐。常春藤像长长的瀑布直垂地面，然后在地上愈堆愈高。绿萝是最调皮的，它上上下下胡乱"行走"——从桌子后边钻下去，从藤椅靠背的缝隙中伸出鲜亮的芽儿来。几乎每次我走进这房间，都会惊奇地发现一个画面：一些凋落的粉红色的花瓣落满一座木佛身上；几片黄叶盖住桌上打开的书；一次，我把水杯忘在竹几上，一枝新生的绿蔓从杯柄中穿过，好似一弯娇嫩的手臂挽起我的水杯。于是，在我写作过于劳顿之时，或在画案上挥霍一通水墨之后，便会推开这房间的门儿，撩开密叶纠结的垂幔，独坐其间，让这种自在又松弛的美，平息一下写作时心灵中涌动的风暴。

我开始认识到这间从不用来写作的房间非凡的意义。虽然我不在这里写作，它却是我写作的一部分。

我前边说，写作是一种忘我的想象，只有离开写作才回到现实来。这间小屋却告诉我，我的写作常常十分尖刻地切入现实，放下笔坐在这里所享受的反倒是一种理想。

我被它折服了，并把这种奇妙的感受告诉一位朋友。朋友笑道："何必把现实与理想分得太清楚呢！其实你们这种人理想与现实从来就是混成一团。你们总不满现实，是因为你们太理想主义。你们的问题是总用理想要求现实，因此你们常常被现实击倒在地，也常常苦恼和无奈。是不是？"

朋友的话不错。于是当我坐在这间花木簇拥的木屋中，心里常常会蹦出这么一句话：

我们是天生用理想来生活的人！

2006 年 10 月 8 日

第三辑　风物

挑山工

一

你见过泰山的挑山工吗？这是种很奇特的人！

不知别处对这种运货上山的民夫怎样称呼，这儿习惯叫作挑山工。单从"挑山"二字，就可以体会出这种工作非凡的艰辛。肩挑着百十斤的重物，从山下直挑到烟云缭绕、鸟儿都难飞得上去的山顶，谁敢一试？更何况，这被誉为"五岳之首"的泰山，自有其巍巍而不可征服的威势。从山根直至极顶处，一条道儿，全是高高的石头台阶，简直就是一架直上直下的万丈天梯。在通向南天门的十八盘道上，那些游山来的健壮的男儿，也不免气喘吁吁；一般人更是精疲力竭，抓着道旁的铁栏，把身子一点点往上移。每爬上十来磴台阶，就要停下来歇一歇。只有这时，你碰到一个挑山工——他给重重的挑儿压塌了腰，汗水湿透衣衫，两条腿上的肌条筋缕都清晰地凸现在外，默不作声，一步一步，吃力又坚忍地走过你身旁，登了上去，你那才算是约略知道"挑山"二字的滋味……

挑山工，大概自古就有。山头那些千年古刹所用的一切建筑材料，都是从山下运上来的。你瞧着这些构造宏伟的古建筑上巨大的梁柱础石、沉重的铜砖铁瓦，再低头俯望一条灰白的山路，如同一根细绳，蜿蜒曲折，没入茫茫的谷底。你就会联想到，当年为了建造这些庙宇寺观，为了这壮观的美，挑山工们付出了怎样艰巨和惊人的劳动！

我少时来游泰山，山顶上还有三四十户人家，家中的男人大多是挑山工，给山上的国营招待所运送食品货物以为生计。清早，他们拿了扁担绳索，带着晨风晓露下山去，到响随着一片暮云夕阳，把货物挑上山来。星光烁烁时，家家都开夜店，留宿在山头住一夜而打算转天早起观瞻日出的游人，收费却比国营招待所低廉。他们的屋子是石头垒的。山上风大，小屋都横竖卧在山道两旁的凹处，屋顶与道面一般平。屋里边简陋得几乎什么也没有，用来招待客人的，只有一条脏被和热开水。为了招待主顾，各家门首还挂着一个小幌牌，写着店名。有的叫"棒槌店"，就在木牌两边挂一对小木棒槌；有的叫"勺儿店"，便挂一对乌黑的小生铁勺儿；下边拴些红布穗子，随风摇摆，叮当轻响。不过，你在这店里睡不好觉。劳累了一天的挑山工和客人们睡在一盘炕上，他们要打上整整一夜松涛般呼呼作响的鼾声……

在这些小石屋中间，摆着一件非常稀罕的东西。远看一人多高，颜色发黑，又圆又粗，两个人才能合抱过来。上边缀满繁密而细碎的光点，熠熠闪烁，好像一块巨型的金星石。近处一看，原来是一口特大的水缸，缸身满是裂缝，那些光点竟是数不清的连合破缝的锔子，估计总有一两千个，颇令人诧异。我问过山民，才知道，山顶没有泉眼，缺水吃，山民们用这口缸储存雨水。为什么打了这么多锔子呢？据说，三百多年前，山上住着一百多户人家，每天人们要到半山间去取水，很辛苦。一年，从这些人家中，长足了八个膀大腰圆、力气十足的小伙子。大家合计一下，在山下的泰安城里买了这口大缸，由这八个小伙子出力，整整用了七七四十九天，才把大缸抬到山顶。以后，山上人家愈来愈少，再也不能凑齐那样八个健儿，抬一口新缸来。每次缸裂了，便到山下请上来一位锔缸的工匠，锔上裂缝。天长日久，就成了这样子。

听了这故事，你就不会再抱怨山顶饭菜价钱的昂贵。山上烧饭用的煤，也是一块块挑上来的呀！

二

在泰山上，随处都可以碰到挑山工。他们肩上架一根光溜溜的扁担，两端翘起处，垂下几根绳子，拴挂着沉甸甸的物品。登山时，他们的一条胳膊搭在扁担上，另一条胳膊垂着，伴随登踏的步子有节奏地一甩一甩，以保持身体平衡。他们的路线是折尺形的——先从台阶的一端起步，斜行向上，登上七八级台阶，就到了台阶的另一端；便转过身子，反方向斜行，到一端再转回来，一曲一折向上登。每次转身，扁担都要换一次肩，这样才能使垂挂在扁担前头的东西不碰在台阶的边沿上，也为了省力。担了重物，照一般登山那样直上直下，膝头是受不住的。但路线曲折，就使路程加长。挑山工登一次山，大约多于游人们路程的一倍！

你来游山。一路上观赏着山道两旁的奇峰异石、巉岩绝壁、参天古木、飞烟流泉，心情喜悦，步子兴冲冲。可是当你走过这些肩挑重物的挑山工的身旁时，你会禁不住用一种同情的目光，注视他们一眼。你会因为自己身无负载而倍觉轻松，反过来，又为他们感到吃力和劳苦，心中生出一种负疚似的情感……而他们呢？默默的，不动声色，也不同游人搭话——除非向你问问时间。一步步慢吞吞地走自己的路，任你怎样嬉叫闹喊，也不会惊动他们。他们却总用一种缓慢又平均的速度向上登，很少停歇。脚底板在石阶上发出坚实有力的嚓嚓声。在他们走过之处，常常会留下零零落落的汗水的滴痕……

奇怪的是，挑山工的速度并不比你慢。你从他们身边轻快地超越过去，自觉把他们甩在后边很远。可是，你在什么地方饱览四外雄美的山色，或在道边诵读与抄录凿刻在石壁上的爬满青苔的古人的题句，或在喧闹的溪流前洗脸濯足，他们就会在你身旁慢吞吞、不声不响地走过去，悄悄地超过了你。等你发现他走在你的前头时，会吃一惊，茫然不解，以为他们是像仙人那样腾云驾雾赶上来的。

有一次，我同几个画友去泰山写生，就遇到过这种情况。我们在山下的斗姥宫前买登山用的青竹杖时，遇到一个挑山工。矮个子，脸儿黑生生，眉毛很浓，大约四十来岁；敞开的白土布褂子中间露出鲜红的背心。他扁担一头拴着几张黄木凳子，另一头捆着五六个青皮西瓜。我们很快就越过他去。可是到了回马岭那条陡直的山道前，我们累了，舒开身子，躺在一块平平的被山风吹得干干净净的大石头上歇歇脚，这当儿，竟发现那挑山工就坐在对面的草茵上抽着烟。随后，我们差不多同时起程，很快就把他甩在身后，直到看不见。但当我们爬上半山的五松亭时，却见他正在那株姿态奇特的古松下整理他的挑儿。褂子脱掉，现出黑黝黝、健美的肌肉和红背心。我颇感惊异，走过去假装问道，让支烟，跟着便没话找话，和他攀谈起来。这山民倒不拘束，挺爱说话。他告诉我，他家住在山脚下，天天挑货上山，一年四季，一天一个来回。他干了近二十年。然后他说："您看俺个子小吗？干挑山工的，长年给扁担压得长不高，都是矮粗。像您这样的高个儿干不了这种活儿，走起来，晃晃悠悠哪！"

他逗趣似的一抬浓眉，咧开嘴笑了，露出皓白的牙齿。山民们喝泉水，牙齿都很白。

这么一来，谈话更随便些，我便把心中那个不解之谜说出来：

"我看你们走得很慢，怎么反而常常跑到我们前边来了呢？你们有什么近道儿吗？"

他听了，黑生生的脸上显出一丝得意之色。他吸一口烟，吐出来，好像作了一点思考，才说：

"俺们哪里有近道，还不和你们是一条道？你们是走得快，可你们在路上东看西看，玩玩闹闹，总停下来呗！俺们跟你们不一样，不能像你们在路上那么随便，高兴怎么就怎么。一步踩不实不行，停停住住更不行，那样，两天也到不了山顶。就得一个劲儿总往前走。别看俺们慢，走长了就跑到你们前边去了。瞧，是不是这个理儿？"

我笑吟吟，心悦诚服地点着头。我感到这山民的几句话里，似乎包蕴着一种意味深长的哲理，一种切实而朴素的思想。我来不及细细嚼味，作些引申，他就担起挑儿起程了。在前边的山道上，在我流连山色之时，他还是悄悄超过了我，提前到达山顶。我在极顶的小卖部门前碰见他，他正在那里交货。我们的目光相遇时，他略表相识地点头一笑，好像对我说：

"瞧，俺可又跑到你的前头来了！"

我自泰山返回家后，就画了一幅画——在陡直而似乎没有尽头的山道上，一个穿红背心的挑山工给肩头的重物压弯了腰，却一步步、不声不响、坚忍地向上登攀。多年来，这幅画一直挂在我的书桌前，不肯换掉，因为我需要它……

1980 年 2 月

143

进　香

信徒的虔诚有时令人惊异莫解。精明练达往往顾虑重重，单一而偏执的虔诚却常常能创造奇迹。其实这奇迹是旁人这么看，本人未必以为是什么壮举才去做的。就像这些登上几千尺高山去进香拜佛的婆娘们——

一

登泰山者，有相当一些人是朝山拜佛的，自古如此，即便"十年动乱"间也是这样。那时，山间寺庙都闭门上锁，各处神佛塑像全给搬进山顶碧霞祠的正殿里。其中有释迦牟尼、如来、关帝、观音大士、土地爷，也有罗汉、韦驮和此地独有的岱神。千百年来这些神佛在各自的庙堂里主事，互不相识，如今拥挤一室，彼此陌生，又没人介绍，只好瞪着吃惊的眼睛面面相觑。可是这些上山求佛来的婆娘们却一一认得。她们进不得封闭的殿堂，就用手指尖悄悄捅开窗纸，挤着一只眼儿透过木棂，找到自己所寻求的佛爷。趁着那严厉的看管庙

144

堂的人有事离开的当儿，赶紧拿出几根自制的草香，插在地面的砖缝里，趴下来，隔着上了黄铜大锁的庙门，给门内的诸神叩头。

这是那十年间，泰山上兴起的一种奇异的风俗。自古烧香拜佛，都得面对佛爷，哪有隔门拜佛的规矩？但门上的锁断然不能打开，虔诚的心意却锁不住、拦不断，照样能奉献到这些呆呆的佛爷跟前，虽然愚昧可笑，却显出这些无知的婆娘们的至诚之深。由此便知，世上最难约束的，乃是人心。歌儿不能唱在嘴上，依旧唱在心里；你什么也听不见，他正唱给自己听。

这叫作——无形的存在。

二

人说女人心慈，所以烧香拜佛的大都是婆娘们，尤其是些住在山沟、远隔世事的老婆婆。到泰山拜佛的人，近自山下方圆几十里的村落，远至数百里之外的德州一带。不论远近，仅仅从山脚起始攀登，及至山顶，也得跋涉二十余里山路，又多是回绕而陡峭的石阶。偏偏寺庙大都修筑在半山之上，这些七老八十的小脚老婆婆们就得千辛万苦爬上峰顶。我纳闷，当初这些修庙建寺的人，怎么没人替善心的老婆婆们想一想呢？有人告诉我，这正是要考验老婆婆们的诚心。不经过这千折百回、劳其筋骨的辛苦，怎能知其真假？佛爷向来不肯轻信于人的。不管这说法是不是笑话，反止至诚不贰的老婆婆却执意这样做了，她们的虔诚与毅力不单会感动神灵，也常常感动那些不信神佛的年轻的游人，居然也跑到庙里装模作样地叩几个头。

这些老婆婆拜过佛爷，就打怀里摸出一个钱板，去到碧霞祠院内的御碑上磨一磨。据说把这钱板的边儿磨去，带回家，当中打个小

145

孔，穿根红线绳套在孙儿的脖颈上，可以"长寿无边"。这是由于钱板的边儿磨去了，取其"无边"之意，其实世上的事哪有无穷无尽的，不过图个吉利罢了。

拜过佛，磨过钱，老婆婆们心满意足，便折一枝山花，慢悠悠下山来。你登泰山时，只要见到老婆婆们手执一条花枝，乐滋滋走下山，不用问，一准就是朝山拜佛的。

每逢春至，风和景明，寂寂山谷中，常有三五婆娘结成伴儿，顺着那万丈天梯般的石阶山路，慢慢腾腾往上爬，或是走下来。她们穿得干干净净，头发梳得油光乌亮，神情郑重之至；前前后后还跟着几个小姑娘，臂弯里挎一个蓝底白花的土布包袱，里边装着衣物干粮。婆娘们手拄的竹棍木杖，敲着石磴，声调清越，与四外的松涛、泉响、鸟鸣，合成谐美悦耳的乐音。她们这红颜、白发，以及每人手中一枝鲜黄的迎春花，在郁郁幽深的谷壑中分外招眼。

她们时走时停，有时还要坐在石阶上揉一揉酸胀的小脚，喘口气，等候步履略迟的同伴；或是打开包袱，拿出锅盖大焦黄的煎饼、翡翠般的大葱和香喷喷的酱罐，用这种地道的山东乡民的祖食，填饱在劳累中耗空了的饥肠饿肚。这时，你走上去，与她们搭讪，她们准是乐于与你攀谈的。她们一边掠一掠汗粘在颊边的鬓发，一边弯起满脸深深的皱纹，龇着零落、歪斜、发黄的牙齿，笑呵呵告诉你：去年她们上山来请佛爷赐给每人一个孙儿，并许了愿，如果佛爷真的给她们孙儿，来年准来还愿；回家不久，儿媳们竟然都有了孕，当下胖大的孙儿早都抱在怀中。所以老婆婆们今儿特意翻山越岭还愿来了。

你听了，会被她们这质朴和虔诚所感染！你不但不会笑话老婆婆们愚昧无知，反而会敬重她们的纯真和信义。多可爱的老婆婆们！只要佛爷的话算数，她们再苦再累也不能说了不算。虔诚是圣洁美好的心境。于是，你就会诚心诚意向老婆婆们贺喜道福，让老人们满心欢喜地返回去！

三

在"文革"期间，社会空气沉闷肃杀的时候，我去泰山写生。攀过五松亭，见到松柏环抱里有一处石洞，洞口石壁凿刻三字：朝阳洞。洞内晦暗，隐隐飘出丝丝微蓝的烟缕。我猫腰钻进洞内，扑鼻而来的是一阵浓浓好闻的烧香气味，一股庙堂的气息。透过弥漫洞中的香烟，渐渐看到洞内竖着一尊观音大士的石刻像，阴刻的线条遒劲流畅，一派静穆而慈悲的神态。洞顶乌黑，显然是给数百年来的香火熏灼所致。在这华夏文化荡涤一空的时代，居然有保存得如此完好的佛像，令我惊讶，刚要走近仔细观摩，突然呼啦啦在我身边站起几个人来。仔细一看，原来都是中年以上的乡村妇女，身穿蓝袄黑裤，鬓边各垂乌鸦翅膀那样一片头发，不知是哪个地方的打扮。她们个个显得尴尬又紧张，好像做了什么错事那样等待我发火似的。其中一个妇女正用脚蹍着什么东西。原来地上有一小撮土，上面插着几炷香，香头红亮，袅袅冒烟。她是想把香踢倒，用土掩盖。我马上明白，她们是来烧香的，并错把我当作山上大队的"造反"干部。当时到山上烧香是要给扣起来的。

我便犹豫了。我如果站在这里，她们肯定不敢烧香叩头；我如果走掉，她们便会疑心我去报告那些造反者来抓她们，反而会吓跑了。那么，她们千辛万苦赶到这里，只为了在佛爷面前烧几炷香，叩几个头，祈求一点安慰，充实一些希望，不就全给我扰散，快快归去吗？我将无论怎么忏悔，也无法弥补这无意中的过失。这可真是进退两难……我和这些婆娘们都怔怔站着，不知所措。

忽然，一个极其聪明的办法钻进我的脑袋里。就像写作时来了灵感一样，马上就做。我上前，把地上那撮土拍好，将香插直，虽然我根本不信这些不存在的佛爷，却扑通一下跪下来给神像叩头。周围这几个婆娘先是一怔，跟着不约而同地扑跪在地，和我一起认真地叩头作揖。叩完头站起来，我们每人膝盖上都带着两大块黄土印子，面对面，不由得咧嘴露出十分快活的笑容。

她们快活，因为她们如愿以偿；我也快活，因为我觉得自己还算聪明。这聪明使我做了一件多么好的事啊！

1984 年 2 月 16 日

黄山绝壁松

黄山以石奇云奇松奇名天下。然而登上黄山，给我以震动的是黄山松。

黄山之松布满黄山。由深深的山谷至大大小小的山顶，无处无松。可是我说的松只是山上的松。

山上有名气的松树颇多。如迎客松、望客松、黑虎松、连理松等等，都是游客们争相拍照的对象。但我说的不是这些名松，而是那些生在极顶和绝壁上不知名的野松。

黄山全是石峰。裸露的巨石侧立千仞，光秃秃没有土壤，尤其那些极高的地方，天寒风疾，草木不生，苍鹰也不去那里，一棵棵松树却破石而出，伸展着优美而碧绿的长臂，显示其独具的气质。世人赞叹它们独绝的姿容，很少去想在终年的烈日下或寒飙中，它们是怎样存活和生长的。

一位本地人告诉我，这些生长在石缝里的松树，根部能够分泌一种酸性的物质，腐蚀石头的表面，使其化为养分被自己吸收。为了从石头里寻觅生机，也为了牢牢抓住绝壁，以抵抗不期而至的狂风的撕扯与摧折，它们的根日日夜夜与石头搏斗着，最终不可思议地穿入坚如钢铁的石体。细心便能看到，这些松根在生长和壮大时常常把石头挣裂！还有什么树木有如此顽强的生命力？

我在迎客松后边的山崖上仰望一处绝壁，看到一条长长的石缝里生着一株幼小的松树。它高不及一米，却旺盛而又有活力。显然曾有一颗松子飞落到这里，在这冰冷的石缝间，什么养料也没有，它却奇迹般生根发芽，生长起来。如此幼小的树也能这般顽强？这力量是来自物种本身，还是在一代代松树坎坷的命运中磨砺出来的？我想，一定是后者。我发现，山上之松与山下之松绝不一样。那些密密实实拥挤在温暖的山谷中的松树，干直枝肥，针叶鲜碧，慵懒而富态；而这些山顶上的绝壁松却是枝干瘦硬，树叶黑绿，矫健又强悍。这绝壁之松是被恶劣与凶险的环境强化出来的。它虬劲和富于弹性的树干，是长期与风雨搏斗的结果；它远远地伸出的枝叶是为了更多地吸取阳光……这一代代艰辛的生存记忆，已经化为一种个性的基因，潜入绝壁松的骨头里。为此，它们才有着如此非凡的性格与精神。

它们站立在所有人迹罕至的地方。那些荒峰野岭的极顶，那些下临万丈的悬崖峭壁，那些凶险莫测的绝境，常常可以看到三两棵甚至只有一棵孤松，十分夺目地立在那里。它们彼此姿态各异，也神情各异，或英武，或肃穆，或孤傲，或寂寞。远远望着它们，会心生敬意；但它们——只有站在这些高不可攀的地方，才能真正看到天地的浩荡与博大。

于是，在大雪纷飞中，在夕阳残照里，在风狂雨骤间，在云烟明灭时，这些绝壁松都像一个个活着的人：像站立在船头镇定又从容地与激浪搏斗的艄公，战场上永不倒下的英雄，沉静的思想者，超逸又具风骨的文人……在一片光亮晴空的映衬下，它们的身影就如同用浓墨画上去的一样。

但是，别以为它们全像画中的松树那么漂亮。有的枝干被飓风吹折，暴露着断枝残干，但另一些枝叶仍很苍郁；有的被酷热与冰寒打败，只剩下赤裸的枯骸，却依旧尊严地挺立在绝壁之上。于是，一个强者应当有的品质——刚强、坚忍、适应、忍耐、奋取与自信，它全都具备。

现在可以说了，在黄山这些名绝天下的奇石奇云奇松中，石是山的体魄，云是山的情感，而松——绝壁之松是黄山的灵魂。

2006 新年首篇

奇乡李方屯

李方屯，一个深藏在草莽之间的古村落，地处无数次被洪水吞噬的黄河故道，还夹峙于冀、鲁、豫之间。虽然它今天归属豫北的滑县，但历史上谁是其主就不好说了。

如今在村口的野地里，依旧扔着一块清嘉庆年间的《重修阁楼记》的青石碑。拂去碑面上的沙土与木叶，可以清晰看到上边写着"直隶大名府东明县迤西八十里李方屯"。由此得知，李方屯属东明县。但直隶是河北省，东明县今日又属山东。这李方屯天经地义应该是谁的呢？

若去问村中的老人，他们会说一个笑话。说古时候这里是个集，集上要是打架死了人，东明县来人调查时，就把死人往南边一拉，说这是长垣（县）的，没我们的事；长垣县来人验尸时又把人往北边一拉，说这人死在滑县，也没我们的事。故此人们称这地界是"三不管"，还把此地的一个庙叫"三不管庙"，把庙里供着的三位神——牛王、马王、土地，唤作"三不管神"。三不管就是没人管。如今这三不管庙早拆了，庙碑也扔在村口的草丛中。

可以说直到今天，人们也没把李方屯看得太重要。连十年前出版的《滑县志》里也找不到有关李方屯的什么内容。是啊，自古以来，这里的人长的模样、吃的东西、种的庄稼和周围的乡村没有两样，只是过年时远近各地会有些卖画的商贩潜入村中。这些商贩用车拉来粮食，换走的是一捆捆有红有绿、五彩缤纷的画儿。于是，豫北广大地区逢到过年，都会请一张李方屯的神像或者祭祖用的《名义》，挂在堂屋的墙上。李方屯因画而名于四方，可是，那时候谁把民间的画儿当回事呢？

这偏僻的小村落何以能刻善画？村里的人都会提到一位五百年前来自山西洪洞县的艺人韩朝英。据说那人手艺高超，善画能刻，是他开创的木版彩绘的李方屯年画。这个说法比较可靠。历史记载单是明代从洪武至永乐年间（1368—1424），山西洪洞县就曾有七次大规模移民迁至滑县。其数量占当地人数的十分之三。韩朝英一定是跟随这移民的大潮来到李方屯的。

韩朝英是李方屯年画的始祖，由是而今，已经五百年，传了二十七代。他们的画经过商贩们的层层包销，远远地销售到东北和西北，现在李方屯还保存着印有满文的一张年画，这在全国所有重要的木版年画产地也是首次发现的。它表明此地的年画已经深入到关外的满族聚居地了，但是他们作画的过程却一直藏匿在一个极其封闭的家族环境里。

他们不像杨柳青或桃花坞那样，一个地区千千户户人家都在作画，技艺的传承一半依靠口诀，并不断有这家那家的高手创造出崭新的画样来。这里的画样是祖先留下来的，很少改动。技艺只传家人，不传外姓，甚至只传男，不传女，连外来的商贩也不准走进他们的作坊，更像一种"独门绝技"。一块画版不知翻刻了多少代，但一直都是忠实于"古本"，从不乱改，要不怎么会一直保留着《诗经》中"神之格思"那样的诗句，而今已无人能解。这不是一块古老的活化石吗？

韩氏家族一代代传承的，不仅仅是老画样，还有裱纸、打灰、兑色、用蛋清和桃胶调制墨汁的老法，以及画法与刀法，次序与程序，还有家族化的管理方式，也都完整和严格地秉承先人的遗规。当然这一切，又是一代代画工与人间需求相互磨合的结果。族谱中那些理想化的图景，充溢着后人对祖先的虔诚；各种神像中神佛排列的阵容，正是世人对天堂的想象。画上的美本是此地人们心中共有的美。

当一种民间审美为世人所认同，并深受欢迎，它的自我特征便得到确立，不再会受同类艺术的影响。这便是李方屯能在朱仙镇的门口另立一杆大旗的根本原因。

然而，它究竟不如开封朱仙镇和天津杨柳青，出身名贵，得天独厚。它养在深闺无人识，深深隐伏在辽阔黄泛区的一片林莽之中。自民国以降，随着农耕衰退和政治波及，渐渐不为人用，不为人言，进而不为人知。尤其李方屯年画以神像和族谱为主，这在当时被视为迷信，又不易被改造为现实的工具，故而很快就被扫进历史的弃物堆里。

近二十年来，倒是古董贩子和外国人比我们更具文化意识，将大量古版廉价买去。如果不是河南省民间文化抢救的力度大，及早发现，这块土地的遗存最多再有五年就会消泯于无，荡然不在。

当我倾听着二十五代传人韩相然讲述当年兴义作坊种种生活与作画时的情景，心中一片痴迷，我的小说想象的思维都开始骚动起来。世界上曾经有如此迷人的画乡，幸好它今天还在。老版老画还有一些，几位传人能刻能画，往昔的记忆犹存未绝，鲜活的遗存都可以复原与重现。这是多么幸运的事。我们能为它做什么？怎么做呢？

2007 年 1 月 3 日

打树花

　　一直来到暖泉镇北官堡的堡门前，也不清楚堡外民居的布局。反正我是顺着人流、沿着一条九曲十八弯的小街挤进来的。小街上没有灯，到处是乱哄哄来回攒动的人影，嘈杂的声音淹没一切，要想和身边的人说话，使多大的劲喊也是白喊。但这嘈杂声里分明混着一种强烈的兴奋的情绪。有时还能听到一声带着被刺激得高兴的尖叫，这种声音有个尖儿，蹿入夜间黑色的空气里。

　　北官堡的堡门像个城门。一个村子怎么能有这么大的土城？至少三四丈高的土夯包砖的"城墙"上竟然还有一个檐角高高翘起的门楼子。门前是个小广场。站在城门正对面，目光穿过门洞是一排红灯，前大后小，一直向里边向深处伸延。显然那是堡内的一条大街。这一条街可就显出北官堡非凡的家世与昨天，但这家世还有几人知道？

　　门前广场上临时拉了一些电灯，将堡门下半截依稀照见，上半截和高高在上的门楼混在如墨的夜色里。一个正在熔化铁水的大炉子起劲地烧着，鼓风机使炉顶和炉门不停地吐着几尺长夺目的火舌。这火舌还在每个人眼睛里灼灼发亮，人们——当然包括我，都是来争看此

156

地一道奇俗"打树花"。我于此奇俗，闻所未闻，只知道此地百姓年年正月十六闹灯节，都要演一两场打树花。

当几个熊腰虎背的大汉走上来，人们沸腾了。这便是打树花的汉子。他们的服装有些奇异，头扣草帽，身穿老羊皮袄，毛面朝外，腰扎粗绳，脚遮布帘，走起来又笨重又威风，好像古代的勇士上阵。这时候，人群中便有人呼喊他们一个个人的名字。能够打树花的汉子都是本地的英雄好汉。不久人声便静下来。一张小八仙桌摆在炉前，桌上放粗陶小碗，内盛粗沙，插上三炷香。还有几大碟，三个馍馍三碗菜。好汉们上来点香，烧黄纸，按年岁长幼排列趴下磕头。围观人群了无声息。这是祭炉的仪式。在民间，举行风俗仪式绝非玩玩乐乐，皆以虔诚的心为之待之。

仪式过后，撤去供案，开炉放铁水。照眼的铁水倾入一个方形的火砖煲中。铁水盛满，便被两个大汉快速抬到广场中央，同时拿上来一个大铁桶，水里泡放着十几个长柄勺子。先是其中一个大汉走上去从铁桶中拿起一个勺子，走到火红的铁水前，弯腰一舀，跟着甩腰抡臂，满满一勺明亮的铁水泼在城墙上。就在这一瞬，好似天崩地裂，现出任何地方都不会见到的极其灿烂的奇观！金红的铁水泼击墙面，四外飞溅，就像整个城墙被炸开那样，整个堡门连同上边的门楼子都被照亮。由于铁硬墙坚，铁花飞得又高又远，铺天盖地，然后如同细密的光雨闪闪烁烁由天而降。可是不等这光雨落下，打树花的大汉又把第二勺铁水泼上去。一片冲天的火炮轰上去，一片漫天的光雨落下来，接续不断；每个大汉泼七八下后走下去，跟着另一位大汉上阵来。每个汉子的经验和功夫不同，手法上各有绝招，又互不示弱，渐渐就较上劲了。只要一较劲，打树花就更好看了。众人眼尖，不久就看出一位年纪大的汉子，身材短粗敦实，泼铁水时腰板像硬橡胶，一

157

舀一舀泼起来又快又猛又有韵律，铁水泼得高，散的面广，而且正好绕过城门洞；铁花升腾时如在头上张开一棵辉煌又奇幻的大树。每每泼完铁水走下来时，身后边的光雨哗哗地落着，映衬着他一条粗健的黑影，好像枪林弹雨中一个无畏的勇士。他的装束也有特色，别人头上的草帽都是有檐的，为了防止铁水迸在脸上，惟有他戴的是一顶无檐的小毡帽，更显出他的勇气。

据当地的主人说，这汉子是北官堡中打树花的"武状元"，今年六十一岁，名叫王全，平日在内蒙打工，年年回来过年时，都要在灯节里给乡亲们演一场打树花。

正像所有民俗一样，打树花源于何时谁也不知，只知道世界上惟有中国有，中国惟有在蔚县暖泉镇北官堡才能见到。除去燕赵之地，哪儿的人还能如此豪情万丈！

此地处在中原与北部草原的要冲，过往的行旅频繁，战事也忙，那种制造犁铧、打刀制枪、打马蹄铁的"生铁坑"（翻砂作坊）也就分外的多。人们在灌铁水翻砂时，弄不好铁水洒在地面，就会火花飞溅，这是铁匠们都知道的事。逢到过年，有钱的人放炮，没钱的铁匠便把炉里的铁水泼在墙上，用五光十色的铁花表达心中的生活梦想，这便是打树花的开始。当然，关于打树花的肇始还有一些有名有姓、有声有色的传说呢。

民俗的形成总是经过漫长岁月的酿造。比如最初打树花用的只是铁水一种，后来发现铁水的"花"是红色的，铜水的"花"是绿色的，铝水的"花"是白色的，渐渐就在炉中放些铜，又放些铝，打起的树花便五彩缤纷，愈来愈美丽。再比如他们使用的勺子是柳木的，民间说柳木生在河边，属阴，天性避火。但硬拿柳木去舀铁水也不行，这铁水温高一千三百度呢。人们便把柳木勺子泡在水桶里，通常要泡上一天一夜，而且打树花时每个汉子拿它用上七八下，就得赶紧再放在水桶里浸泡，多用几下就会烧着。湿柳木勺子的最大好处是，铁水在里边滑溜溜，不像铁水，好像是油，不单省力气，而且得劲，可以泼得又高又远。

铁水落下来，闪过光亮，很快冷却。打树花的过程中，常常会有一块两块小铁粒落在人群里，轻轻砸在人们的肩上，甚至脸上，人们总是报之以笑，好像沾到福气，我还把落到我身上的一小块黑灰的铁粒放在衣兜里，带回去做纪念呢。

有人说，蔚县的打树花至少有三百年。不管它多少年了，如今每逢正月十六——也就是春节最后的一天，这里的人们都上街吃呀，乐呀，竖灯杆呀，耍高跷呀，看灯影戏呀，闹到半夜，最后总有一场漫天缤纷的打树花，让去岁的兴致在这里结束，让新一年的兴致在这里开始。

中国人过灯节的风俗成百上千，河北蔚县暖泉镇北官堡的打树花却独一无二。

2004 年 1 月 10 日

细雨探花瑶

——隆回手记之二

不管雨里的山路多湿滑，不管不断有人说"你别把冯先生扯倒"，老后还是紧抓着我的手往山上拉，恨不得一下子把我拉到山顶，拉进那个花团锦簇的瑶乡。这个瑶乡有个可以入诗的名字：花瑶。

花瑶，得名于这个古老的瑶族分支对衣装美的崇尚。然而，隆回县政府为花瑶正式定名却是上世纪末的事。这和老后不无关系。

老后是人们对他的昵称。他本名叫刘启后，一位从摄影家跨越到民间文化保护领域的殉道者。我之所以用"殉道者"，不用"志愿者"这个词儿，是因为志愿多是一时一事，殉道则要付出终生。为了不让被声光化电包围着的现代社会，忘掉这个深藏在大山深处的原生态的部落，二十多年来，他从几百里以外的长沙奔波到这里，来来回回已经二百多次，有八九个春节是在瑶寨里度过的，家里存折的钱早叫他折腾光了。也许世人并不知道老后何许人，但居住在这虎形山上的六千多花瑶人却都识得这个背着相机、又矮又壮、满头华发的汉族汉子，而且没人把他当作外乡人。花瑶人还知道他们的"呜哇山歌"和"挑花刺绣"列入国家非物质文化遗产名录，老后是有功之臣，他多

160

年收集到的大量的花瑶民歌和挑花图案派上了大用场！记得前年，老后跑到天津来找我，提着沉甸甸一书包照片。当时他从包里掏出照片的感觉极是奇异，好像忽然一团团火热而美丽的精灵往外蹿。原来照片上全是花瑶。那种闪烁在山野与田间的红黄相间火辣辣的圆帽与缤纷而抢眼的衣衫，还有种种奇风异俗，都是在别的地方绝见不到的。我还注意到一种神秘的"女儿箱"的照片。女儿箱是花瑶妇女收藏自己当年陪嫁的花裙的箱子，花裙则是花瑶女子做姑娘时精心绣制的，针针倾注着对爱情灿烂的向往，件件华美无比。它通常秘不示人，只会给自己的人瞧。看来，老后早已是花瑶人真正的知己了。

老后问我："我拉你是不是太用力了？"

我笑道："其实我比你心还急呢。你来了多少次，我可是头一次来啊。"

这时，音乐声与歌声随着霏霏细雨，忽然从天而降。抬头望去，面前屏障似的山坡上，参天的古树下，站满了头戴火红和金黄相间的圆帽、身穿五彩花裙的花瑶女子。那种异样又神奇的感觉，真像九天仙女忽然在这里下凡了。跟着是山歌、拦门酒，又硬又香的腊肉，混在一大片笑脸中间，热烘烘冲了上来。一时，完全忘了洒在头上脸上的细雨。而此刻老后已经不再前边拉我，而是跑到我身后边推我，他不替我挡酒挡肉，反倒帮着那些花瑶女子拿酒灌我，好像他是瑶家人。

在村口，一个头缠花格头布的老人倚树而立，这棵树至少得三个人手拉手才能抱过来。树干雄劲挺直，树冠如巨伞，树皮经雨一浇，黑亮似钢。站在树前的老人显然是在迎候我们。他在抽烟，可是雨水已经淋湿了夹在他唇缝间的半颗烟卷，烟头熄了火。我忙掏出一支烟敬他。老后对我说："这老爷子是老村长。大炼钢铁时，上边要到这儿来伐古树，老村长就召集全寨山民，每棵树前站一个人。老

161

村长喊道：'要砍树就先砍我!'这样，成百上千年的古树便被保了下来。"

古树往往是与古村或古庙一起成长的。它是这些古村寨年龄尊贵的象征。如今这些拔地百尺的大树，益发葱茏和雄劲，好似守护着瑶乡，而这位屹立在树前的老村长不正是这些古树和古寨的守护神吗？我忙掏出打火机，给老人点燃。老人用手挡住火，表示不敢接受。我笑着对他说："您是我和老后的'师傅'呀！"

他似乎听不大懂我的话。

老后用当地的话说给他听。他笑了，接受我的"点烟"。

待入村中，渐渐天晚，该吃瑶家饭了。花瑶姑娘又来唱着歌劝酒劝吃了。她们的歌真是太好听了，听了这么好听的歌，不叫你喝酒你自己也会喝。千百年来，这些欢乐的歌就是酒的精魂。再看屋里屋外的花瑶姑娘们，全在开心地笑，没人不笑。

所有人都是参与者，没有旁观者，这便是民俗的本质。

老后更是这欢乐的激情的参与者。他又唱歌又喝酒又吃肉，唱歌的声音山响；姑娘们用筷子给他夹的一块块肉都像桃儿那么大，他从不拒绝；一时他酒兴高涨，就差跳到桌上去了。

然而，真正的高潮还是在饭后。天黑下来，小雨住了。在古树下边那块空地——实际是山间一块高高的平台上，燃起篝火，载歌载舞，这便是花瑶对来客表达热情的古老的仪式了。

亲耳听到了他们来自远古的呜哇山歌了，亲眼瞧见他们鸟飞蝶舞般的咚咚舞、"挑花裙"和"米酒甜"了，还有那天籁般的八音锣鼓。只有在这大山空阔的深谷里，在回荡着竹林气息的湿漉漉的山里，在山民有血有肉的生活中，才领略到他们文化真正的"原生态"，其他都是一种商业表演和文化做秀。人们在秋收后跳起庆丰收的舞蹈时，按捺不住的喜悦心情和驱邪的愿望是舞蹈的灵魂；如果把这些搬到大都市的舞台上，原发的舞蹈灵魂没了，一切的动作和表情都不过是做"丰收秀"而已，都只是自己在模仿自己。

今天有两拨人也是第一次来到花瑶的寨子里。他们不是客人，而是隆回一带草根的"文化人"。一拨人是几个来演"七江炭花舞"的老人。他们不过把吊在竹竿端头的一个铁篮子里装满火炭，便舞得火龙翻飞，漫天神奇。这种来自渔猎文明的舞蹈，天下罕见，也只有在隆回才能见到。还有一拨人，多穿绛红衣袍，神情各异，气度不凡。他们是梅山教的巫师，都是老后结交的好友。几天前老后用手机发了短信，说我要来。他们平日人在各地，此时一聚，竟有五十余人。诸师公没有施法，演示那种神灵显现而匪夷所思的巫术，只表演一些武术和硬软气功，就已显出个个身手不凡，称得上民间的奇人或异人。

花瑶的篝火晚会在深夜中结束。

在我的兴高采烈中，老后却说："最遗憾的是您还没看到花瑶的婚俗，见识他们'打泥巴'，用泥巴把媒公从头到脚打成泥人。那种风俗太刺激了，别的任何地方都没有。"

我笑道："我没看见什么，你夸什么。"

老后说："我是想叫你看呀。"

我说："我当然知道。你还想让天下的人都来见识见识花瑶！"

这话叫周围的人大笑。笑声中自然有对老后的赞美。

如果每一种遗产都有一个老后这样的人守着它多好！

2009 年 7 月

163

太行山的老村子

　　那年在开封办完事，决定去到山西的长治平顺一带考察古村落；由开封到晋中有几条路可行，我决定取道豫北的新乡，穿越太行山，顺路看看山里边的老村子。早就听摄影家和画家告诉我，山中有许多古村其美如画。

　　然而，当我们驱车在那些重重叠叠的雄山险谷中蜿蜒穿行时，一路上所看到的山村给我的震撼却不是美，而是一种死寂般的苍凉。这些大大小小的山村或隐身于林木茂盛的山坳，或依傍于溪谷，或伫立在一块巨大的石崖上，看上去像宋人绘画里的景象，可是现在全已经空空如也，绝无人烟，有如鸟雀飞去后扔下的空巢，黑乎乎、轻飘飘挂在树顶上，狂风一来，即可散落。我在一两处空村前停车，下去看看。屋里屋外扔着石碾、铡刀、锄头、瓦缸、破木凳木桌……晾衣绳还拴在树上，老门闩扔在地上，陶瓶土罐堆在窗台上，碎石头堆砌的小神龛立在绝壁前，甚至还有一尊石刻的土地爷发呆地坐在里边。无疑，这里的人们离开了他们祖祖辈辈靠山吃饭、艰辛生存的地方，欢欢喜喜寻找新生活去了。那么这些"空巢"呢？没人顾得上。据说只是在夏秋之交，会有零星的摄影家开着吉普，带点吃的用的上来，在这空无一人的山村里找间屋子住几天，晚上睡，白天去拍照，待过足了拍摄瘾，扔下村子开车走了。这次太行之行，令我百感交集；既有为山里人跑出去奔往新生活的欣然，也有一种被遗弃、冷落的历史带来的伤感。

此次来到邢台的沙河开全国传统村落立档调查工作会议，听说这里也是太行山区，老村子也不少，有一些保存得相当不错，当地的人居然有心气儿想把自己的村子保护起来。这便勾起我数年前太行山之行的那些感触，寻得时间，一连看了好几个村子。

没想到沙河这里的老村子竟如此特别！它与我上次在山西那边看到的山村虽然同属太行，都是依山就势、就地取材，都是石板路石头房子，但沙河这边的民居这股子燕赵之地特有的豪迈和刚健，在三晋那边是看不到的。所有民居的墙体都是从山岩凿下的发红而粗粝的石块砌成的，石头的体积大似斗；所有的屋顶都是从叠层的山岩取下的巨大而光滑的石板铺成的，石板的面积宽如床。更看不到的是这里独有的历史给村庄方方面面带来的奇异的"特色"。

比方王硇村。传说它的创建者是一位王姓的四川人，五品武官，押运一批皇纲进京，途经这片几省交界、匪盗纵横之地，遭了劫，自家性命难保，便隐居山里生存繁衍，渐渐成了一个村子。为此，这个村子在建造上有很强的防御性。不仅每个道口都有一座可以瞭望的碉楼，家家户户还有暗道和地道相连。我爬到一处较高的民居屋顶上一看，层层叠叠，俨然一座坚固无比的石头山寨。而它最具神秘色彩的是每个院落的西南角都向内退进去一块地方，当地人称"有钱难买东南缺"，据说由于他们的祖先在四川，西南方向正对着自己的家乡，他们以此表示怀祖与乡愁，彰显着本村一个独有的传统——对根的依恋，至今依然。一个村子有这样的传统，人情事态自然独异于他乡。

与村人聊聊而得知，近十多年中，沙河这些老村子的年轻人也多外出打工，村民老龄化严重。但最近两三年悄悄有了变化，人们开始重视自己村子的历史及其遗产；那些在老人记忆中原以为是陈谷子烂芝麻的老事，都成了可以获得许多新发现的有价值的矿藏。从抗战到解放战争这里一直是革命老区，由于这些村庄身处山地，隐蔽性强，加上自身构造的防御性，许多大人物如朱德、邓小平、刘伯承等都住过这里。这两年，人们把这些经历非凡的老院子老房子——县政府、独立营、交通站、抗日小学都收拾出来；人们还从自己家里翻腾出当年邓小平和刘伯承署名的立功牌匾，以及战时出入这些村子的路条，纷纷拿到一间小小的具有博物馆雏形的展室陈列出来；除去这些珍贵的"红色物件"，还有老农具和老家什。虽然这里还没有开展旅游，但到假日和周末陆续已有游客慕名而来；在一两个院落里，已经有农家妇女做纺线织布的演示。传统生活的一幕被他们活生生地保持下来了。他们哪儿来的这样的意识？别以为今天的农民还是封闭的，他们天天看电视，还出去旅游，手机上网，对天下的事知道得愈来愈多；王硇村的老村长王现增说村里曾经组织几十个青年人到皖南的宏村、西递开阔眼光，学习经验。你与他们聊天时会发现，他们都知道"古村落"这个词儿了。你说他们村是古村落，他们就会高兴。

我问他们将来是不是也想搞旅游，他们都说"想"。他们已经懂得自己独特的历史与民俗是一种天赐的旅游资源；旅游对文化的正面效应是使当地的人们认识到历史文化的价值是什么，在哪里，从而有利于文化的保护与传承。他们向我征询开展旅游时要注意什么。我给他们的建议很简单：一要干净卫生；二要全是真的，千万别造假；三

166

是不要做大做强，别透支。村子还得是人们安居乐业的地方，是家园，不是景点，不能一切围着旅游转。一旦开展旅游，这个尺度可得拿捏好。

我对沙河这些村子还是很放心的。因为村民们很爱自己的村子，有的村子已经编写和出版自己的村史了。十年前全国也没有多少村子有村史呀。但今天的沙河人已经开始整理自己的历史和文化财富了。在大坪村，村民们引着我去看他们的一座石头房子，这房子是借着一块巨大的岩石势头垒起来的，石屋与山岩浑然一体，坚实无比，显示出他们先人的智慧。我拉着他们在这石屋前合影时，扭脸看着他们咧着嘴得意又自豪地笑，心想这笑里边不已有了一种"文化的自觉"吗？老百姓的文化自觉才是村落保护最可靠和最根本的保证啊。

如果这种村民的自觉来得再早一些多好呢，上次在太行山里看到的那些村子就不会全成了空巢。可是现在的自觉也不能说晚，我们还有不少优美和醇厚的古村正期待着它们主人的这种自觉呢。

2015 年 6 月 19 日

探访缸鱼

　　前两日，杨柳青镇玉成号年画庄的霍庆有师傅风风火火打电话来，急着把一个好消息当作礼物一般送给我。他说他访到一位画缸鱼的乡间艺人，就在张窝附近。他的大嗓门在话筒里叫得很响："他现在就在家里画呢！那样子就和老年间画年画一个样。满床满地满屋子全是缸鱼。老冯，快去看吧，诚好看啦！别处再看不着啦！"

　　我一听，人在家中，心儿却一下子飞到津西天寒地冻的乡间！

　　近十年，我在津西一带年俗的考察中，年年腊月都会在集市上看到这种艳丽夺目的年画——缸鱼。蓝绿的底子上，一条肥头大尾的大红鲤鱼游弋其中。绿叶粉莲，衬托左右。四个大字"连（莲）年有余（鱼）"印在上边。那股子喜庆劲儿，活泼气儿，讨人欢喜的傻头傻脑的样子，特别惹眼。别看摆在人山人海集市的地摊上，打老远一眼就能瞧见它。但它是谁画的呢？这种画只是用一块线版印墨线，没有套版套色，所有颜色都是手绘的。但它们的着色很大气，下笔大胆，粗犷，厚重，果断，痛快。这些浓墨重彩的乡间艺人身在何处？我问过一些卖画的小贩，回答都很含糊，或者推说不知，或者说得不着边际。于是，年年我从静海、独流、杨柳青一带的乡村集市回来，都会买几张缸鱼，连同对这些无名艺人的敬仰与迷惘，一同收藏了起来。

我一直心存着寻找他们的渴望！因为传统的农耕文明在飞快地瓦解，生活方式发生骤变，水缸正被自来水代替。缸鱼都是贴在水缸上边墙壁上的。现在家中什么地方还能贴一张缸鱼？毫无疑问，这些画缸鱼的人是最后一代乡间艺人了。

玉成号的霍师傅是我的好友，也是我的知音。他不单对年画起稿、刻印、手绘无不精通，还有难能可贵的文化眼光，经常急急渴渴地跑到乡镇各处，去搜寻寥落无多的年画遗产。他可远比一些泡在书斋里的文人们更深切地珍惜自己的文化！去年，他还向我介绍一位能够手绘五大仙的老者。这老者住在方庄，手绘的水准应是一流。我相信当今能够手绘五大仙的，不会再有第二位了。

转天我们把车子开得飞快，到杨柳青接上霍师傅便出镇向西。过了方庄、张窝、古佛寺，东拐西拐，纵入一片乡野。待车窗外出现茫茫的褐色的土地，横斜着冻僵的柳条，白晃晃的冰河，还有歪歪扭扭、没有人影的乡间小路，我心里高兴起来。我知道，只有在这大地深处，才能见到最原始又是活态的民间年画！

车子驶入一个安静的小村。村口立着一块水泥碑，上边三个描红的刻字"宫庄子"。远远就见一个人站在街口。霍师傅说，就是他，他叫王学勤。

这位画缸鱼的王学勤，瘦长而硬朗，布满皱痕的脸红得好看；一身薄棉衣穿得大大咧咧，透着些灵气。他见面便说："您六七年前来过，那时我出门在外没见着。"我却怎么也想不起这回事来。近十年我跑遍津西一带，察访乡间艺人，结果大多是扑空。故而，常常觉得在现代大潮的驱赶中，农耕历史离去的步履太快太快，快得我们追也追赶不上……

一个小小院落，一排朝东四间小屋，三间住人，一间黑乎乎，似是堆着杂物。低头钻进一看，花花绿绿，竟然是贴了满墙的缸鱼。两尺多长的金鳞红鲤摆着宽宽的尾巴，笨拙又有力，由里向外沿墙游动，直把身边的荷叶荷花挤得来回摇摆。我很激动，因为我终于看到了数百年来杨柳青年画的乡间艺人——也就是农民究竟怎么作画！他们的炕桌上堆满大大小小各种色碗色罐，里边五彩缤纷全是颜料。他们使用的是品色。品色极鲜顶艳，强烈而刺激，别看这些碗罐全都沾满厚厚的尘土，但涂到了画上，那色彩却能冲入你的眼睛。不信，你把这缸鱼拿回家，在屋里随便什么地方一挂，保证你屋里别的什么东西也都瞧不见，抢入眼帘的只有这大红大绿大黄大粉再加金的缸鱼！

杨柳青人画年画是流水作业。他们贴墙装着一排排窗扇似的活动画板，把画纸贴在板子的两面。等画完这前后两面，便掀过这扇画板，画下一扇。这样既节省地方，又便于流水式地一道道地上色。王学勤说他这缸鱼，总共要上十二道颜色。每一次画五十张。先前一天一夜就能画完这五十张，现在却得画三天。他已经六十六岁了！

真不像！这并不是客气话。这缘故是他一直还在地里干活。农忙种地，农闲作画。乡间的民间艺人自古如此，而且这些手艺全都是代代相传。他说，他上边五代人都善画。他们这宫庄子，还有附近的阎家庄、小甸子等等一些小村，不像张窝和炒米店，没有常年的专业性质的年画作坊，纯属农家的副业，一撂下锄头就拿画笔，活儿紧的时候，全家人都上手，画的大多是粗路活，或是从杨柳青镇一些画庄里领活。他听爷爷说过，他们王家还给杨柳青镇上玉成号霍师傅家画过活呢！这话说得霍师傅咧开大嘴得意地笑了。当年的玉成号可是个做年画的大字号。

如今，世风的嬗变，年画消隐了。镇上只剩下玉成号一家。年画从年俗中渐渐退身出来，已经成了一种独具特色的传统工艺。在乡间，实用性民间木版年画只剩下缸鱼和灶王几种。王学勤说，十年前他还骑车跑到天津，在小树林、地道外、河北大街一带批发他的缸鱼。现在他跑不动了。连小站、葛沽、青县这些过去常跑的路远的地方也不去了，最远就到静海。

我听了叫道："原来静海的缸鱼是您画的！这下子可找到主啦！我一直以为是静海人画的呢！"

他龇着牙笑道："静海哪有人画，只有咱杨柳青画。可是别人的缸鱼都是头朝一边，我的缸鱼有朝左的，有朝右的，两种。因为水缸有时放在门左，有时放在门右，画上边的鱼脑袋必得朝外。我画的灶王也分两种，因为灶台也有门左门右之分。灶王桌下边不是有条狗吗，狗脸必须朝外，俗话说'狗咬外'，狗不能咬自家人呀！"

这话说得我大笑。这些古老的传说，这些幽默的情趣，这些画里的故事，叫我深深感受到先辈农民对生活的虔敬与那一份美好的企盼。

我问他："现在农民搬进新居，过年时还贴缸鱼吗？"

他说："有的还贴，就贴自来水龙头上边。反正有水就有鱼呗！"

我又笑了。文化习惯真要比生活习惯牢固得多！

王学勤画缸鱼赚钱有限。一张报纸般大小的画，连纸带印，还要画十二道色，一张才卖一块钱，批发五角，利润相当有限。按照现代都市的价值观，缸鱼的前景当然危在旦夕。可是如果哪一天王学勤搁笔不画，会有多么可惜。衍传了至少两三百年的缸鱼会不会就此断绝？但王学勤说："赚不赚钱我都画，只要有人贴我就画，不能叫人买不着缸鱼。"他还指着身边一个小伙子说："如今我儿子也行了，他个人也能画了。"

这叫我很高兴，也很感动。当今画坛，有几个人能这样"为艺术而艺术"？

王学勤叫我为他题字。他的笔泡在一个破水缸底子盛着的水里。

我取笔蘸墨，一挥而就，写下心中的祝愿：

"年丰人寿久，笔健画运长。"

写完搁笔，扭头忽见一缕阳光从门外射入，被缸中的水反映在墙上。水光晃动，正照在墙上那些彩画的大鱼身上。这些如花似锦的大鱼一时仿佛活了，笨头笨脑、摇着尾巴游动起来。

2002 年 1 月 28 日

谁救四堡?

去往闽西，心中一个渴望是看望四堡。四堡是我们——人类印刷术发源之国如今仅存无多的雕版之乡。

虽然史籍上对四堡雕版的记载微乎其微，但它地处宋代几大雕版中心之一福建的腹地，距离中古时代的雕版重镇建安（今建瓯）也只有百里之遥。那时，它所印制的图书一定就是精美绝伦的"建本"吧。它的历史直通着我国雕版印刷清澈而隽永之源。于是走进它时，有一种将要进入时光隧道的美妙感觉。

然而，一入四堡却大失所望。

没有正在印书的书坊，没有卖书的书铺，一如普普通通内地的村镇。原来历史这般无情！别看它曾经那样的辉煌，当历史走过，竟然了无踪影；而当下四堡正处在城镇化的过程中，各种近些年冒出来的形形色色的商店零乱而无序地挤在小镇街道的两边。

多亏当地政府和一些有心人，在四堡中心盖起一座具有闽西特色的小院，里边展示着四堡雕版的历史以及从四处收集来的古版古书，还有印书、裁纸和装订图书的种种工具，可是这里没有专业的研究人员，展览也只是平面的展示，欠缺纵向的内涵。应该说他们能有这样的文化眼光、付出如此的辛苦已属不易，但他们毕竟不是专家，故而对这些古版确切的年代和特征也无从道来。使我惊讶的是这个具有千年历史的雕版之乡的收藏馆所保存的书版竟只有一部书是完整的！

至于四堡现存的明清以来宅院式的书坊，数量颇大，至少百座。而且建筑风格优美奇特，格局依然如旧，连当年贮墨的石盆也摆在原处。虽然这些书坊已列入全国重点文物保护单位，但大多已成了大杂院，到处堆满生活的杂物和弃物。房子太老，年久失修，正在听其自然地败落、霉坏、朽坏与坍塌，无人也无力量把它们从厚厚的历史尘埃中清理出来。

也许四堡的历史过于久远，早早就度过了它强势的盛年。

福建雕版印刷起始于唐。它真正的繁华却由于碰到了一次千年难逢的机遇——那便是汴京失落后，大宋的南迁，文化中心随之南移。负载着文字传播的印刷业，在福建西北部这一片南国纸张的产地如鱼得水般地遍地开花。明清两代五六百年，建安的图书覆盖着江南大地，连此地妇女的民间服装也与印书有关。她们的上衣衫袖分开，每每印书完毕，就摘去袖子，一如套袖那样。那时，虽然徽版与金陵版的图书非常走红，但建版的图书始终长盛不衰，一直承担着整个江南广大民间文化传播的使命。因之，民间的淳朴与生动是建版图书的主要特征。可是十九世纪以来，随着西方铅字印刷的传入，古老的雕版渐渐衰落。遗憾的是，在这种文化悄悄地退出历史舞台时，不但没有人把它作为珍贵的遗产保护下来，反而经历了"文革"的浩劫，许多古版被用于猪圈的护栏，就像天津芦台的乡村曾用年画古版当作洗衣的搓板。及至商品经济时代，这些具有收藏价值的古版又成了古董贩子们猎取的对象。我在龙岩、泉州和厦门的古玩店里所见到的雕工美丽的书版不过二十元一块。在北京潘家园买一套完整的带图的"二十四孝"也不过一两千元。其中不少都是从四堡一带流失出来的！因为四堡民间一直私藏着大量雕版。可是即使四堡当地政府深信这些古版的十分宝贵和失不再来，也不能下令百姓不准出售呀。

于是，我想这责任还是在我们的身上——

无论在欧洲还是日本与韩国，做这些民间调查和收集工作的都是专家学者。他们就像考古学者和生物专家，以及拍摄野生动物的影视工作者那样，为了自己钟爱的事业长期守候在寂寞的田野里，默默地把每一种文化都搞透搞全，整理得清清楚楚。他们甚至还用同样一种方式来调查我们的民间文化呢。近二十年，在我们闹着下海和与世界接轨时，不少日本、韩国和欧洲学者已经在我们广大的乡野调查与收集那些濒危的民间文化了，大量流失的雕版就是被他们从民间买走的。我们不必责怪别人，谁叫我们既没有民间文化保护法，也很少有人肯像他们那样付出辛苦。我想，如果我们有几位研究古代雕版与印刷的学者到四堡去工作两三年，四堡不就有救了吗？当下四堡的政府想对古书坊进行整理与修复，所缺少的正是专家的指导。如果没人去，我断定四堡民间的雕版很快就会流失干净，相关的种种遗存也会消亡殆尽；我们这个曾经发明了印刷术的古国就不再有"活态的见证"可言。

那么，谁去救四堡呢？

2003 年 10 月 7 日

折下生命之树的一枝

——《乡土精神》序

今日写作之于我，愈来愈必要。这里说的写作，不是小说，而是关于文化遗产及其保护问题的各类文章。我的对手无比巨大无比强大，以至常常感觉自己如螳臂挡车，脆弱无力，束手无策。我是不是逆社会的潮流而动？但在我坚信自己的思想不谬并一定会被明天认可时，绝不会放弃现在的所作所为，并把"坚守"二字视作自己心灵的重心。

于是，我调动自己的一切可能，比如演讲、呼吁、游说、组织各种文化行动，还有我原有的擅长——写作，竭尽全力去与全球化横扫一切的狂潮相抗。我这种写作也是多类的，有学术性的探究，也有抨击时弊的思想批评，再有则是本书中这类文章。以一种散文化的笔法，记下在田野大地考察时的所见所闻所感所思。这种写作多缘自一种情怀与感悟，文字中自然生出一些文学的意味。然而，这并非文人的自我抒发，而是要与读者共享这些隐藏在大地深处的迷人的文化。如果能唤起更多人对这些文化的爱意，则更是我的期望。

先前写这些文章比较零碎，直到 2004 年《收获》杂志主编李小林约我写这样一个专栏，才刻意于一种将散文、随笔、思想批评以及文化研究融为一体的文本。我不是写文化游记，必须涉入一些文化学和遗产学的发现与思索，故而这个专栏名为"田野档案"。然而，写专栏这一年真的苦了我。专栏必须期期都有，不能"缺席"。我在天南海北的奔波中，不管怎样疲惫，也要硬割下一些时间来写作，就像我说的"从那一年切下一块自己的生命蛋糕"。此后，我把这一年专栏文章，合为一册，取名为《民间灵气》，交给作家出版社出版。当新书散着纸页与油墨的香味捧在手中，感觉好多了，庆幸这一年终是多了一件写作上的成果；但同时暗下决心，不再为《收获》写这种专栏了。

两年过后，李小林又来叫我写这类专栏。谁料这次我竟然忘记当年自己下的决心，答应再开专栏。其缘故，是近两年间我的见闻与感受奇特又深切，而且太多太多，无限美好地拥满我的心。感受是作家的天性，非文学的笔触不能表达。再有，我三十年来主要的作品大多给了《收获》。《收获》最能唤起我对文学的依恋，我把《收获》的约稿视作对我这个文学浪子的召唤。于是，再次应小林之邀，从我今年的生命之树再折下一枝来。

尽管当下中国文化的商品化在加剧，遗产抢救与保护较之以往更加令人心焦，但每当我坐在书桌前写这些文字时，近年来种种发现、思考以及心灵的感应一如潮水激涌到书案上来。

应该说，较之这两年间我跑过的、见过的、想过的，现在写在这本书里的，不足十分之一，但我是时间的乞丐，只能选赤抛朱，择其精要，亦割爱良多。我真想备份出一个自己，专写这类文章和这些珍奇美好又鲜为人知的文化。我喜欢这种写作。

为使读者直观地见到这些文化的本身，刻意采用这种插图性的文本。书中许多图片都是我的珍藏，亟堪宝贵。为使本书与当年那本《民间灵气》具有一致性，仍交由作家出版社出版。本书取名为《乡土精神》，以表达我对文化遗产本质的理解，那就是——

不要以为人们在田野大地上只求耕种与温饱，人们更需要坚实有力的精神生活。没人给他们精神，这精神是人们在自己的心灵中创造出来的，并给它穿上民俗民艺美丽的衣衫，用以安慰自己的生命，补偿自己的命运，消解现实强加给自己的苦难，并使生活有滋有味。

2010 年 3 月

大雪入绛州

在禹州考察完钧瓷古窑出来，雪花纷纷扬扬，扑面而来，这雪花又大又密，打在脸上有种颗粒感。按计划要取道郑州和洛阳而西，经三门峡逾黄河北上，去新绛考察那里的年画。现今全国的十七个主要的年画产地中，就剩下晋南新绛一带的年画普查还没有启动。晋南年画历史甚久，现存最早的年画就出自北宋时代晋南的平阳（临汾）。这一带很多地方都产年画，除去临汾，新绛和襄汾也是主要的产地。八十年代末我在京津一带的古玩市场曾买到过一些新绛的古画版。历史最久的一块画版《和合二仙》应是明代的。这表明新绛的年画遗存在二十年前就开始流失了。它原有的历史规模究竟如何，目前状况怎样，有无活态的存在，心中毫无底数。是不是早叫古董贩子全折腾一空了？

车子行到豫西，没想到雪这么大，还在河南境内就遇到严重的塞车。大量的重型载重卡车夹裹着各色小车像漫无尽头的长龙，一动不动地趴在公路上。所有车顶都蒙着厚厚的白雪，至少堵了一天了吧。我们想出各种办法打算绕过这一带的塞车，但所有的国道和小路也全都堵得死死的。在大雪里我们不懈地奋斗到天黑，又冷又饿，直把所有希望都变成绝望，才不得已滞留在新安县一家旅店中。不知何故，这家旅店夜间不供暖气，在冰冷的被窝里我给同来的助手发了一个短信："我有点顶不住了，再找机会去绛州吧！"然而，清晨起来新绛那边派人过来，居然还弄来一辆公路警车，说山西那边过来的路还通，要我跟他们戗着道儿去山西。盛情难却，只好顶着风雪也顶着迎面飞驰而来的车辆，逆行北上，车子行了五个小时总算到了新绛。

用餐时，当地主人要我先不去看年画，先去看光村。光村的大名早就听到过。还知道北齐时这村子忽生异光，因名光村。主人说，你只要去了就不会后悔，村里到处扔着极精美的石雕，还有一座宋代的小庙福胜寺，里边的泥彩塑是宋金时代的呢。我明白，他们想叫我们看看光村有没有保护价值，怎么保护和开发。而今年春天我们就要启动全国古村落的普查，听说有这样好的村落，自然急不可待要去，完全忘了脚底板已经快冻成冰板了。

雪里的光村有种奇异的美，但我想，如果没有雪，它一定像废墟一样破败不堪。然而此刻，洁白的雪像一张巨毯把遍地的瓦砾全遮盖起来，连残垣断壁也镶了一圈白茸茸的雪，只有砖雕、木拱和雀替从中露出它们历尽沧桑而依然典雅又苍劲的面孔。令我惊讶的是，千形百态精美的石雕柱础随处可见，还有不少石础被雪盖着，看不见它的真容，却能看见它一个个白皑皑、神秘而优美的形态。它们原是各类大型建筑坚实又华贵的足，现在那些建筑不翼而飞，只剩下这些石础丢了满地。光村原有几户颇具规模的宅院，从残余的一些楼宇中可见其昔日的繁华并不逊色于晋中那些大院，但如今损毁大半，而且毫无保护措施。连村中那座被列为国家级文物保护单位的福胜寺中的宋金泥塑，也只是用塑料遮挡起来罢了。我心里有些发急，抢救和保护都是迫在眉睫了。根据光村的现状，我建议他们学习晋中王家大院和常家庄园在修复时所采用的将散落的古民居集中保护的"民居博物馆"方式。但这需要请相关专家进一步论证，当务之急是不叫古董贩子再来"淘宝"了。因为刚刚从村民口中得知最近还有一些石雕的柱础与门狮被贩子买去了。近二十年来，那些懂得建筑文化的建筑师们大多在城里为开发商设计新楼，经常关心这些古建筑艺术的却是不辞劳苦和络绎不绝的古董贩子们，这些古村落不毁才怪呢。

从光村回到新绛县城后，这里的鼓乐团的团长听说我来新绛，特意在一座学校的礼堂演一场"绛州鼓乐"给我们看。绛州鼓乐我心仪已久。开场的"杨门女将"就叫我热血沸腾，十几位杨氏女杰执槌击鼓，震天动地。一瞬间把没有暖气的礼堂中的凛冽的寒气驱得四散。跟下来每一场演出都叫人不住喊好。演出的青年人有的是当地的专业演员，有的是艺校学员。应该说这里鼓乐的保护与弘扬做得相当有眼光也有办法。他们一边把这一遗产引入学校教育，从娃娃开始，这就使传承落到实处；另一边将鼓乐投入市场，这也是促使它活下来的一种重要方式。目前这个鼓乐团已经在市场立住脚跟，并且远涉重洋，到不少国家一展风采。演出后我约鼓乐团的团长聊一聊，团长是位行家，懂得保护好历史文化的原汁原味，又善于市场操作。倘若没有这样一位行家，绛州鼓乐会成什么样？由此联想到光村，光村要是有这样一位古建方面的行家会多好啊！

相比之下，新绛的年画也是问题多多。

转天一早，当地的文化部门将他们保存的新绛年画的古版与老画摆满一间很大的屋子。单是古版就有近二百块。先前，新绛的年画见过一些，但总觉得它是古平阳年画的一个分支，比较零散。这次所见令我吃惊，不单门神、戏曲、风俗、婴戏、美人、传说等各类题材，以及贡笺、条幅、横披、灯画、桌裙、墙纸、拂尘纸、对子纸等各种体裁应有尽有，至于套版、手绘、半印半绘等各类制作手法也一应俱全。其中一种门神是《三国演义》中的赵云，怀里露出一个孩童——阿斗光溜溜的小脑袋，显然这门神具有保护儿童的含意。还有一块《五老观太极》的线版，先前不曾见过，应是时代久远之作。特别是十几幅美人图，尺寸很大，所绘人物典雅端庄，衣饰华美，线条流畅又精致，与杨柳青年画的美人有着鲜明的地域差异，富于晋商辉煌年代的华贵气质和中原文明的庄重之感。看画时，当地负责人还请来两位当地的年画老艺人做讲解。经与他们一聊，二位艺人都是地道的传人。所谈内容全是"口头记忆"，分明是十分有价值的年画财富，对其普查——尤其是口述史调查需要尽快来做。只有把新绛年画普查清楚，才能彻底理清晋南年画这宗重要的文化遗产。可是谁来做呢？当地没有专门从事年画研究的学者，没有绛州鼓乐团的团长那样的人物，正为此，至今它还是像遗珠一般散落在大地上。这也是很多地方文化遗产至今尚未摸清和整理出来的真正缘故。而一些宝贵的文化遗产在无人问津之时就已经消失了。

雪下得愈来愈大，高速公路已经封了。原计划再下一站去介休考察清明文化已经无法成行。在回程的列车上，我的心里真是五味杂陈。三晋大地文化遗存之深厚之灿烂令我惊叹，但这些遗存遍地飘零并急速消失又令人痛惜与焦急。几年来我们几乎天天为这样的问题而焦虑：从哪里去找那么多救援者和志愿者？到底是我们的文化太多了，专家太少了，还是专家中的志愿者太少了？

我望窗外，外边的原野严严实实和无声覆盖着一片冰雪。

戊子春节初六

羌去何处?

羌,一个古老的文字,一个古老民族的族姓,早已渐渐变得很陌生了,最近却频频出现于报端。这因为,它处在惊天动地的汶川大地震的中心。

"羌"字被古文字学家解释为"羊"字与"人"字的组合,因称他们为"西戎的牧羊人"。在典籍扑朔迷离的记述中,还可找到羌与大禹以及发明了农具的神农氏的血缘关系。

这个有着三千年以上历史、衍生过不少民族的羌,被费孝通先生称为"一个向外输血的民族",曾经为中华文明史做出过杰出贡献,但如今只有三十万人,散布在北川一带白云迷漫的高山深谷中。他们居住的山寨被称作"云朵上的村寨",然而这次他们主要聚居的阿坝州汶川、茂县、理县和绵阳的北川,都成了大灾难中悲剧的主角;除去少数一千羌民远居在贵州省铜仁地区之外,其他所有羌民几乎全是灾民。

古老的民族总是在文化上显示它的魅力与神秘。羌族的人虽少,但在民俗节日、口头文学、音乐舞蹈、工艺美术、服装饮食以及民居建筑方面有自己完整而独特的一套。他们悠长而幽怨的羌笛声令人想起唐代的古诗；他们神奇的索桥与碉楼，都与久远的传说紧紧相伴；他们的羌绣浓重而华美，他们的羊皮鼓舞雄劲又豪壮，他们的释比戏《羌戈大战》和民俗节日"瓦尔俄足节"带着文化活化石的意味……而这些都与他们长久以来置身其中的美丽的山水树石融合成一个文化的整体了。近些年，两次公布的国家非物质文化遗产名录已经把其中六项极珍贵的民俗与艺术列在其中。中国民协根据这里有关大禹的传说遗迹与祭奠仪式，还将北川命名为"大禹文化之乡"。

在这次探望震毁的北川县城的路上，到处是大大小小的飞石，树木东倒西歪，却居然看到道边神气十足地竖着这样一块大禹文化之乡的牌子，可是羌族惟一的自治县的"首府"——北川已然化为一片惨不忍睹的废墟。

二十天前北川县城就已经封城了。城内了无人迹，连鸟儿的影子也不见，全然一座死城。湿润的空气里飘着很浓的杀菌剂的气味。我们凭着一张"特别通行证"，才被准予穿过黑衣特警严密把守的关卡。

站在县城前的山坡高处，那位靠着偶然而侥幸活下来的北川县文化局长，手指着县城中央堆积的近百米滑落的山体说，多年来专心从事羌文化研究的六位文化馆馆员、四十余位正在举行诗歌朗诵的"禹风诗社"的诗人、数百件珍贵的羌文化文物、大量田野考察而尚未整理好的宝贵的资料，全部埋葬其中。

我的心陡然变得很冲动。志愿研究民族民间文化的学者本来就少而又少，但这一次，这些第一线的羌文化专家全部罹难，这是全军覆没呀。

我们专家调查小组的一行人，站成一排，朝着那个巨大的百米"坟墓"，肃立默哀。为同行，为同志，为死难的羌民及其消亡的文化。

大地震遇难的羌民共三万，占民族总数的十分之一。

在擂鼓镇、板凳桥以及绵阳内外各地灾民安置点走一走，更是忧虑重重。这里的灾民世代都居住在大山里边，但如今村寨多已震损乃至震毁。著名的羌寨如桃坪寨、布瓦寨、龙溪川、通化寨、木卡寨、黑虎寨、三龙寨等等都受到重创。被称作"羌族第一寨"的萝卜寨已夷为平地。治水英雄大禹的出生地禹里乡如今竟葬身在堰塞湖冰冷的湖底。这些羌民日后还会重返家园吗？通往他们那些两千米以上山村的路还会是安全的吗？村寨周边那些被大地震摇散了的山体能够让他们放心地居住吗？如果不行，必须迁徙。积淀了上千年的村寨文化不注定要瓦解么？

在久远的传衍中，这个山地民族的自然崇拜和生活文化都与他们相濡以沫的山川紧密相关。文化构成的元素都是在形成过程中特定的，很难替换。他们如何在全新的环境找回历史的生态与文化的灵魂？如果找不回来，那些歌舞音乐不就徒具形骸，只剩下旅游化的表演了？

在擂鼓镇采访安置点的羌民时，一些羌民知道我们来了，穿着美丽的羌服，相互拉着手为我们跳起欢快的萨朗舞来。我对他们说："你们受了那么大的灾难，还为我们跳舞，跳得这么美，我们心里都流泪了。当然你们的乐观与坚强，令我们钦佩。我们一定帮助你们把你们民族的文化传承下去……"

不管怎么说，这次地震对羌族文化都是一次毁灭性的打击。它使羌族的文化大伤元气。这是不能回避的。在人类史上，还有哪个民族受到过这样全面颠覆性的破坏？恐怕没有先例。这对于我们的文化遗产保护工作，无疑是一个巨大的难题。

可是，总不能坐待一个古老的兄弟民族的文化在眼前渐渐消失。

于是，这一阵子文化界紧锣密鼓，一拨拨人奔赴灾区进行调研，思谋良策。

马上要做的是对羌族聚居地的文化受灾情况进行全面调查。首先要摸清各类民俗和文学艺术及其传承人的灾后状况，分级编入名录，给予资助，并创造传承条件，使其传宗接代。同时，对于地质和环境安全的村寨，经过重新修建后，应同意原住民回迁，总要保留一些原生态的村落——当然前提是安全！还有一件事是必做不可的，就是将散落各处的羌族文化资料汇编为集成性文献，为这个没有文字的民族建立可以传之后世的文化档案。

接下来是易地重建羌民聚居地时，必须注意注入羌族文化的特性元素；要建立能够举行民俗节日和祭典的文化空间；羌族子弟的学校要加设民族传统文化教育的课程，以利其文化的传承；像北川、茂县、汶川和理县都应修建羌族文化博物馆，将那些容易散失、失不再来的具有深远的历史和文化记忆的民俗文物收藏并展示出来……说到这里，我忽然想，做了这些就够了吗？想到震前的昨天灿烂又迷人的羌文化，我的心变得悲哀和茫然。恍惚中好像看到一个穿着羌服的老者正在走去的背影，如果朝他大呼一声，他会无限美好地回转过身来吗？

2008 年 6 月

第四辑　杂谈

我的一个奇迹

一

我的一个奇迹直到今天才发现，我的这个奇迹非要到今天才能发现，这就是我的一辈子都生活在一个城市——天津。我从未离开过天津。我把一生的起承转合、喜怒哀乐、所有的各种颜色的日子都放在自己这个城市里。这样的人生有何特别之处？

大部分作家至迟到了青年时代就背井离乡了。他们外出求学，或谋生闯荡，大多是在经历磨难，对社会人生深有感悟后，才拿起笔来成为作家。这样的例子古今中外比比皆是。我则不同，我从出生、童年、少年、求学、工作、初恋，到后来的婚姻、就业、生子、交友、生病、丧父、迁徙、转业，还有种种顺逆与祸福，种种急转弯和不期而遇，都在这座城市里。相比那些攥着一支笔走南闯北甚至浪迹天涯的作家，我几乎是站在原地一动没动。我的人生没有变换过场景，我是一个没完没了的独幕剧中的主角。然而这样原地不动，日复一日，我的人生会不会空间有限或器局狭小？我笔管里的生活是不是早就该枯竭了？

单凭感觉来说，我对自己的城市过于熟悉，有如对自己的家庭。无论把我放在这座城市里的任何地方都不会迷失。相反，许许多多冷僻的城市角落反而都给我留有深刻的记忆，无论是时代性的烙印还是隐私。我人生大部分时间是在生活深邃的皱褶里，对于我，这里才有生活真正的精髓。每每在街头听人说话，那声音就像听家人说话一样。我的很多难忘的故事是和某一个街名混在一起的。城中的老巷老屋老树老墙，就像我家里的老物件，与我差不多已经融为一体了。我认识的各种各样的人——那些不能忘却和已经忘掉了的人，像群鸟一样散布在熙熙攘攘的市廛与万家灯火之中。老熟人们想见就见，老房子不时出现在眼前。即使不见它们，它们也在身边，这让人感到一种温情一种熨帖一种踏实。这样的城市何处还有？什么样的城市可以替代我的天津？

一次偶然碰到一个小学时的同学。太久未见他分外热情，但我完全不记得他的名字。这使他显得有点突兀和莽撞，那一瞬间我们都有点尴尬。他为了证实自己确实是我的老同学，一口气讲了四五段我们同学时天真无邪和意趣横生的往事。他讲得真切无疑，而且无比亲切，我却完全不记得了。由此我明白，自己过往的人生，并没消失，而是有声有色保存在与我们共同生活过的人那里，保存在自己的城市空间里。如果对它用心，一定能找回不少自己生命留下来的美好和深情的足迹。

我在天津一共搬过十次家。搬家的原因各不相同。搬家的感受也全不一样，有甜有苦，有大喜有大悲。可能由于我出身于画画，过往生活留给我的总是一些画面。这些画面里有往日极其逼真的景象、鲜活的形象、珍贵的细节，可以时光倒流般地唤醒沉睡的记忆。比如父母与妻儿不同时期的模样，过世好友曾经的面容，救助过我的贵人并让我动容的那一瞬……还有昨天、前天、消逝而远去的岁月中的那些美好的画面。这些画面都离不开我住过的老房子，离不开我那些独特和独有的生活空间。城市深情地为我留下了历史。

但是，我有一种奇怪的心理：我在自己城市里最不想去的地方，又常常是以前生活过的某一座老房子。我说不清这是一种什么心理，是一种心理障碍吗？是由于一种不能承受的历史之重？

历史是沉淀下的生活，是沉重的。然而，这沉重不一定都是苦难，往往是一种百感交集。

二

我国地势西高东低，水往低走，所以江河东流，泻入大海。这些由西向东的河流是自然的河流；而由南向北的河流，多是人开凿的运河；运河之所以伟大，是它们把大地上自然的由西向东的河流，南北贯穿起来。于是四面八方，全部疏通，宛如一张闪闪发光的巨网覆盖了神州大地。

在这张巨网的每一个枢纽处都有一座城市。

古人邻水而居，择水而憩，其实世界名城的诞生大多源于一条江河。可以说所有城市都是由一条江河养育起来的，而我的城市天津则是凭借着五条大河而生。这中间有自然的河流，也有运河；天津是京杭大运河的北端。

五条大河，汇成海河，波光粼粼，倾入渤海。一片浩无际涯的放纵人的情怀的蔚蓝色是我的城市东边的极地。

如果从海上瞭望我的城市，则是一个散发着浓郁的千古不变的东方乡土气息的田园，一个帆樯如林的北方最大的漕运码头，一个充满活力又平静的古城；可是，它又是一个由外部世界最快捷地抵达京都紫禁城的登陆地。这是它天生的幸运，也是命定的不幸。因而，自从十九世纪中叶，它便成了中西之间兵戎相见的交恶之地。

我想，我曾经一代城市的祖先，一定不明白为什么那么多金发碧眼的洋人突如其来，有如天降；不知道自己惹下怎样的"天怒"而在1900年惨遭灭绝性的屠城。历史总是任凭后世的嘴巴纷说，现实只能由小百姓去经受。如今谁还会记得那一代小百姓亲身的感受？人们一边把历史所有的过错一股脑地都甩给"盲目仇外"的义和团；一边想方设法把旧租界奇形怪状的小洋楼开发为能够生财的旅游打卡地。

我承认，我对城市的历史情感是沉重的。

谁来弄清历史的是是非非？

城市对于我，不是一个单纯干活吃饭的地方。这可能由于我不是外来的打工仔，这里是生我养我的地方。它像母亲，我从它的生命中诞生出来。我感受到它如巢一般的温暖、柔软、亲昵，我能闻到它醉人的生命气味，能听到它血液流动的声音。

我的生命里记着它一天天从早到晚小贩们穿街而过的各种吆喝声，夜间由远处传来的沉闷又悠长的火车或轮船的鸣笛声，街头急雨般自行车的铃声，大年三十更岁交子时连天的鞭炮声，还有风声、雨声、雷声和窸窸窣窣的落雪声。这里所有的人对于我都有一种近乎亲人的感觉。我出生在和平区新华路临街的一座小楼里。这小楼是一座私人产院，为我接生的是一位名叫邓志恩的女医生。她留学日本，医术很好。产房在医院三楼，由街上仰头看，大面的玻璃窗映照着蓝天白云。据母亲说，我出生的当夜风雨大作，狂风吹开窗，冷雨浇进来，而且窗子单薄，玻璃大，我睡的摇篮床就在窗下。母亲丝毫没有犹豫，勇敢地扑过去把随时可能撞碎的窗子关上，表现出年轻母亲的一种本能。这个细节使这幢红灰相间、普普通通的砖房在我眼里有一种异样的神奇。这里是我生命的原点。

故乡有一种神奇感。你的父辈甚至祖先的故事都在那里，再有，便是童年天真无邪的生活。等到我们入世愈深，就会愈怀念自己儿时的率真与无忧无虑；我们离昨天愈远，愈清楚无法再回到过去。然而昨天的时光被故乡、故里、故居、故人收藏着；它们的保存方式是无言的、缄默的、含而不露的，等着你去叩问。

成长于天津的人，一定是在浓得化不开的民俗氛围里生根、发芽、长大。中国的大城市很少有如此密集的民俗。

天津城市文化不是精英文化，而是一种市井的生活文化。人们酷爱丰饶的吃穿，妙趣横生的言谈话语，温暖亲和的风习，自娱自乐的生活文化。正像北京人爱说老舍，上海人爱讲周璇和张爱玲，天津人爱谈马三立和骆玉笙。

天津人把每一个民俗的日子里该吃什么穿什么玩什么这些繁缛的小事叫作"妈妈例儿"。这里说的"妈妈"就是女人，因为日常生活的事向来都由女人做主，习俗都是由女人张罗。由她们嘴里念叨着，尽职尽责操弄着，不差分毫。然而，民俗不是谁规定的，更不是强迫的，一切顺由百姓的心愿。百姓要用种种习俗，使自己的生活多些讲究，多些仪式，多些说道，多些滋味，于是各种惹人喜爱的乡土艺术到时候自然都会派上用场。而我对乡土文化与艺术的热爱似乎是我与生俱来的。从写作上看，它是我小说的资源；从精神上看，它是我后来做遗产保护秉执的文化立场。

它也是我与这个城市不离不弃的一个深在的秘密，一种精神情感的秘密。

乡土艺术是一方水土独有的花。它们是从土地深处开出来的，更是从这地方人们的心中开出来的。因此，它们夺目地张扬人们的生活情感与热望，也迷人地表达本地特有的审美气质。精英文化显示个人精神，民间文化表现地域特征。鲁迅不代表绍兴文化，绍兴戏才代表绍兴文化。只有真正爱上这个城市特有的文化，才与这个城市的灵魂神交。

为此，二十岁出头，远远在我写小说之前，我竟然开始用笔对城市本土文化——年画、泥塑、剪纸、风筝、砖雕、木雕等等做田野的调查、记录和文化整理。没人叫我这样做，我自己要做。没人教我怎么做，全凭个人摸索。比如，那时城市的老建筑已经过时不建了，曾经辉煌一时的砖雕被人冷落乃至遗弃。我便骑上一辆破旧的飞鸽牌自行车，背一架相机，把散落于城市各处的砖雕普查一尽。这是不是我最早或最初的遗产抢救？可那时还没有"文化遗产"这个概念呢，我的行动完全出于热爱，一种朴素的非功利的纯粹的一厢情愿的乡土情怀。非理性常常是本质的、原发的、生命性的，就像土地里蹿出来的碧绿的草。

三

我的城市对我魅力最大的是老城。

原因是我的城市在世界上绝无仅有，它一半是老城，一半是旧租界地。老城的历史六百年，典型的中国北方本土城市，一切传承有序。租界是1860年后西方人在天津城东南硬建起来的一块"殖民地"。

列强各国在天津划地自辖，所建房屋都是各国自己的样式。租界中的一切都是由各国搬来。这一分为二的城市，俨然是两个世界。

老城那边地势高，俗称上边；租界这边地势低，俗称下边。老城那边是清一色灰黯和低矮的砖瓦房，租界这边则是高低错落、千奇百怪的小洋楼。老城那边到处是冒着袅袅青烟的大大小小的寺庙，租界这边是响着洪大钟声的尖顶的教堂。我出生并一直生活在旧租界这边。小时候，老城那边穿长衫短裤的多，租界这边穿衬衫制服的多。老城那边都是天津本土的原住民，都说那种语调特别、齿音很重的天津话；租界这边的中国人大多是开埠以来由南方来做洋务和实业的移民，都说国语。辛亥革命那会儿，一个穿西装的人走进老城，会引起围观。我家里若是偶尔来一个客人说天津话，我会特别有兴趣，会站在一旁听，因为天津人说话幽默好玩。他们人人如此，好像说话就是为逗趣的。

最初，老城与租界之间来往不多。我很少去老城，对老城那边的世界充满好奇。这是城市的一半对另一半的好奇，好像男人对女人的好奇，反过来也是如此。这种城市感觉极其特别，很性感。记得我第一次去老城好比出国。那次是随着大人坐着胶皮车从租界去往老城东面香烟氤氲的天后宫去买年货。城市中最大的年货市场一直在宫前大街的广场上。此时，宫内外充满着中国人大年特有的亲切感，丰饶又拥挤，热烈又神奇。我感觉眼睛都被炸开了。这记忆太深刻，我曾一次次把它写进散文与小说里。我在长篇小说《单筒望远镜》中所写的那个法国姑娘莎娜第一次走进老天津时惊艳的感受其实就是我自己的亲历。

青年时代为了谋生，我到老城那边找活干，识得了这块地域里特异的历史、风习、地理、生活、典故，结识了一些形形色色、说天津

195

话、地道的天津人，熟稔了本土百姓的气质、性格、性情、好恶、规矩、讲究和禁忌等等，这对于生长于租界中的我有些异样，但我渐渐喜欢上他们。我不知道他们什么时候进入了我的笔管。等到上世纪八十年代笔头最热时，他们就自然而然地一下子全冒出来了。于是我有了《神鞭》《三寸金莲》《炮打双灯》等等。

因此说，我对天津的认识不同于其他作家写自己的乡土。

我是从租界来看来写老城的。一半是自己写自己的城市，一半像外人写自己的城市。我与老城之间是有距离的，这个距离也可称之为"文化的距离"，这是我的优势。站在租界这边，反而可以清清楚楚地看到老城那边的文化风景、本土人的集体性格，以及老天津的形象。站在老城里反倒会视而不见，就像自己看不见自己。

认识一个地域的文化，既要深在其中，又要保持距离。深在其中，得其情感；保持距离，产生理性。正是由于我的城市华洋杂处，土洋各半，我才获得了这样的认知的优势；并由此升华为审美情感，升华出一种文化情感。这种文化情感和审美情感是更深刻的一种情感，它是不是后来我保护她的一种深层的根由？

我称这是一种情怀。

同时，由于我生活的城市是华洋杂处，是两个完全不同的文化空间的并存，它直接造就了我写作中的两个世界、两种人文景观、两套笔墨、两种审美；一是以《俗世奇人》为代表，一是以《艺术家们》为代表，因使我"与众不同"。

我的城市竟然如此奇特又深刻地影响了我。

四

上世纪九十年代的中国，一种横空出世、惊心动魄的城市景象，便是在建筑的外墙上画一个巨大的圈儿，圈里写一个粗野的"拆"字，再在上边打一个霸气的叉。它赫然入目，处处可见，凶悍蛮横，势不可挡。它是时代性的狂躁，是急切加速更新城市的粗鄙的标志，也是历史建筑的死亡符号。

城市有史以来，一直是线性的发展，记忆渐渐叠加，文化不断积累。但这一次是中断性的、颠覆性的、自我终结式的，一切推倒重来，史无前例地要对所有城市进行一次全新的再造。它令我们猝不及防。特别是当这些"拆"字愈来愈多出现在我的城市里，出现在我所深爱的意蕴隽永的城市的文化风景中，我便像被猛地戳了一刀，刀尖扎在我的生命之根上。我仿佛听见一幢幢带着独特记忆与历史美的老房子向我求救。戈登堂拆了，原奥租界拆了，南市拆了，老城全面拆了……我拿出救火的速度也挡不住城改的燎原之势。在我抢救将要覆灭的老街估衣街时，我看到当地原住民拉了几条过街横标，上边用激烈的言辞表达对我的行动的呼应与支持。那一刻，一种火热的东西填满我的胸膛，我感到自己在与城市共命运。

在二十年的文化遗产抢救中，我感觉自己像水一样融入城市中。我喜欢这种融化和融合。这是一种命运与共的融合，精神与情感上的融合。这融化与融合的深处是一种爱，爱的深处是责任。我的文化保护的行为已经本能化了，不必问我，为什么放下笔去从事文化遗产保护。

我分不出，我因写作而更深爱我的城市，还是因文化保护而与我的城市更加共存共生。它们分不开，就像托尔斯泰说的，一辆马车从山坡愈来愈疾地冲下来，是因为马拉着车，还是因为车推动着马呢？

今岁壬寅，是我的伞寿。在这个第八十次"生命的节日"的清晨，我在我的城市里自然醒。春天的阳光静静地将床对面的一只老柜子的一小部分照亮，其他部分还在窗帘遮暗的橄榄绿与深褐色交混的阴影里。我喜欢生活的朴素、单纯、自然、日常、平静。惟有这样的日子才适然，才安宁，才是生活的本色。

故而，我不喜欢过于热闹的套路化的世俗的拜寿。但我一生的交往太多，止不住亲朋好友各种方式的祝贺纷至沓来，渐渐使我落入被感动的情感的漩涡里。

还好，现代人的交流多在手机上。

我只给自己一个特殊的安排，便是在生日当午，去母亲住处，与母亲共享一顿生日午餐。

母亲长我二十五岁，今年她奇迹般地一百零五岁。我要感谢母亲生我，把我养大成人，并一直与我相伴相依，不离不弃，我八十岁还能叫"妈"，还能感受到做儿子的福分；还能在江行千里之外，回过头来，望见生命的源头依旧活力澎湃。

就像我的城市与我一直不曾分离。我和妻子也是青春为伴，穿过半个多世纪岁月的高山深谷，刚刚过了绿宝石婚呢。怎样的情意才如此永恒般地相守？

没有玉盘珍馐，只是寻常百姓的生日面。打卤、松花、五香花生、炸面筋丝；还有天津本地人爱吃的肉末炸酱和素菜码——白菜丝、黄瓜丝、胡萝卜丝、芹菜丝、豆芽菜和亮晶晶的蒜瓣。今天母亲的保姆把菜丝切得特别精细；再有便是白水煮面，一点点贺兰山的红酒了。然而这就很好——像一大丛蓬松而清新的野花烘托起生日的欢欣。我说："今天不光是我的日子，是我和您共同的日子。"母亲会意，笑了，举起酒，轻轻与我碰杯。

没有任何人为的隆重的仪式，没有花言巧语，没有刻意营造的欢乐氛围；寻常饭菜，日常衣衫，只是说话都避免怀旧内容，以免母亲感物伤怀。装了一个世纪岁月的生命里，会有多少的感触。重要的人生日子一定要平常过。然而，这样的平淡却不平凡的生日多少人会有，这不是上苍对我的厚爱吗？于是一种宏大的敬畏之情不知怎样表达和向谁表达。

今天还有两个生日活动。一是学校的领导和师生为我庆贺，一是儿子冯宽为我邀来十来位朋友一聚。老朋友们大多结识几十年，彼此笃诚相待，此刻自然全是无拘无束。与师生所谈全是未来，与老友聊的全是人生，这样的生日叫我收获满满。老母、妻子、孩子、老友、年轻人全靠拢身边；过去与将来全在今天汇集。人生最高的境界是无所求，这才叫作福如东海了。偏偏此时，好事又向前跨一大步。

手机上忽传来一个视频，身在北京的好友美林和妻子周建萍在他们的画室商议着，说："今天是大冯的生日，送什么礼物？"美林说："大冯属马，给他画马吧！"说着说着，心血来潮，说大冯八十岁，我画八十匹马送给他。

美林就是这样的性情中人。他抱来一大摞各色的卡纸，说干就干，激情上来，灵感飙至。手起笔落，一匹匹骏马奔到纸上，它们神情各异，有的雄健，有的骁勇，有的刚烈，有的肥硕，有的俊逸，有的轻盈，渐成一群，而且愈来愈庞大汹涌。美林年长我六岁，干活却像汉子，画累了，建萍就站在他身后捏肩膀。此情此义，谁还有？一个多小时过去，八十匹神骏齐集，打着响鼻，喷着热气，摆头甩尾，站在美林的画室里。美林说，快请顺丰送过去，无论如何今晚把它们送到天津！

是夜，津京公路群马奔腾，蹄声嘹亮。

晚上我全家正在吃生日蛋糕，门铃忽响，门一开，八十匹骏骥飘着长鬃站在我家门口。我笑道：

"美林叫我仍像马一样奔腾向前。"

这时忽想，这样美好的生活怎样才能把它记下来。不只是记这些事，还要记下这些珍贵的细节，真切的气氛，亲切动人的感觉，这才是人生最宝贵的。谁给我记？怎么记？它们五光十色地一闪而过，抓不住啊。其实我不必着急，这一切我的城市都帮我记住了，就像它清晰地记着我曾经全部的历史。

只要我们有心，去叩问它，默默与它对话，它都会全部告诉我们。

谁还会对我们这样有心？

我曾在庆祝天津建成六百年的一次聚会上即兴写了一首诗：

生我养我地，未了不了情。

世上千般好，最美是天津。

正因为这样，我对自己的城市总有一种亏欠感，我还要为它再做一些事。为了我爱它，为了叫别人也爱它。

2022 年 7 月 24 日

200

大地震给我留下什么?

在我私人的藏品中,有一个发黄而旧黯的信封,里面装着十几张大地震后化为废墟的照片,那曾是我的"家";还有一页大地震当天的日历,薄薄的白纸上印着漆黑的字:1976 年 7 月 28 日。后边我再说这页日历和那些照片是怎么来的。现在只想说,每次打开这信封,我的心都会变得异样。

变得怎么异样?是过于沉重吗?是曾经的一种绝望又袭上心头吗?记得一位朋友知道我地震中家覆灭的经历,便问我:"你有没有想到过死,哪怕一闪念?"我看了他一眼。显然这位朋友没有经过大地震——这种突然的大难降临是何感受。

如果说绝望,那只是地震猛烈地摇晃四十秒钟的时间里。这次大地震的时间实在太长了。后来我楼下的邻居说,整个地动山摇的过程中我一直在喊,叫得很惨,像是在号,但我不知道自己在叫。

当时由于天气闷热,我睡在阁楼的地板上。在我被突如其来的狂跳的地面猛烈弹起的一瞬,完全出于本能扑向睡在小铁床上的儿子。我刚刚把儿子拉起来,小铁床的上半部就被一堆塌落的砖块压下去,如果我的动作慢一点，后果不堪设想。我紧抱着儿子，试图翻过身把他压在身下，但已经没有可能。小铁床像大风大浪中的小船那般癫狂。屋顶老朽的木架发出嘎吱嘎吱可怕的巨响，顶上的砖瓦大雨一般落入屋中。我亲眼看见北边的山墙连同窗户像一面大帆飞落到深深的后胡同里。闪电般的地光照亮我房后那片老楼，它们全在狂抖，冒着烟土，声音震耳欲聋。然而，大地发疯似的摇晃不停，好像根本停不下来了，就像当时的"文革"。我感到我的楼房马上就会塌掉。睡在过道上的妻子此刻不知在哪里，我听不到她的呼叫。我感到儿子的双手死死地抓着我的肩背。那一刻，我感到了末日。

但就在这时，大地戛然而止，好像列车的急刹车。这一瞬的感觉极其奇妙，恐怖的一切突然消失，整个世界特别漆黑而且没有声音。我赶紧踹开盖在腿上的砖块跳下床，呼喊妻子。我听到了她的应答。原来她就在房门的门框下，趴在那里，门框保护了她。我忽然感到浑身热血沸腾，就像从地狱里逃出来，第一次强烈地充满再生的快感和求生的渴望。我大声叫着："快逃出去！"我怕地震再次袭来！

过道的楼顶已经塌下来，楼梯被桁架、檩木和乱砖塞住。我们拼力扒开一个出口，像老鼠那样钻出去，并迅速逃出这座只要再一震就可能垮掉的老楼。待跑出胡同，看到黑乎乎的街上全是惊魂未定而到处乱跑的人。许多人半裸着。他们也都是从死神手缝里逃出的侥幸生还者。我抱着儿子，与妻子跑到街口一个开阔地，看看四周没有高楼和电线杆，比较安全，便从一家副食店门口拉来一个菜筐，反扣过来，叫妻儿坐在上边，便说："你们千万别走开，我去看看咱们两家的人。"

我跑回家去找自行车。邻居见我没有外裤，便给我一条带背带的工作裤。我腿长，裤子太短，两条腿露在外边。这时候什么也顾不得了，活着就是一切。我跨上车，去看父母与岳父岳母。车子拐到后街上，才知道这次地震的凶厉。窄窄的街面已经被地震扭曲变形，波浪般一起一伏，一些树木和电线杆横在街上，仿佛刚遭遇过炮火的轰击。通电全部中断，街两边漆黑的楼里发着呼叫。多亏昨晚我睡觉前没有摘下手表，抬起手腕看看表，大约是凌晨四时半。

幸好父母与岳父岳母都住在一楼，房子没坏，人都平安，他们都已经逃到比较宽阔的街上。待安顿好长辈，回到家时，已是清晨。见到妻子才彼此发现，我们的脸和胳膊全是黑的。原来地震时从屋顶落下来的陈年的灰尘，全落在脸上和身上。我将妻儿先送到一位朋友家。这家的主妇是妻子小学时的老师，与我们关系甚好。然后急匆匆跨上车，去看我的朋友们。

从清晨直到下午四时，一连去了十六家，都是平日要好的朋友。在"文革"那种清贫和苍白的日子，朋友是最重要的心灵财富了。此时相互看望，目的很简单，就是看人出没出事，只要人平安，谢天谢地，打个照面转身便走。我的朋友们都还算幸运，只有一位画画的朋友后腰被砸伤，其他人全都逃过这一劫。一路上，看到不少尸首身上盖一块被单停放在道边，我已经搞不清自己到底是怎样还活在这世上的。中午骑车在道上，我被一些穿白大褂的人拦住，他们是来自医院的志愿者，正忙着在街头设立救护站。经他们告我，才知道自己的双腿都被砸伤。有的地方还在淌血。护士给我消毒后涂上紫药水，双腿花花的，看上去很像个挂了彩的伤员。这样，在路上再遇到的朋友和熟人，得知我的家已经完了，都毫不犹豫地从口袋掏出钱来。若是不要是不可能的！他们硬把钱塞到我借穿的那件工作裤胸前的小口袋里。那时的人钱很少，有的一两块，多的三五块。我的朋友多，胸前的钱塞得愈来愈鼓。大地震后这天奇热，跑了一天，满身的汗，下午回来时塞在口袋里的钱便紧紧粘成一个硬邦邦拳头大的球儿。掏出来掰开，和妻子数一数，竟是七十一元，整个"文革"十年我从来没有这么巨大的收入。我被深深地打动！当时谁给了我几块钱，我都记得清清楚楚；现在事过三十年，已经记不清是哪些人，有哪些名字，却记得人间真正的财富是什么，而且这财富藏在哪里，究竟什么时候它才会出现。

画家尼玛泽仁曾经对我说：在西藏那块土地上，人生存起来太艰难了。它贫瘠、缺氧、闭塞。但藏民靠着什么坚忍地活下来的呢？靠着一种精神，靠着信仰与心灵。

个人对信念的恪守和彼此间心灵的抚慰。

大地震是"文革"终结前最后的一场灾难。它在人祸中加入天灾，把人们无情地推向深渊的极致。然而，支撑着我们生活下来的，不正是一种对春天回归的向往、求生的本能以及人间相互的扶持与慰藉吗？在我本人几十年种种困苦与艰难中，不是总有一只又一只热乎乎、有力的手不期而至地伸到眼前？

我相信，真正的冰冷在世上，真正的温暖在人间。

大地震的第三天，我鼓起勇气，冒着频频不绝的余震，爬上我家那座危楼。我惊奇地发现，隔壁巨大而沉重的烟囱竟在我的屋子中央，它到底是怎样飞进来的？然而我首先要做的，不是找寻衣物。我已经历了两次一无所有，一次是"文革"的扫地出门，一次是这次大地震。我对财物有种轻蔑感。此刻，我只是举着一台借来的海鸥牌相机，把所有真实的景象全部记录下来。此时，忽见一堵残墙上还垂挂着一本日历，日历那页正是地震的日子。我把它扯下来，一直珍存到今天。

我要留住这一天。人生有些日子是要设法留住的，因为在这种日子里，总是在失去很多东西的同时，得到的却更多——关键是我们是否能够看到。如果看到了它，就会被它更正对人生的看法并因之受益一生。

2006 年 7 月，大地震三十年

低　调

在媒体和网络的时代，一个人只有高调才会叫人看见、叫人知道、叫人关注。高调必须强势，不怕攻击，反过来愈被攻击愈受关注，愈成为一时舆论的主角，干出点什么都会热销；高调不仅风光，还带来名利双赢，所以有人选择高调。

但高调也会使人上瘾，高调的人往往离不开高调，像吸烟饮酒愈好愈降不下来，降下来就难受。可是媒体和网络都是一过性的，滚动式的，喜新厌旧的。任何人都很难总站在高音区里边，所以必须不断折腾、炒作、造势、生事，才能持续高调。

有人以为高调是一种成功，其实不然。高调只是这个时代的一种活法。当然，每个人都有权选择自己的活法，选择什么都无可厚非。

于是，另一些人就去选择另一种活法——低调。

这种人不喜欢一举一动都被人关注，一言一语也被人议论，不喜欢人前显贵，更不喜欢被"狗仔队"追逐，被粉丝死死纠缠与围困，被曝光曝得一丝不挂；他们明白在商品和消费的社会里，高调存在的代价是被商品化和被消费。这样，心甘情愿低调的人就没人认识，不为人所知，但他们反而能踏踏实实做自己喜欢的事，充分地享受和咀嚼日子，活得平心静气，安稳又踏实。你问他怎么这么低调，他会一笑而已；就像自己爱一个人，需要对别人说明吗？所以说：

低调为了生活在自己的世界里，高调为了生活在别人的世界里。

文化也是一样。也有高调的文化和低调的文化。

首先，商业文化就必须是高调的，只有高调才会热卖热销，低调谁知道谁去买？然而热销的东西不可能总热销，它迟早会被更新鲜更时髦的东西取代。所以说，时尚是商业文化的宠儿，在市场上最成功的是时尚商品。人说时尚是造势造出来的，里边大量五光十色的泡沫，但商品文化不怕泡沫，因为它只求当时的商业效应，一时的震撼与强势，不求持久的魅力。

故而，另一种追求持久生命魅力的纯文化很难在当今时代大红大紫，可是它也不会为大红大紫而放弃一己的追求。它甘于寂寞，因为它确信这种文化的价值与意义。

我很尊敬我的一些同行的作家。在市场称霸的社会中，恐怕作家是最沉得住气的一群人。他们平日不知躲在什么地方，很少伸头探脑，有时一两年不见，看似在人间蒸发了，却忽然把一本十几万或几十万字厚重的书拿了出来；他们笔尖触动的生活与人性之深，文字创造力之强，令人吃惊。待到人们去品读去议论，他们又不声不响扎到什么地方去了。惟其这样才能写出真正洞悉社会人生的作品来。

作家天生是低调的。他们生活在社会深深的皱褶里，也生活在自己的心灵与性情里，所以看得见黑暗中的光线和阳光中的阴影，以及大地深处的疼点。他们天生不是做明星的材料，不会经营自己只会营造笔下的人物。任何思想者都是这样：把自己放在低调里，是为了让思想真正成为一种时代的高调。

享受一下低调吧——低调的宁静、踏实、深邃与隽永。低调不是被边缘被遗忘，更不是无能，相反，只有自信才能做到低调和安于低调。

2013 年 6 月 2 日

底　线

一次，一位在江南开锁厂的老板说他的买卖很兴旺，日进斗金，很快要上市了。我问他何以如此发达。

他答曰："现在的人富了，有钱有物，自然要加锁买锁；再有，我的锁科技含量高，一般技术很难打开，而且不断技术更新，所以市场总在我手里。"

我笑道："我的一位好朋友说世界上他最不喜欢的东西就是锁，因为锁是对人不信任，是用来防人的。"

锁厂老板眉毛一挑说："不防人防谁？我赚的就是防人的钱。你以为这世上真有夜不闭户的地方吗？"

我说："五十年代真有。七十年代我住在一座房子的顶楼上，门上只有个挂钩，没锁，白天上班把门一关钩一挂，从来没被人偷过。"

锁厂老板说："那是什么时候，早没影儿了，不信你不锁门试试。"

我笑了笑没再说，我信他的话。我承认，一个物欲的时代和一个非物欲的时代，人的底线是不同的。社会的底线也在下降。所谓社会底线下降，就是容忍度的放宽。原先看不惯的，现在睁一眼闭一眼了；原先不能接受的，现在不接受也存在了。在商业博弈中，谎话欺骗全成了"智慧"；在社会利益竞争中，损人利己成了普遍的可以获利的现实；诚信有时非但无从兑现，甚至成为一种商业的吆喝或陷阱。在这样的社会生态中，人的底线不知不觉在下降。

可是这底线就像江河的水线，水有一定高度，船好行驶，人好游泳。如果有一天降到了底儿，大家就一起陷在烂泥里，我们连自己是脏是净是谁也不知道了。

所以，人总得有自己做人做事的底线。其实这底线原本是十分清楚的。比如人不能"见利忘义""卖友求荣""卖国求荣""乘人之危"，不能"虐待父母""以强凌弱""恩将仇报""落井投石"，还有"不义之财君莫取""朋友妻不可欺"等等。

这个古来世人皆知的底线，也是处世为人的标准，似乎在被全线突破了？

底线是无形地存在于两个地方，一在社会中，一在每个人心里。如果人们都降低自己的底线，社会的底线一定下降。社会失去共同遵守的底线，世道人伦一定败坏；如果人人守住底线，社会便拥有一条美丽的水准线——文明。因此说，守住底线，既为了成全社会，也是成全自己。

然而，这两个底线又相互影响。关键是在你的底线有时碰到低于你的底线时，你是降下自己的底线，随波逐流，还是坚守自己，洁身自好，坚持一己做人做事的原则？有人说，在物欲和功利的社会里，这底线是脆弱的。依我看，社会的底线是脆弱的，人的底线依旧可以坚强，牢固不破。

底线是人的自我基准，道德的基准，处世为人的基准。

人的自信是建立在底线上的。没有底线，一定会是一塌糊涂的失败的自我，乃至失败的人生。有底线，起码在"人"的层面上，获得了成功的自我与成功的人生。

2013 年 5 月 18 日

鲁迅的功与"过"

——国民性批判之批判

在盘点二十世纪中国文学时，我们都发现了这个奇迹：鲁迅写的小说作品最少，但影响最巨。他没有我们当下作家的一种恐慌：倘无巨制，即非大家。他就凭着一本中等厚度的中短篇小说集，高踞在当代中国小说的峰巅，而且未曾受惠于任何市场炒作，先生本人也没上过电视，何故？

倘若从文化角度去看，这奇迹的根由便一目了然，就是他那独特的文化的视角，即国民性批判。

作家的眼睛死盯在人的身上。所以，他从这文化视角看下去，不只看到社会文化形态，更是一直看到人的深在的文化心理。那么接下去便是他独有的一种创造：将这文化心理，铸造成一种文化性格，一种非常的人物来；这种人物不是一般意义上的个性人物，也不是现实主义文学中的典型人物。他这种人物的个性，全是中国国民共有的劣根性。他是把一个个国民的共性特征，作为个性细节来写的，这就使他笔下的人物具有巨大的覆盖性。比如阿Q——在现实中绝对没有这种人物存在，但在他身上却能找到我们每个人的某一部分的影子。

进一步说，这种共性，不是通常那种人所共有的人性，而是一种集体无意识，是一种文化的特性。我曾经用过一个"文化人"的词语，来述说这种特殊的人物。这里所说的"文化人"，不是"有文化的人"的概念。这个"文化人"是指特有的文化铸成的特有的文化性格。这种性格放在小说人物身上是一种个性，放在小说之外是一种集体性格。当一种文化进入某地域的集体的性格心理中，就具有顽固和不可逆的性质，倘若逆转，极其缓慢。它属于一种根性。当然，任何民族的文化性格都是两面的，一面是优根性，一面是劣根性，可是它像一张纸的两面，是孪生一对生出来的，不能免掉任何一面。但作家的思维天生是逆向的；文学的本质是批判。当它面对文化性格时，肯定要先批判国民劣根性的一面。

然而，在鲁迅之前的文学史上，我们还找不到这种先例。鲁迅是第一位创造性地使用这个文化视角，来观察、感受、认识、分析和批判生活，然后升华出这种独特的"文化人"来。他小说的人物不完全是这种"文化人"。比如祥林嫂、孔乙己、闰土等，虽然具有世纪初中国人的某些集体性格特征，但还不是纯粹的"文化人"。阿Q则是鲁迅自觉创造的最典型的"文化人"的形象。在鲁迅的杂文中，也有这种潜在的"文化性格"屡屡出现，比如《聪明人、傻子和奴才》等等。这种人物具有深刻的认识价值，学者们多有论述，本文不做重复。我只想说，我们从这个视角可以发现到其他角度无法发现的内容。比如从这里，我们一下子找到了中国社会痼疾最本质的缘故。同时，这种极其独特的审美形象，自然就穿过那种司空见惯的平庸的文学平面，异彩缤纷地跳跃到中国小说的人物舞台上来。

所以说，作家最关键的是他的视野，视野的关键是视角的独特性。而文学的关键是视野的果实——人物。

鲁迅的这种"文化人"，不是真实的而是逼真的，不是生活的再现而是深层的表现。它既是悟性的发现更是理性的创造。它写出来是专门供"批判"用的，而这批判为了唤起国民的自省。对此鲁迅心里十分明白，做得更明白。鲁迅属于那种像法官一样异常清醒的作家，他始终是瞪着眼看世界，和瞪着眼写他的小说的。

　　鲁迅是充满责任的作家。当下人们已经很讨厌"责任"这两个字了。其实责任就是良心。我换句话说——鲁迅是个充满良心的作家。他压给自己的使命是剪断古老的精神锁链，唤醒世人迟钝的心，催动国民的自审与自奋。当然，鲁迅的工作并不是一步到位地直接写给大众看的，大众也根本看不懂他的《阿Q正传》和《狂人日记》。他主要想影响比较高层的知识分子，通过他们去影响一般知识分子，最后影响到大众。他的文学最初是作用于"小众"范围之中的。他的思想之所以能够通过层层影响，直抵时代大众，就足以表现这种思想强烈的现实意义及其力度了。

　　然而，我们必须看到，他的国民性批判源自1840年以来的西方传教士那里。这些最早来到中国的西方传教士，写过不少的回忆录式的著作。他们最热衷的话题就是中国人的国民性，它成了西方人东方观的根本与由来。时下，已经有几家出版社将传教士的这一类著作翻译出版。只要翻一翻亚瑟·亨·史密斯的《中国人的性格》，看一看书中那些对中国人的国民性的全面总结，就会发现这种视角对鲁迅的影响多么直接。在世纪初，中国的思想界从西方借用的思想武器之一，就是国民性批判。通过鲁迅、梁启超、孙中山等人的大力阐发，它犹如针芒扎在我们民族的脊背上，无疑对民族的觉醒起过十分积极的作用。我这话是说，鲁迅的国民性批判来源于西方人的东方观，他的民族自省得益于西方人的旁观。一个民族很难站到自己的对面看自己，除非有个对方，便从对方的瞳仁中看到了自己的影像。但鲁迅笔下的"文化人"绝不是对西方人东方观的一种图解与形象化，他不过走进一间别人的雕塑工作室，一切创造全凭他自己。鲁迅从这特殊的文化视角进入中国社会的深层，也就是进入了中国人的文化心理结构之中，淋漓尽致地施展他的发现与批判的才能。他找到了传统社会身体上所有的压痛点与病灶，文学的批判功能被他发挥到极致。由于二十世纪初的中国是个社会更迭的时代，社会命题攸关每一个人的生存，没有给人多少私人化的空间，鲁迅的文学作用便变得至高无上。

可是，鲁迅在他那个时代，并没有看到西方人的国民性分析里所埋伏着的西方霸权的话语。传教士们在世界所有贫穷的异域里传教，都免不了居高临下，傲视一切；在宣传救世主耶稣之时，他们自己也进入了救世主的角色。一方面他们站在与东方中国完全不同的文化背景上看中国，会不自觉地运用"比较文化"的思维，敏锐地发现文化中国的某些特征；另一方面则由于他们对中国文化所知有限，并抛之以优等人种自居的歧视性的目光，故而他们只能看到中国的社会与文化的症结。他们的国民性分析，不仅是片面的，还是贬义的或非难的。

由于鲁迅所要解决的是中国自己的问题，不是西方的问题，他需要这种视角借以反观自己，需要这种批判性。故而没有对西方人的东方观做立体的思辨。又由于他对封建文化的残忍与顽固痛之太切，便恨不得将一切传统文化打翻在地，故而他对传统文化的批判往往不分青红皂白。当然，他的偏激具有某种时代的合理性，正是这种偏激，才使他分外清晰和强烈。可是他那些非常出色的小说，却不自觉地把国民性话语中所包藏的西方中心主义严严实实地遮盖了。我们太折服他的国民性批判了，太钦佩他那些独有"文化人"形象的创造了，以至长久以来，竟没有人去看一看国民性后边那些传教士们陈旧又高傲的面孔。

八十年代以来，中国的一批"文化电影"在西方获得前所未有的称许，随之便是捧得各种世界级亮闪闪的奖牌回来。在如潮般的赞扬声中，有一种批评极不中听，即"这些电影都是专门拍给西方人看的"。一时，人们都认为那是左爷们僵化的过了时的滥调，哈哈一笑，不去理会。

可是，中国的事常常是你中有我，我中有你。

这一批以文化自审的方式观照生活的电影，之所以为西方叫好，恰恰是由于它们的思想背景巧合一般地印证了西方由来已久的文化偏见。对于西方人来说，他们的东方观总是与最早来到中国的传教士那些国民性的分析一脉相承，遥远又紧密地联系着。这早已经是一种固定不变的成见。一个西方人，尤其是从来没有来到过中国的西方人，你给他一个充满幽默感、性格快乐的中国人形象，他也会摇头说 No，表示不信；你给他一个呆板麻木的形象，他会叫好。而这批电影通常都没有具体的时代背景，有点超时空的绝对化的味道；人物被放在四面高墙之中，与各种阴影生活在一起，个个性格怪异，行动诡秘，不是性压抑就是性变态。这种故事愈强化，愈神秘化，就愈会被西方人认作是经典的东方。因为"神秘"二字，正体现西方人因文化隔绝而产生的对东方的感受。我虽然不认为这批电影是有意地去"取悦洋人"，但它们的确没有走出一个多世纪以来的西方中心主义的磁场。他们的文化指针依然对准在亚瑟·亨·史密斯的刻度上。

最后要说的是，我之所以在本文标题《鲁迅的功与"过"》的"过"字上加一个引号，是想表明这个把西方人的东方观一直糊里糊涂延续至今的过错，并不在鲁迅身上，而是在我们把鲁迅的神化上。

这话怎么讲呢?

中国文学有个例外,即鲁迅一直是文学中惟一不能批评的作家。也许由于他曾经被毛泽东定为"伟大的思想家、革命家和文学家"——先把他在政治上定了"革命"的性,再在前边加上"伟大"的桂冠,他就变得神圣而不可侵犯了。有人说鲁迅如果碰上"文革",准要遭殃,实际上鲁迅在"文革"也一样"走红"。一个作家被奉若神明是可悲的。最有活力的作家总是活在褒贬之间的。他原本是一个勇士,却在他的四周拉上带电的铁丝网。他生前不惧怕任何人责骂,死后却给人插上"禁骂"的牌子。这一来,连国民性问题也没人敢碰了。多年来,我们把西方传教士骂得狗血喷头,但对他们那个真正成问题的"东方主义"却避开了。传教士们居然也沾了鲁迅的光!

国民性批判问题是复杂的。它是一个概念,两个内涵。一个是我们自己批评自己;一个是西方人批评我们。后一个批评里浓重地包含着西方中心主义的立场——它们亦是亦非地纠缠一起。尽管留下的问题十分复杂,但还得说清楚:我们承认鲁迅通过国民性批判所做出的历史功绩,甚至也承认西方人所指出的一些确实存在的我们国民性的弊端,却不能接受西方中心主义者们关于中国"人种"的贬损;我们不应责怪鲁迅作为文学家的偏激,却拒绝传教士们高傲的姿态。这个区别是本质的——鲁迅的目的是警醒自我,激人奋发;而传教士却用以证实西方征服东方的合理性。鲁迅把国民的劣根性看作一种文化痼疾,应该割除;西方传教士却把它看作是一种人种问题,不可救药。

八十年代末,我尝试使用文学来表达我对传统文化症结的认识与发现。我采用辫子、小脚和阴阳八卦,作为传统文化——主要指封建文化的顽根性、自我束缚力和封闭性自我循环的文化黑箱的一种意象来写。我之所以没有像鲁迅那样把这些文化特征转变为一种人物性格，是因为，只要我往这方面一想，马上就觉得自己成了鲁迅的仿制品。能被人模仿是杰出的，叫人无法模仿才是一种伟大和独有的创造。写到这里，即刻停笔，真怕我也把我敬重的人神化。

2000 年 1 月 9 日

龙年反龙

今年龙年，到处闹龙。满眼见龙，满耳听龙，报刊电视成本大套谈龙说龙赞龙唱龙，把一切沾上龙的都挑出来挖出来捧出来，从龙灯龙舟龙虾龙门龙须菜龙卷风龙井龙头拐杖到龙的传人。真应上一句老话：龙行一步，百草沾恩。似乎龙就是中华民族的化身。龙头龙尾龙眼龙嘴龙腾龙飞，霎时间掀起一阵新的拜龙狂、一阵龙时髦，买条印龙的手绢也应时也吉祥。历史真是一本糊涂账，稀里糊涂拉着人们盲听盲从。

关于龙的由来，已有众多文人做了详尽的考证，其说不一。但其中一种推测与我不谋而合，即龙的形象来源于闪电。人活着一日也离不开水。在尚不能解释和掌握大自然现象的古远年代，人们靠天吃饭，干旱则禾枯是灾，雨肆则河淹是祸，吉凶难测，归之于神。

每当天落大雨，狂风大作，黑云翻滚，闪电穿过层层乌云照亮天宇。风雨雷电是一齐来的，古人便以为这出没云端的闪电，就是兴云降雨的神。冥顽未凿的大脑，便从狰狞刺目的闪电形象，臆造出龙的形象来。龙一形成，即被人们顶礼膜拜；乞求甘霖，惧怕洪害，龙便是生灵祸福的主宰者，一种至高无上令人生畏的象征形象。比起中国其他动物象征形象，如鱼如猪如马如凤皆不同。这些形象或敦厚或善良或雄强或喜庆，而龙散发一股凶恶狰狞的气息：火眼金睛，张牙舞爪，喷发烈焰。人造的形象都是心理的形象。面对这咄咄逼人法力无边的神龙，人们既讨好又恐惧它，为此，好龙的叶公也怕龙。

龙的形象深深透入中国文化，不止于它能呼风唤雨，统管江河湖海，更由于它还曾是皇权的象征。皇帝为了加强统治，将龙以自比，自称真龙天子，穿龙袍坐龙椅睡龙床乘龙舆住龙宫。在封建时代，惟皇帝一切用品，以龙形为标志为装饰为符号为代号。皇帝对龙有专用权。皇帝再聪明不过，这一下，就把神对人的威慑，变成人对人的威慑，把靠天吃饭改为靠皇上吃饭。不单皇上，七品知县也是衣食父母。天上的龙，成了地上的龙，生灵的主宰换作皇帝。龙的形象与皇帝的形象合二而一，这就给人们以双重的心理负重。忽而龙颜大悦忽而龙颜大怒，翻手为云覆手为雨，命如蝼蚁的小百姓则不能自已。令人很难体会昔时龙的威严龙的骄横龙的专治；辛亥革命推翻龙座，但龙的阴影并未在中华大地消逝。

龙年闹龙，这里反龙，为了给龙以清醒以反省以沉思，为了使龙永远只作为一种造型一种装饰一种古老的艺术图形，为了使龙不再变成神或变成人！人们再不遭受它的扼制与愚弄。那就要再不靠天吃饭靠龙吃饭靠谁吃饭，而是自信自强，把命运真正并完整地掌握在自己手中。

1988 年 2 月 12 日

为周庄卖画

上世纪九十年代初（1991年）冬天，我在上海美术馆举办个人画展，其间二位沪中好友吴芝麟和肖关鸿约我去远郊的周庄一游。

那时周庄尚无很大名气，以致我听了反问道：

"值得一去吗？"

二位好友眯着眼笑而不答，似是说："那还用说。"

这眼神看来是周庄最好的广告——诱惑我去。

车子出了城还要走很长的路，随后在一片寂寞又灰暗的村落前停住。车门一开，湿凉的水汽便扑在脸上。水汽中分明还有许多极其细密、牛毛一般的水的颗粒。一股南方的柔情使我心动。

穿入一些窄巷，就是入村了。两边的房子大多关着门板，开了门的里边黑乎乎的也不见人。只有一只黑母鸡带着一群小鸡在巷子里跑来跑去地觅食。村里的人跑到哪里去了？

这天雾大。树枝、檐角，晾衣绳，到处挂着湿雾凝结成的亮晶晶的水珠。时而会有一滴凉丝丝落在头顶或脖颈，顺着后背往下滑。待到了江南水乡的生命线——那种穿村而过的小河边，竟然连河水也看不清。站在石板桥上，如在云端，四外白白的全是流烟，只听得水鸟的翅膀用力扇动浓重的雾气时扑棱棱的声音就在头上边。更奇妙的是，看不见河，却听得到船儿吱呀呀的摇橹声穿过脚下的石桥；声音刚在左下边，几下就到右下边去了，也像一只飞鸟。

下了桥，走进一条宽一些的街上，便能看见来来去去的人影子了。古村落的活力从来就是在这样的老街上。

那时候，周庄尚未开发，却有了一点点文化的觉醒。听芝麟说不久前，周庄刚刚度过九百年的生日，村民们还在村口立了一块纪念碑呢。芝麟请来当地的一位文物员带领我们走街串巷，一边滔滔不绝地讲着这古村的历史，话里边带着几分自豪。不像后来的旅游向导多是取悦于游客的"买卖腔儿"了。

走进一幢老宅，从砖木的精雕细刻中始知周庄当年的殷富。谁想到文物员一介绍，这老宅竟是江南巨贾沈万三的故居，我马上感觉与周庄有了一种异样的亲切。这缘故，来自童年时心爱的一本厚厚的小人书，叫作《沈万三巧得聚宝盆》。描写心地善良的沈万三贫困交加，走投无路，一头撞向家中破墙，不料在被他撞倒的老墙里，惊现一个巨大的煌煌夺目的聚宝盆——据说是祖辈为了怕家道衰落后人受穷，秘密藏在墙中的。沈万三靠着这个聚宝盆经商发财，并用赚来的钱财济困扶危，赢得一世的赞许。且不论这小人书里有多少虚构，由于它是我儿时崇拜的画家沈曼云所画，便将这本小小的图书视同珍宝。这书一直保存到"文革"，抄家后再也找不到了。以后许多年，每次想起这本失去的书，都会生出一点点怅然，好像失去的不仅仅是这一本书。没想到这早已沉睡在记忆底层的一种情感竟在这湿漉漉而幽暗的老宅里被唤醒了。这老宅外墙的雕砖还刻着一个精巧的聚宝盆呢！

我情不自禁把这桩童年往事说给文物员听，他笑着对我说，他还能使我对沈万三印象更深一些——请我们一行吃一顿"沈家肘子"。

沈家肘子的确非同寻常。红通通、油亮亮、肥嘟嘟的大肘子端上来时，浓浓的肉香没有入口，已经先钻进鼻孔里。猪肘子有两根骨头，一根圆而粗，一根扁而细。文物员从肘子中将细骨头抽出来，这骨头又扁又长，像一柄白色的刀，拿它在肘子上轻轻一划，毫不用力，肥肥的肉便像水浪一样向两边翻卷，肘子就这样被美妙地切开了。我说就像船桨在水上一划那样，关鸿说："划得大冯口水都出来了。"

中午过后，从沈家走出来，没几步就是河边。此刻，大雾已散。一条被两排粉墙黛瓦的小屋夹峙着的小河，弯弯曲曲伸向远方。周庄的景色真是晴时美，雾中奇——雨里呢？忽然，我注意到远远的有一座两层小楼略略凸出岸边，二层的楼外有一条短短的木梯一直通到下边的水面，那里系着一条轻盈的扁舟。我指着这远处的小楼说，不用画了，这就是画。

文物员告诉我，这座如画的小房子，被称作迷楼。当年这里是个茶馆。柳亚子的南社诸友常聚在这里活动，被人误以为这些才子们叫茶馆主人的一个美丽又姣好的女儿迷住了，还闹出一些笑话来。我说："看来周庄无处无故事。"这话本该引来文物员更得意的表情，谁料他面露一丝忧愁，还叹了口气。我问他是何原因。这原因出乎我的意料！原来迷楼的主人想拆掉房子，用卖木料的钱去盖一座新房。这是此时周庄流行起来的改善生活的一种做法，很多老房子就这么拆掉了。

我一怔，马上问道："这座小楼的木料能卖多少钱？"

文物员说："三万吧。"

我便说："我来出这笔钱吧。现在正有两位台湾人在上海的画展上想买我的画。我不肯卖，但为了这座小楼我愿意卖。一会儿回上海马上就把画卖掉。咱把这迷楼留住。"

吴芝麟笑道："大冯也被这迷楼迷住了。"

我也说着笑话："茶馆老板的女儿至少也得一百岁了吧。"然后认真地对芝麟说："这房子买下来就交给你们报社吧。今后再有文人来游周庄，便请他们在楼里歇歇腿，饮点茶，吟诗作画，多好。你们就拿这些诗画布置这小楼。"文人的想法总是理想主义的。

朋友们说我这个想法极妙。当日返回上海，联系那两位台湾人，把两幅心爱的小画《落日故人情》和《遍地苏堤》卖掉，得款三万五千元，马上与周庄那位文物员联系。没想到事情不顺，过了几天才有回信。原来房主听说有人想买这座迷楼，猜到此楼不是寻常之物，马上把价钱提高到十万以上。

我一听便急了，还要再卖画，吴、肖二友对我说："这房子买不成了。等你出到十万，他会再涨价。不过你也别急，你不是怕这房子拆掉吗？这一买，一不卖，反而不会拆了。"

此话有理。如此迷楼还立在周庄。

我写此文，不是说我曾经为周庄做过什么努力——我并没为周庄花一分钱的力气——真正为周庄立下不朽功勋的是阮仪三先生。但在周庄遇到的事令当时的我惊讶地看到，在经济生活的转型中，我们的精神家园竟然在不知不觉之中悄然无声地松垮了。一个看不见的时代性的文化危机深深地触动并击醒了我，使我的关注点移到这非同寻常的事情上来。由此，才有了三个月后，在宁波为了保护贺秘监祠的第一次真正的卖画捐款。

我的文化保护是以周庄为起点的。从周庄思考，从周庄行动。

2006 年 9 月

津门普乐八蜡庙高跷老会终别记

近日酷暑发威，溽热难当，但这事非去不可。一道极具津门风情的老会，一项城市珍贵的非遗，今日却要举行自我"道别"的仪式，他们要将所有老会物品，幡旗灯牌、服装道具、脚子高凳、会规会帖，总共四百多件，全部捐给文化部门。然后以一场最后的演出，与祖先代代相传下来已逾二百年的老会挥手永别。

八蜡庙老会立会于乾隆年间。那时候正是皇会的兴盛期，由牌楼口徐家冰窖一带百姓创建起来。此在运河边上，百姓们见多识广，老会绝非一般，风格刚劲奔放，诙谐多趣，当属典型的"卫跷"；其表演的形式、阵势、装扮、技艺、鼓点、器物，全都特立独行，细节处十分考究。由于表演内容依据京剧《施公案》，角色各异，每个表演者都有绝活。在漫长历史的代代传承中，不断涌现一些出类拔萃的人物，声名响彻津门，称得上此地百姓们引为自豪的市井英雄。上世纪四五十年代，八蜡庙老会受到泥人张三代大师张景祜的追捧，演员脸谱都由张景祜妙笔勾画。每每出会，场面之精美，可想而知。为此天津有一段颂扬高跷老会的歌谣："西码头的棒槌，窑洼的伞，八蜡庙出会不用演。"这是说，八蜡庙的会不用表演，光看场面，华美光鲜，就叫人大饱眼福了！现在会里还珍存着一张棕褐色的银盐照片，正面拍摄八蜡庙老会出会的场景。场面宏大，气氛浓烈，演员个个雄姿英发。时间是1955年，那应是老会的黄金时代。

老会的历史是曲折的，老会是顽强。上世纪六七十年代受到冲击一度跌入低谷，到了八十年代初，经马玉岐等几位志同道合者倾力恢复，重燃生机。那时天津几十道老会都处在恢复期，大家心气儿高，共同成立一个"广场艺术联谊会"，我曾被他们邀请做过顾问，因多有接触。老会强烈的天津地域的文化气质和炽烈的艺术魅力感染了我，使我把它写进了小说《神鞭》中，后来又在《俗世奇人》中写了一篇《跟会》。

谁想到，多年后它会走到尽头。在烈日炎炎下，我看到它溃不成军的现实。一道会定员十四位，但现在仅仅七八位已是他们坚持至今的全部人马了。会长马玉岐七十三岁，成员平均年龄早已过了六十，而且大半已踩不了跷了。老会是活在跷上的，没有年轻人的加入，自然衰没了。

然而，令我感动的是，在今天——他们自我道别之日，却仍像二百年来每次出会那样，早早把旗罗伞扇灯牌画箱等等设摆的物品，都端端正正摆好，做得庄重之至。每个成员都穿上原先所演角色的戏装，涂脂抹粉，描眉勾脸，束发挂髯，戴上头盔，也全一丝不苟。因为这是最后一次生离死别的演出，才如此倾心竭力，格外郑重！

寥寥数人中，有的重病在身，气力不济时，躺到地上缓一缓，也要完成这非凡的谢幕；有的坐在轮椅上让家人推来，也不能缺席今日此时。暑气蒸腾中，汗水浸融了他们脸上的油彩。

一些津门其他老会闻讯赶来，在与马会长见面时一如既往地拜

226

会，换帖，脸上却无笑容，默然中接受眼前这个难过的现实。大家全都心照不宣，惟有在马会长宣布普乐八蜡庙高跷老会解散时，忽然泣不成声，才真切地吐露出八蜡庙老会此刻的心声——他们的哀痛、无奈、落寞与茫然。

接下来演出开始，一阵锣鼓中，上场的却只有四个人，这是他们仅有的能表演的人吗？而且其中两人岁数大了，已经不能踏跷，只能在地上徒步演示。另外两个人绑了腿子，然而一位是从别的高跷会邀请来的，另一位则是八蜡庙老会头张德恩的女儿；张德恩今年春天辞世，女儿今天要尽力再现父亲生前饰演的一个女性角色的妩媚。

我看得出，在这不成阵势的尴尬的表演中，他们却竭尽全力，要让自己古老的艺术散发出最后的光彩，顽强地不叫老会倒下去！他们表达着一种自尊，还有一种世代相传的艺术的尊严。我为之心动！

顶着灼人的烈日，挥动着厚重的戏衣。他们汗流满面，却执意要把每一个动作做到心中的极致。一瞬间，我看到了民间文化的真魂。它悠久、神圣、淳朴、优美、顽强，令人敬畏。如果我们真爱它，它一定会生生不息。

民间文化是自生自灭的，花开花落是生命的规律。可是，这是民间文化在农耕时代的自然规律，一旦进入现代社会它就有了遗产的性质。遗产是需要呵护的，不能任其消亡。

我们扪心自问，我们对文化的遗产真的保护得很好吗？面对这消失的老会，我们没有歉疚吗？现在——还能为这道老会做些什么？

此刻，曲终人散，我站在暴晒中有些烫脚的粗粝的小广场上，陷入深思。

2022 年 7 月 10 日

第五辑　游历

亲吻春天的姑娘

一场舞蹈让我历久难忘。

萨尔茨堡"洗牛皮的人"歌舞团演出的地道的民间舞，名叫《森林·魔鬼·春姑娘》。

那是 1987 年，我第一次到萨尔茨堡考察民间艺术时看到的。事隔多年，那场面记忆得依然清清楚楚！

先是一群健壮的小伙子，头顶黑色圆帽，帽檐四周垂下红白彩带，遮住面孔；身穿旧式背带裤，裤腿却足有两米多长，原来裤腿里踩着高跷。小伙子们双腿并齐，一跳一跳上场，高跷跺地，好像打桩，声音整齐震耳，气势威武雄壮。他们代表大森林。这时，一个丑陋的小魔怪出现在林间，小魔怪代表严寒的冬日。任凭森林挪来挪去，小魔怪闪转躲藏，就是不肯离开林间。跟着，一群穿红裙盛装的姑娘奔上场来，情景立时变了，她们赶走小魔怪，大森林欢悦起来。姑娘们清脆明亮的歌声和大森林整齐雄壮跺地的节奏，给我们鼓动性的感染。"洗牛皮的人"歌舞团团长告诉我："这些姑娘是春天！"

春天？这句话对我有一点震撼。

春天为什么被奥地利人表现得如此强烈有力，如此激情冲动，因而如此被渴望着？

看看地图，奥地利地处欧洲大陆的中央，它像欧洲的肚脐儿。春天究竟是怎样到达这里的？是由北海的暖风吹送，再经多瑙河波载浪推，流淌进来的？还是把狭长的意大利当作跳板，悄悄渗入的？不管经由哪里，都要翻越过终年披雪、高峻摩天的阿尔卑斯山。所以，春天年年都是姗姗来迟。

复活节前，在维也纳街头到处还贴着招募扫雪工的小广告的时候，沿着多瑙河峡谷一带的小村镇，人们戴着鸡猪牛羊猫狗兔鸭等滑稽逗人的面具，上街跳舞，呼唤春天。春天使阳光充足，雨水充沛，万物复苏，生灵繁荣，花开草绿，水亮山鲜……然而春天在哪里呢？人们呼唤它。呼唤也是一种寻找啊。

不久，每个村口都竖起一根几十米长的杆子，顶端绑着一株小松树和五彩飘带，名叫"五月树"，据说它预告着冬天的结束与春天的来临。那杆顶的小松树是刚刚从森林里采来的；细心留意会发现，树尖新绿耀眼，已然返青。那些在山村静静度过整整一个冬季的人们，抬头一望这绽露春意的"五月树"，心情便换了一番境界。

4月里，依然乍暖还寒时候，阳光忽冷忽热，多瑙河边已经出现最早一批裸体游泳者，他们天天坐在岸边等待阳光变暖，只要稍显热意，便迫不及待脱光衣服。尤其那些漂亮的姑娘们，终于有机会展示上天赐给她们的俊美形体与迷人的肌肤了。她们不怕别人看一眼自己最隐秘的部位，有时反倒朝你莞尔一笑，笑里含着骄傲、富有和光荣感，好像古代英雄自豪于他们饱满雄健的胸肌。这是人本身的财富，表现出来却需要一种与传统相悖的胆略与勇气。但即使在维也纳，这种姑娘也是少数，更多的姑娘是和伙伴或恋人在草地上享受春天的太阳。

在霍夫堡皇宫侧面莫扎特公园的草地上，我看到一个姑娘正晒太阳。她大约十七岁的样子，斜卧在地。柔软的金发如同泉水一般浇头而下，先在肩头稍停即落，松松垂到绿草上。她左边几米远的地方，扔着三四本书，一只空纸杯，还有小挎包；右边几米远的地方扔着鞋子和一件粗线网眼的毛外衣。这是她在草地上舒舒服服打滚儿时，随意扔下的。此时，她以肘撑地，另一只胳膊举起，手捏着从草地上摘下的一串小紫花。她仰着脸，想用嘴唇亲吻这初开的春花，但微风吹动，花蔓柔弱，随风飘摆，好似故意不让她吻到。她很固执，扬着雪白的下巴，张开芬芳的红唇，左右晃动，去捕捉那顽皮的花串。她做得那么专注，那么倾心，那么陶醉，还甜甜地笑。阳光迎面照下来，极其强烈又鲜明地照亮这画面的每一个细节……

我忽然明白，为什么奥地利人那么喜爱施特劳斯的《蓝色的多瑙河》了。就像阴雨不开的中国四川那首民歌《太阳出来喜洋洋》，充满对太阳的渴望，歌声里都带着阳光的感觉。而从《蓝色的多瑙河》中，特别是从"春天来了，春天来了"的欢呼声中，我更深刻地感受到春天如同爱情一样，给奥地利人以无限的生命！

音乐与歌之所以迷人，是因为它们总是理想主义的。理想是现实的空白，只有音乐能填满它，并使它光彩夺目。对于奥地利人来说，他们理想与期待的，永远是春天。一旦他们拥有春天，就能把生活创造得像这亲吻花朵的姑娘一样。

1993 年 5 月

维也纳怀旧

怀旧这个词儿可不能乱用，除非你和它有很深的交往——就像我与维也纳。

我与这座音乐之都交情匪浅，二十多年来，先后去了六次，在那里居住的时间加起来已超过半年。一次性在一个地方待上半年，与一次次去到那里或长或短住一段时间累积成半年可不一样；惟其这样才会不断加深，才有累积，日后才有怀旧可言。

再有，如果你与一座城市交往，还不能只在酒店里住几天看个新鲜就走；你得踏踏实实住下来，买菜烧饭，到市场选些此地特有的鲜花，把房间生气盈盈布置起来。一句话，你得沉下心生活在它的怀抱里，才能嗅到它生命的气息，与它深交。

记得上世纪八十年代末，我来参加这里举办的艺术活动，那是头一次来。人住在巴登，抽空来看一看久仰的维也纳。我坐在一辆小车上，沿着环绕皇城的戒指路转一圈，可谓跑马观花。即便如此，也被这座名城华美的巴洛克风格，到处站在房檐和楼角上精湛的石雕，以及当年奥匈帝国留下的豪气惊呆了。记得那次连见才子型的大使杨成绪也颇有点浪漫。杨大使因事去外交部，不能在使馆见我，我又只有这一点时间，便约好在分离主义绘画博物馆旁的街角一见。我坐的车子刚到，杨大使的"快骑"已至。他从车上跳下来，脖子上飘着领带。他对我说："维也纳这地方你要来住一阵子才行。"

这句话我记住了，每一次都住一阵子。在维也纳我住过四个地方，就像我人生住过的旧居，许多细节不但记着，还常常怀念。

比如我住在十一区那幢租自一位台湾人的公寓房里，小小阳台外竟是一片七八亩大小的森林。真想不到居民区里还藏着一小片森林，要是给我们，还不早开发成一片高楼大厦了吗？待到日暮，这黑黝黝的树林里开始散发一种凉丝丝又浓郁的木叶的气息，一直把周围所有的房舍灌满；待睡上一觉，早晨给鸟儿们唤醒时，感到肺都透明了。

我称这小小森林为"维也纳森林"。住在这房子里那些天，每到黄昏便沏杯香茶坐在阳台上享受一种神奇的感觉——在城市中间享受大自然。

这次我在旧多瑙河以东新区的住所里，日暮时还是端一杯茶坐在阳台上。这次眼前不是森林，而是整个城市的远景，其景象一样使我惊讶。这惊讶不是因为"现代化"的楼林车蚁和满城灯火，而是空气清澄得一直可以看到几十公里外卡伦堡山上的小房子。维也纳的天际线接近地平线，最远的房子看上去比小米粒还小，却在夕照中一颗颗明亮夺目。我在哪个城市还能见到如此奇观？北京不行，纽约也不行，因为，这些城市都没有维也纳人对环境的保护那么自觉。

我已经从心里认同了维也纳人的观念。如果车子里热了些，也不吵着开空调，而是摇下窗子，让风吹进来；我还学会了垃圾分类，学会喝自来水。维也纳所有龙头拧开，自来水都能喝，这不是被百般呵护的环境对维也纳人美好的回报吗？

我还认同他们的一种幸福观，享受生活就是享受生活的美。比如大自然的鸟语花香，各种各样的咖啡，艺术设计，特别是音乐。

我特别喜欢勃拉姆斯那句话："在维也纳散步可要留心，别踩着地上的音符。"

每次到维也纳听音乐更喜欢去到城外那些"当年酒家"，那里的几家古色古香的乡村酒店的白葡萄酒是我的最爱。当葡萄的精灵在口腔里醇香散发，不知哪个角落忽然响起的音乐就像风一样吹进耳朵。美酒与音乐是所有维也纳人的情人，只要音乐一起，歌声必然相应。我喜欢这种从生活里生发出的"人的音乐"。

我在维也纳的许多时光都消磨在斯蒂芬大教堂对面那些老街老巷里，至今我还依然会在这些小河一般拐来拐去、又狭又长的街巷中迷失方向。我不明白缘故，我说我至少来过几十次了，怎么还迷路？

朋友们笑道：你被街上那些老店迷住了，哪还记得路。

这些店多是古董店、书店、画廊、艺术品拍卖行，维也纳一部分历史与文化的精华在这里。从这些店我买走过奥地利和意大利石雕、彼德迈耶的油画、托尔斯泰与坦丁的雕像，还有老照片，等等。当情不自禁地将维也纳历史的羽毛拾起来，放在我的家里，便感觉自己和这个城市的根纠结起来了。

我在这老街认识一些人。比如一位犹太古董商，瘦小，秃顶，一双亮亮的大眼睛透着精明，他已经八十岁了，依旧一个人有滋有味地开店，开店于他，一半是消遣。他专营古埃及、两河流域和印度的雕塑。他挺博学，店内书架堆满图书。我每次来都会到他店里和他聊聊，时不时会聊出一点东西来。

只要到维也纳，那里的新老朋友——艺术家、大学教授、外交官、博物馆研究员、收藏家、华人餐馆的老板、医生等等，不用通知便会找上门来，看望我，帮助我；那可真有点像"出门在外，回来看看"时的感觉。

一个城市如果没有朋友，它跟你最多只是过客般的相识而已，如果有了朋友，你和这城市就有了非同一般的关系。多一位朋友，多一份精神与情感的内容，但少一位朋友，就会出现一个空白。

比如我的老朋友法格尔，我是他主持的联合国教科文国际民间艺术组织（IOV）的副主席，我们有二十年的交情。我俩志同道合，但他对民间文化比我更痴情。为了维持IOV这个纯民间的国际组织，他几乎倾家荡产，用尽所有家财。当年我住在波兰一所大学里，生活艰苦，他竟带着许多可口可乐跑到波兰，用那里稀缺的饮料打通关系，为我每顿饭菜添一个肉丸儿。

二十年里，我们不仅在许多国家的会议与活动中高兴地碰面，我还多次把他请到中国和天津。我们语言不通，没有翻译时就彼此拍拍肩膀或挤挤眼，表达心中美好的感觉。

如今法格尔去了，我相信他是为心中之所爱而付出了自己。但没有法格尔的维也纳便有一个空白，一点无奈的缺失，我每到维也纳都会感到。

说一点快乐的吧。

我说过，如果我的绘画、文学和文化遗产保护的观念一样不缺地到哪里，完整的我才算到了哪里。

幸运的是，我在维也纳举办过名为"温情的迷茫"的画展，出版过小说，还在维也纳大学做过文化遗产保护的演讲；而在这里还多了一样——应他们国家艺术部之约，为维也纳城市写一本散文化的文化游记《维也纳情感》。他们希望更多中国人看到这本书，而这本书中的一节《花的勇气》已成了现今中国小学语文课中的一篇了，每年成千上万的中国孩子可以读到。

　　我最喜欢住在维也纳时，因为有事飞到其他国家一趟，待事情结束返回维也纳的那种感受。先是下飞机，出边检，拿行李，然后是友人笑呵呵地接机，上车回到自己的住处，掏出钥匙打开门，我会说：回家了。

　　这当然是一种错觉，因为我的家在遥远的东方的天津。但这种错觉有时很美好，人生中不能缺少。

2011 年 7 月 14 日

地铁中的乐手

倘若到了纽约，想听听音乐，内行的人一准会带你去麦哈顿岛南端那些小咖啡馆。几个黑人，两三件亮闪闪的铜管乐器，一架老掉牙的立式白钢琴，再加上一杯苦味的浓咖啡，就可以领略到地道又醇厚的美国黑人的爵士乐了。

那么到了巴黎想听听当地特色的音乐呢？更好办，不用任何人做向导，去买张地铁票到里边东南西北地转一转吧！

只要随着地铁中的人流走起来，便会自然而然进入音乐之中。你走着走着，便感到音乐出现了，并一点点离你愈来愈近。忽然，在一个拐角处，你看见一位乐手在拉琴。这乐手似乎很瘦，脸有些苍白，但他给你的印象也只是到此为止，因为你被流动的人群裹在中间，很快就会走过去。小提琴如泣如诉的声音在你的身后愈来愈小。不等你识别出这似曾相识的有一点凄凉的旋律出自什么曲目，前边——一个金属般男人的歌声迎面把你笼罩起来。你进了另一个同样动人的音乐空间。

整个巴黎下边全是地铁，它通往城中任何地方。在这纵横交错的地铁通道中，处处可以碰到乐手和歌手。他们往往在两条或多条通道的交口处，有时也在通道中间。大多时候只是一个人，拉提琴，或吹黑管、萨克斯管、风笛，有的连拉带唱，甚至加上一个鼓，连接上带蓄电池的小喇叭，演奏起来极有气氛。偶尔也会有两个人一起演奏，他们用不同的乐器美妙地搭配着。甚至还有三四个人一组，有说有唱，还有伴奏，够得上一支有声有色的小乐队了。他们通常把琴盒打开放在脚前，有的则把帽子反过来撂在地上。过路赶车的人群中，时时会有人一猫腰，把几个法郎放在里边。他们并不一定被演奏的曲子感动了，才掏这几个钱。全巴黎的人都会这样做，以表示对艺术和艺术家的敬重与支持。而且，也别以为这些乐手都是在卖艺乞讨，他们有的是出于对音乐的爱好，为了让公众共享他们演奏的乐曲；有的则是喜欢这种流浪汉式的自由自在的艺术家生活。他们自娱自乐，当然也需要你的理解与帮助。在他们中间有很棒很棒甚至很杰出的乐手。

一次，我们乘四路车，在夏特莱站准备换乘一路去往拉·德芳斯。在穿过一个低矮的通道时，有一个黑人乐手挎着吉他，边弹边唱。这黑人沙哑的嗓子粗犷有力，听起来宛如大漠上的狂风。他的吉他也弹得有滋有味。更绝妙的是，他一只脚踩着一个踏板，敲打着一面弹簧鼓；同时，弹吉他的右手的食指上套着一个铁箍，时不时举起来，当当敲两下脑袋上边一根露在外边的金属水管。歌声、吉他声、鼓声和敲水管清脆悦耳的声音，彼此相配，极有节奏感，新奇而又美妙。他声音的感染力、穿透力和演奏时随手拈来的创造性，都表现着一个民间乐手和歌手非凡的乐感与才华。我当时就想，国内歌坛上那些用媒体和电声包装起来的嗲声嗲气的"天王巨星"们，如果来到这位地铁中无名的乐手面前，恐怕连嘴都不敢张开呢！

我遇到一位来巴黎学习音乐的留学生，她说逢到周末常常买张票钻进地铁站。巴黎的地铁很自由，只要你不出来，在里边乘着车可以来回来去跑上一天，她就一站一站地去听这些民间乐手们的演唱。巴黎是个国际化的都市，乐手也像旅客一样来自世界各地。不用去辨认他们的模样，只要一听乐曲就知道谁是法国人、西班牙人、意大利人、奥地利人、苏格兰人，谁是阿拉伯人、非洲人和墨西哥人。近几年俄罗斯人和东欧人渐渐多起来，那些额头的头发向上翻卷着的小伙子，把挂在胸前的手风琴起劲地一拉，便使我们搞过几十年"中苏友好"的中国人感到亲切万分。在香榭丽舍站上，我见过一位中国姑娘坐在那里弹琵琶，她黑黑的披发瀑布一样从额头垂下来，弹得很投入，可是匆匆走着的乘客很少有人停下来听一听。也许这种古老的乐声对于法国人来说太遥远了，不同文化是很难快速沟通的。但她的琴桌上却放着一枝深红色的玫瑰，说不定这是哪位执花去看情人的年轻男子，将手中的花儿转而献给了这位如奏天音的东方神女了。

　　我相信，把玫瑰放在这里的，一定是巴黎人。

　　巴黎的地铁简直是一个巨大的网状的音乐厅。地铁的通道四通八达，这些长长的通道便是传送着动听的乐曲的管道。上百个乐手分布在各个站口，演奏着他们各自心中的歌。如果他们相遇，相互总要保持着一定距离。当这个乐手的乐曲在通道的某个地方将要消失时，另一种悦耳的歌曲便会及时地送入你的耳鼓。对于那些步履匆匆的乘客来说，如果这支乐曲没有引起他们的共鸣，他们便一掠而过；如果被哪一支曲子打动了，他们便会站下来，欣赏一阵子。那么，人们在地铁中走来走去，不只是为了赶车，也是为了寻找和选听音乐吗？而这些乐手们经常要"转移阵地"，从这个地铁站迁到另一个地铁站，换一换对场地的感觉。当他们提着乐器上车之后，忽然兴之所至，便端起乐器，即兴地把一支欢乐的乐曲撩人兴致地吹奏起来，整个车厢顿时一片光明。这时你会感到，整个巴黎全是音乐。

所以我说，巴黎的地上是绘画的世界，地下是音乐的世界。

音乐的世界五光十色，在这世界里你会感受万千。也许你的心被工作中的烦恼填满，但乐手们的几个闪光的音符会把你那些沉重的块垒挪开，他们哪来的这般魔力？也许你刚刚失恋，心灰意冷，空无所依，乐手们一段柔情的倾诉便给了你深切的抚慰。这支曲子原本你就熟悉，但它缘何此时竟成了你深切的知己？

一片欢快的节奏，可以为人助兴，使人奋发，激发生命的活力，中止心中一种黑色的抑郁的漫延；而一支感伤而多情的曲调，使人柔和和敏感，使人珍惜往事，还可以让空泛的心忽然丰富起来，生出一些美好的心境与爱意。音乐比任何艺术都伟大之处，在于它能够直接地进入与参与人的心灵。

于是，这看似寻常的地铁文化，这些无名的民间乐手，实际上处在巴黎生活的深层。这里不是高不可攀的艺术殿堂，却是人间真正的音乐生活的场所；这些乐手不是日月星辰般的音乐大师，但他们可以毫不费力地走进每一个巴黎人的心中。巴黎的地铁已经有一百年的历史，巴黎人每天的生活全都离不开地铁，他们的心灵早与这流动在地铁通道中的乐曲融为一体。你去问一问巴黎人，他们会告诉你，每个巴黎人至少被这些乐手难以忘怀地感动过一次、两次、三次……

2001 年 4 月

萨尔茨堡的性格

　　小小的山城中一半以上是游客，怎样从中一眼就辨认出萨尔茨堡人来？我同来的伙伴说，随身带伞的人准是萨尔茨堡人。

　　这话没错。萨尔茨堡是个阴晴不定的城市。可是它不像巴黎那样——一阵雨把脑袋淋湿，紧跟着拨开云层的太阳又把头发晒干。萨尔茨堡的雨常常没完没了，整整一天把你拦在屋里发闷发愁，转天醒来，它在窗外依然起劲地下着。一条条长长的亮闪闪的雨丝无止无休，无法斩断，本地人称这种雨为"绳子雨"。

　　一些旅店和餐馆总是在门口备了雨伞，遇到雨的客人们随时可以拿去一用。当你从伞桶里抽出一把雨伞，按一下伞把上的开关，唰地将一块晴天撑到头上时，便会感受到此地人的一种善意与人情。

　　城中的老街粮食街很像一条巨大蜈蚣，趴在那里。这条蜈蚣太古老，差不多已经成了化石。天天都有成百上千的游人在蜈蚣身上走来走去，寻古探幽。

　　且不说街上那些店铺的铁艺招牌，一件件早已够得上博物馆的藏品，连莫扎特故居门前手拉门铃的小铜把手，依旧灵巧地挂在墙上。它至少在一百年前就不使用了，但谁也不会去把它取下来——删节历史，因为最生动的历史记忆总是保留在这些细节里。

这里先不说萨尔茨堡人的历史观，往细处再说说这条老街。

任何老街都不是规划出来的，它是人们随意走出来的，所以它弯弯曲曲，幽深而诱惑。走在粮食街上，我很自然地想起意大利文艺复兴时期的名城西耶纳的那条老街，狭窄又曲折，布满阴影，没有边道；夹峙在街道两边的建筑又高又陡，墙壁上千疮百孔，到处是岁月沧桑的遗痕。

从这条老街两边散布出去的许许多多的小巷，好似蜈蚣又细又密的腿。一走进去，简直就是进入意大利了。这长长的巷子，大多在中间都有一个天井式的院落，四边是三层的罗马式的回廊。只有在中午时分，太阳才会由中天投下一小块叫人兴奋的阳光，使人想起卡夫卡对这种意大利庭院一个很别致的称呼：阳光的痰盂。只靠着这点阳光，每个庭院都是花木葱茏，常青藤会一直爬到房顶去晒太阳。

如果从粮食街直入犹太巷，再拐进莫扎特广场，意大利的气息会更加强烈地扑面而来。

那些铺满阳光的广场，那些森林一般耸立着的雪白的教堂，那些生着绿锈的典雅的屋顶，一群群鸽子在这中间飞来飞去。

从中，我们立刻感受到萨尔茨堡一千年政教合一的历史中，大主教至上的权威——他们的威严和尊贵！瞧吧，当年这些来自罗马的大主教们，多么想在这里过着和梵蒂冈教皇一样的生活，多么想把萨尔茨堡建成"北方的罗马"！

萨尔茨堡不同于奥地利任何城市，与其相差最远的是维也纳。

维也纳建在一马平川的平原上，宏大而开阔；萨尔茨堡建在峡谷之间，狭窄而峭拔。维也纳的主人是哈布斯堡王朝，雍容华贵的宫廷气息散布全城；萨尔茨堡的主宰者是大主教们，神灵的精神笼罩着小小山城。所以，至今我们可以感受到维也纳的开放自由与萨尔茨堡的沉静封闭——这种历史的气氛。甭说城市，连城市的河流也大相径庭。绕过维也纳城市中心的多瑙河，总是给艺术家们很多灵感；但是从萨尔茨堡城中穿过的盐河，却没给人们更多的诗情画意。因此，逃出大主教阴影的莫扎特发誓再不回到萨尔茨堡。此后他竟然连一支以故乡为题材的乐曲也没有。

当然，这是历史。

不管历史是怎样的，最终它都创造了城市各自独有的性格。

于是，宗教城市的静穆，大主教历史的森严和独来独往，山城的峻拔与曲折以及本地人的自信与执着，都已经成为今天萨尔茨堡深层的人文美。

当自以为是的美国人把麦当劳建在粮食街上时，他们第一次屈从了这里的文化传统，而把那种通行于世界的、粗鄙的、红底黄字的商标——大"M"，缩成小小的，镶在一个具有本地特有的古色古香的铁艺招牌中。

全球文化在这里服从了本土文化，从中我们是否看到了萨尔茨堡人的某些性格？

再往广处说，尽管每年来到这小城中的旅客人数高达二千二百万人，本地人的生活方式却依然故我。他们没有被成帮结队、腰包鼓鼓的旅客扰得心浮气躁，一堆堆挤上去兜揽生意，那些事都由旅游部门运行得井井有条。萨尔茨堡是用"电子商务"来经营旅游最出色的地方。人们呢？静静地做着自己的工作，并按照他们喜欢与习惯的方式去生活、娱乐和度假。他们远远地避开旅游景点，不喜欢到那种挤满游客的饭店和酒店去餐饮，因为在那些地方，他们找不到生活的温情与熟悉的气息。

如果想看一看真正的萨尔茨堡人，就去奥古斯汀啤酒屋吧！在那个一间间像厂房一样巨大的木头房子里，摆着一排排长条的木桌，看上去像卖肉的案子，桌子两边是木凳。萨尔茨堡人喜欢这里所保持的传统方式——自己去买酒买肉，洗杯和倒酒。陶瓷啤酒杯本来就很重，盛满酒更重；肉是烧烤的，又大又热又香。在这里没有人独酌，全都是一群人一边吃喝一边大声说话。

如果他们想一个人安静地消磨一下，就钻进盐河边的巴札咖啡店里。这家全萨尔茨堡人都去过的咖啡店，一点也不讲究，但这个城市的许多历史都在这家店中。小圆桌和圈椅随随便便放在那儿，进来一坐，一杯咖啡可以让你想待多久就待多久。尽管有人说话也听不见，咖啡店的规矩和教堂一样——保持安静。它和奥古斯汀啤酒屋完全是两个世界、两种情调，但是一个传统。

如果想放纵，想连喊带叫，想与朋友热闹一番，就去奥古斯汀；如果想让精神伸个懒腰，想愣一会儿神，想享受一下宁静与孤独，就去巴札。他们一直依循着这些与生俱来的生活感觉，从不改变。他们也看电视，也打手机，也听CD，但离不开他们的奥古斯汀和巴札。

在外地人眼里，萨尔茨堡似乎有些因循守旧。甚至有人说维也纳是"音乐之城"，萨尔茨堡是"音乐之乡"，挖苦他们是乡下人，但一位萨尔茨堡人骄傲地说，我们这儿的女孩子从来没人骚扰。

在当今世界，很多城市由于旅游业兴旺，当地的人文风气发生骤变，商业扭曲和异化人们的心灵。然而萨尔茨堡人却岿然不动。他们本分，诚实，循规蹈矩，甚至看上去有点木讷，但叫你信任不疑。外地旅客不识德语与奥国的硬币，买了东西，常常将一把硬币捧给他们，让他们拿，他们绝不会多拿一分钱。可是如果在威尼斯和巴塞罗那谁这样做，谁就是傻子。

民风的淳朴来自他们的传统。他们怎么使这传统在利欲熏心的商品世界里不瓦解、不松动？原因其实只有一个：他们深爱甚至迷恋着自己的传统。不要以为他们只是凭着一种传统的惯性活着。在大主教广场上，我看过他们举行的一个非常特殊的活动：一些身穿巴洛克时代服装的年轻人表演着先前的萨尔茨堡人怎么打铁、制陶、造纸、织布，以及怎么化妆、用餐和演戏，等等。我问他们为什么这么做，他们说，一方面使人们亲近传统，一方面吸引外来游客。我问他们，是为了赚游客的钱吗？

他们说，没有赚钱的目的，人家来旅游，不只为了玩和购物，更要看你的文化，我们这样做是为了宣传自己的文化。

老实说，萨尔茨堡人生活在一种很深的矛盾中。焦点就是旅游。

他们和任何旅游城市一样，天天都承受着潮水一般的游客的冲击。所有空间都是人头攒动，到处都是挎着背包和相机的陌生人窜来窜去，动不动就举起相机对着他们喀嚓曝一下光。重要的是，生活被全部打乱、打碎。一位当地人说，萨尔茨堡已经不是我们的了，它卖给游人了。

然而，萨尔茨堡人又都明白，这座城市至少一半收入来自这些张大眼睛四处乱看的游人。何况，每当游人被萨尔茨堡的美镇住，他们又从心底感到十分的自豪和满足。

萨尔茨堡人细致、诚恳、敬业，又很会做生意。他们善待每一位客人。每位客人进入这里的旅店，都会看到桌上放着一套"见面礼"——风光画片，旅游手册与地图，一套纪念册，几粒莫扎特糖球，有时还有一顶太阳帽。而为旅客想得如此周到的，不仅仅是旅店，还有餐馆、剧场、车站和各个著名的景点。他们抓住任何一位游客，让人充分享受到这里的精华。关键还是由于，他们真正懂得自己家乡的文化之美在哪里。

　　可是，如果与他们进一步接触，就会觉得在什么地方与他们总有一点距离，一点隔膜。这便很自然地想到，是不是一千年大主教特立独行的历史，给这座城市造成了一种封闭？

　　他们很高兴外来的人喜欢他们的文化，但对外来文化却并无很大兴趣。在城中的画廊里，很少能看到现代艺术，至于美国化的流行文化更难在这里立足。

　　任何在文化上自成系统的地方，总会以自我为中心。也许正是这种文化上的自我，才使它特色鲜明和不可替代，因之也就更具旅游价值。

　　我在萨尔茨堡有一位好友，名叫威力。他出生在北意大利的米朗特，十岁来到萨尔茨堡。人说米朗特曾经属于奥地利的蒂罗尔，我却坚信他是意大利血统。他见到朋友就张开双臂拥抱，像要放声唱歌；他脸色通红，仿佛时时都是激情洋溢；他不喜欢别人打断他的话，但他要是激动起来，也无法中断自己的话。然而，这位意大利人却是一位十足的"萨尔茨堡通"，他深知这座城市每一幢房子的历史，甚至知道扔在路边每一块有花纹的老石头来自哪里。

　　历史在史学家手里是一堆可以查证的材料，在民俗学家口中全是能够行走的生命。

他本职工作是铁路局的电气技师，对民俗与地方史的研究则用去全部业余时间。现在他退休了，他说"现在可以用全部生命的时间"了。前几年，州政府颁发给他一枚金质奖章，奖掖他对萨尔茨堡的地方史做出的出色贡献，后来别的组织也要向他颁奖，他却说，不要了，一个就足够了。这些事多了会很麻烦。他说："最重要的不是我，而是萨尔茨堡。"

我问他，为什么他会这么爱萨尔茨堡。

他说：因为它的魅力！

好像说一位他视如生命的女人。

我发现这个意大利血统的人激动起来，不但脸更红，而且眼球像通了电，目光灼亮。

后来，我在拜访萨尔茨堡音乐戏剧节组委会时，感受到在情感意义上他们个个都是威力。尽管距离 7 月底的音乐节还有三个月的时间，所有筹备工作已经紧张地干起来了。在一座剧场里，人们正在吊装巨大的具有抽象意味的彩绘幕布。音乐节时，这里将上演莫扎特歌剧《后宫诱逃》，他们正在加紧制作布景和道具。

已经有八十多年历史的萨尔茨堡音乐戏剧节是闻名于世的艺术节。他们既有一百米宽和三十米高超大舞台的现代剧院，也有三百年历史的岩石骑术学校剧场。届时萨尔茨堡将有二千五百个临时性工作人员，为来自世界各地的二十万观众服务。他们年年如此。

这位艺术节组委会的负责人对我说："我们要让每一位客人都爱上萨尔茨堡。"

这话叫我吃了一惊。他不是在说大话，他说得很真诚。但叫人爱上一个城市是不容易的。如果你有这个想法，一定是你自己已经深深爱上它了。

可是，一个城市是否真正强大，正是来自这个城市的人对它的爱。这种爱缘于自信。而最深层的自信来自它独有的不可取代的人文和对这种人文的理解。

我喜欢黄昏时分在城市中散步，穿行于那些迂回曲折、纵横交错的老街老巷中。此刻，古老的房屋全成了高高低低群山一般的剪影了，寥落的街上已经晦暗模糊。只有那些伸向天空的教堂鎏金的顶子映着夕照，闪耀着光辉。一些设在道边或街角的露天咖啡店桌上的蜡烛已然点亮。近处一个教堂的钟声方歇，远处一个教堂的钟声又起。忽然一阵钢琴声从前边的街角像一阵风似的吹来。

我感到了萨尔茨堡人对他们的传统与文化的一种依赖。

我不想评论这种依赖是耶非耶，但我却清晰地触摸到它的性格，它结实的、执着的、独立和富于魅力的性格。

2003 年 7 月 28 日

苏格兰风景

　　我庆幸这次自己选择了一路乘车北上，长长八百公里的行程，得以尽览苏格兰大地的风情。大片大片缓慢起伏着的高原，连接成一片浩瀚的凝固的褐色的海，松软的水墨似的云影在上边缓缓行走；远处是阳光下夺目的雪山。半月前我在法国时，这里下了一场罕见的暴雪，当时狂烈的景象现在仍能见到。有时山道两边的积雪高高的有如雪墙；一些粗大的树木折断，树冠横卧地上；山坳与树丛里的白雪，依然厚厚的不肯融化。由于地高风寒，冰冻不融，干涸的长满蓬草的溪谷静静而耐心地等待春的到来与滋润。丛林高处只有乌鸦边叫边飞，我才知道乌鸦是最耐寒的飞鸟，其他珍禽异卉还在天边。可是在向阳的坡面上草地已微弱地显出一些新绿，一些心急的野花星星点点露出头来。凡是这样的地方，都有些羊群散布其中，叫人感到新一年的生活又开始了。尽管在这高原上一直没见到人影，偶尔却会有一堆结实的石头房屋簇拥着一个小教堂的尖顶从车窗上闪过……就这样，我们渐渐走进英伦三岛上一座传奇般的名城——爱丁堡。

2013 年 4 月 5 日

看望老柴

对于身边的艺术界的朋友，我从不关心他们的隐私；但对于已故的艺术大师，我最关切的却是他们的私密。我知道那里埋藏着他的艺术之源，是他深刻的灵魂之所在。

从莫斯科到彼得堡有两条路。我放弃了从一条路去瞻仰普希金家族的领地米哈伊洛夫斯克村，甚至谢绝了那里为欢迎我而准备好的一些活动，是因为我要经过另一条路去到克林看望老柴。

老柴就是俄罗斯伟大的音乐家柴可夫斯基。中国人亲切地称他为"老柴"。

我读过英国人杰拉德·亚伯拉罕写的《柴可夫斯基传》。他说柴可夫斯基人生中最后一个居所——在克林的房子二战中被德国人炸毁。但我到了俄罗斯却听说那座房子完好如故，我就一定要去，因为柴可夫斯基生命最后的一年半住在这座房子里。在这一年半中，他已经完全失去了资助人梅克夫人的支持，并且在感情上遭到惨重的打击。他到底是怎样生活的？是穷困潦倒、心灰意冷吗？

给人间留下无数绝妙之音的老柴，本人的人生并不幸福。首先他的精神超乎寻常的敏感，心情不定，心理异常，情感上似乎有些病态。他每次出国旅行，哪怕很短的时间，也会深深地陷入思乡之疼，无以自拔。他看到别人自杀，夜间自己会抱头痛哭。他几次患上严重的精神官能症，他惧怕听一切声音，有可怕的幻觉与濒死感。当然，每一次他都是在精神错乱的边缘上又奇迹般地恢复过来。

在常人的眼中，老柴个性孤僻。他喜欢独居，在三十七岁以前一直未婚。他害怕一个"未知的美人"闯进他的生活。他只和两个双胞胎的弟弟莫迪斯特和阿纳托里亲密地来往着。在世俗的人间，他被种种说三道四的闲话攻击着，甚至被形容为同性恋者。为了瓦解这种流言的包围，他几次想结婚，但似乎不知如何开始。

1877年，他几乎同时碰到两个女人，但都是不可思议的。

第一位是安东尼娜。她比他小九岁，是他的狂恋者，而且是突然闯进他的生活来的。在老柴决定与她订婚之前，任何人——包括他的两个弟弟对这位年轻貌美的姑娘一无所知。据老柴自己说，如果他拒绝她就如同杀掉一条生命。到底是他被这个执着的追求者打动了，还是真的担心一旦回绝就会使她绝望致死？于是，他们婚姻的全过程如同一场飓风。订婚一个月后随即结婚，而结婚如同结束。脱掉婚纱的安东尼娜在老柴的眼里完全是陌生的、无法信任的，甚至是一个"妖魔"。她竟然对老柴的音乐一无所知。原来这个女子是一位精神病态的追求者，这比盲目的追求者还要可怕！老柴差一点自杀。他从家中逃走，还大病一场。他们的婚姻以悲剧告终。这个悲剧却成了他一生的阴影，他从此再没有结婚。

第二位是富有的寡妇娜捷日达·冯·梅克夫人。她比他大九岁，是老柴的一位铁杆崇拜者。梅克夫人写信给老柴说："你越使我着迷，我就越怕同你来往。我更喜欢在远处思念你，在你的音乐中听你谈话，并通过音乐分享你的感情。"老柴回信给她说："你不想同我来往，是因为你怕在我的人格中找不到那种理想化的品质，就此而言，你是对的。"于是他们保持着一种柏拉图式的纯精神的情感。互相不断地通信，信中的情感热切又真诚。梅克夫人慷慨地给老柴一笔又一笔丰厚的资助，并付给他每年六千卢布的年金。这个支持是老柴音乐殿堂一个必要而实在的支柱。

然而过了十四年之后（1890年9月），梅克夫人突然以自己将要破产为理由中断了老柴的年金。后来，老柴获知梅克夫人根本没有破产，而且还拒绝给老柴回信。此中的原因至今谁也不知，但老柴本人却感受到极大的伤害。他觉得往日珍贵的人间情谊都变得庸俗不堪，好像自己不过靠着一个贵妇人的恩赐活着罢了，而且人家只要不想搭理他，就会断然中止。他从哪里收回这失去的尊严？

正是在这样的背景下，老柴搬进了克林镇的这座房子。我对一百多年前老柴真正的状态一无所知，只能从这座故居求得回答。

进入柴可夫斯基故居纪念馆临街的办公小楼，便被工作人员引着出了后门，穿过一条布满树荫的小径，是一座带花园的两层木楼。楼梯很平缓也很宽大。老柴的工作室和卧室都在楼上。一走进去，就被一种静谧的、优雅的、舒适的气氛所笼罩。老柴已经走了一百多年，室内的一切几乎没有人动过。只是在1941年11月德国人来到之前，苏联政府把老柴的遗物全部运走，保存起来，战后又按原先的样子摆好，完璧归赵，一样不缺——

工作室的中央摆着一架德国人在彼得堡制造的黑色的"白伊克尔"牌钢琴。一边是书桌，桌上的文房器具并不规正，好像等待老柴回来自己再收拾一番。高顶的礼帽、白皮手套、出国时提在手中的旅行箱、外衣等，有的挂在衣架上，有的搭在椅背上，有的撂在墙角，都很生活化。老柴喜欢抽烟斗，他的一位善于雕刻的男佣给他刻了很多烟斗，摆在房子的各个地方，随时都可以拿起来抽。书柜里有许多格林卡的作品和莫扎特整整一套七十二册的全集，这两位前辈音乐家是他的偶像。书柜里的叔本华、斯宾诺莎的著作都是他经常读的。精神过敏的老柴在思维上却有着严谨与认真的一面，他在读列夫·托尔斯泰、屠格涅夫和契诃夫等作家的作品时，几乎每一页都有批注。

　　老柴身高一米七二，所以他的床很小。他那双摆在床前的睡鞋很像中国的出品，绿色的绸面上绣着一双彩色小鸟。他每天清晨在楼上的小餐室里吃早点，看报纸；午餐在楼下；晚餐还在楼上，但只吃些小点心。小餐室位于工作室的东边，只有三平米见方，三面有窗，外边的树影斑斑驳驳投照在屋中。现在，餐桌上摆着一台录音机，轻轻地播放着一首钢琴曲。这首曲子正是1893年他在这座房子里写的，这叫我们生动地感受到老柴的灵魂依然在这个空间里。所以我在这博物馆留言簿写道：

> 在这里我感觉到柴可夫斯基的呼吸，还听到他音乐之外
> 的一切响动。真是奇妙至极！

　　在略带伤感的音乐中，我看着他挂满四壁的照片。这些照片是老柴亲手挂在这里的。这之中，有演出他各种作品的音乐会，有他的老师鲁宾斯基，以及他一生最亲密的伙伴——家人、父母、姐妹和弟弟，还有他最宠爱的外甥瓦洛佳。这些照片构成了他最珍爱的生活。他多么向往人生的美好与温馨！然而，如果我们去想一想此时的老

柴，他破碎的人生，情感的挫折，生活的困窘，我们绝不会相信居住在这里的老柴的灵魂是安宁的！去听吧，老柴最后一部交响曲——第六交响曲正是在这里写成的。它的标题叫《悲怆》！那些又甜又苦的旋律，带着泪水的微笑，无边的绝境和无声的轰鸣！它才是真正的此时此地的老柴！

老柴的房子矮，窗子也矮，夕阳在贴近地平线之时，把它最后的余晖射进窗来。屋内的事物一些变成黑影，一些金红夺目。我已经看不清它们到底是些什么了，只觉得在音乐的流动里，这些黑块与亮块来回转换。它们给我以感染与启发。忽然，我想到一句话：

"艺术家就像上帝那样，把个人的苦难变成世界的光明。"

我真想把这句话写在老柴的碑前。

2002 年 7 月

256

谁把托尔斯泰留了下来？

从真正博物馆的意义上说，莫斯科莫尔恰诺夫卡街上的托尔斯泰故居是我见到的最好的故居博物馆。我写过这样一句话：作家在作品之外的部分在他的故居里。前提是，他的故居是否一切依旧？

如果什么东西都在那儿，曾经的生活就能呈现出来。

1882 年秋天五十四岁的托尔斯泰在莫斯科买下这座房子，便从雅斯纳亚·波良纳庄园搬过来，只是夏天才回到庄园生活一段时间。

从房间使用上看，这里的一切几乎是庄园生活的翻版。二楼上一间最敞亮的房间用作客厅和餐厅，一间最"偏僻"的房间是托尔斯泰专用的书房，连书桌前的椅子也和庄园那把一样——因近视要把脸凑近桌上的稿纸而锯短椅腿，至于其余六七个房间就是一家人大大小小的卧室了。

托尔斯泰三十四岁结婚，妻子索菲亚十七岁，他们生过十三个孩子，死了五个，包括一个只活到七岁、天性敏感、最被托尔斯泰看好的儿子，其余八个孩子都在这座房子里长大。托尔斯泰在这里生活了近二十年，中年时期一段充满家庭乐趣的人生应该就在这座房子里。

托尔斯泰在莫斯科这个家与庄园不同的是，庄园远在乡下，朋友若去拜访起码要用两三天；这里位于莫斯科中心，人们说来就来。当时托尔斯泰已著作等身，影响巨大，人又好客，常常盛友如云。从客厅的布置就可看出来。座椅很多，还有茶桌、棋桌、餐桌、钢琴；地上一张吓人的大黑熊皮，据说当年一头个头巨大的熊把托尔斯泰压在身下，险些要了他的命，多亏一位猎手救了他。事后托尔斯泰请画家给猎手画了像，现在这画像就摆在屋里，显然这都是为了给朋友们的聚会助兴而布置的。家庭里处处精心的布置与装点自然都是妻子索菲亚的事。

索菲亚是沙皇御医的女儿，年轻聪慧，富于活力，兴趣多样。能画画、善织绣、喜欢写作、热爱音乐、会裁衣缝衣；这座房里墙上有她的风景画，床上有她绣的线毯，屋里有她剪裁的工具与衣服，桌上还有她为托尔斯泰誊抄的作品。托尔斯泰写作的速度快，字迹潦草难认，特别是一次骑马摔伤手臂，自己写的字有时自己也不认得，就问索菲亚这些字写的是什么。他的稿子还总是要一遍遍地修改，有时一张稿纸上改的甚至要比写的还多，索菲亚就要一遍遍再抄，直到誊清。

除此之外，索菲亚还要承担家中一切家务，如购物、吃穿、理财、教育、孩子们的生活以及成人后的各种事情；波良纳庄园那边的一切一切也都要她管理与操心。正是她把现实中千头万绪生活的具体操作全揽过去了，才有这个家庭的踏实与美满。那时，在索菲亚的心里这个家庭无比美好，莫斯科的文化精英们大多是她家中的座上客，托尔斯泰还经常给朋友们朗诵作品，甚至弹琴演奏，大家高谈阔论，一边美酒美食。孩子们欢起来，就一条腿跨上楼梯扶手从楼上唰地滑到楼下。

然而，中年之后托尔斯泰的人生观与价值观发生了变化。他渐渐厌烦贵族们的寄生生活，同情苦难的底层民众。他在晚年的巨著《复活》中深深透显出自己这种负罪感，并希望家庭与过去彻底决裂。索菲亚不理解，也无法做到。她认为这是托尔斯泰的社会理想，在自己的家庭中怎么实现？托尔斯泰则认为他的家庭出现深刻的分歧，并为此苦恼和焦虑。晚年他的精神危机的一部分转化为自己家庭的破裂。这样，这座房子里的生活与先前不同了，发生了巨变。欢乐成为无法挽回的过去。

晚间，托尔斯泰更多是到楼下打开后门，迎来他思想的崇信者进行交流。其结果，是不断加剧他与索菲亚观念上的对立。他女儿塔季扬娜说："父亲娶了一个十八岁的小姑娘，他塑造她，他的影响在她身上扎根。是他叫她乘坐头等车厢，在最好的商店为孩子们定制衣服。现在却要求他们像农民一样生活，为什么？这就是母亲提出的问题。"索菲亚要坚定保卫她的家庭与生活。

家庭矛盾无法破解，最后导致托尔斯泰痛苦地离家出走，并病死在外。

人们对索菲亚产生非议，说托尔斯泰出走的责任在于她不能放弃世俗生活。但也有人为她辩护，说一个文豪的女人必须要和她的丈夫有一样的思想高度和深度吗？她不能有自己的生活与家庭选择吗？托尔斯泰的宽容与人道精神为什么不能用在为自己贡献一切的女人的身上？于是，种种争议与非议一直缠绕着索菲亚，直到把她送离人间。她死后，《托尔斯泰夫人日记》(《索菲亚日记》)出版了，人们才渐渐平静地对待这个为托尔斯泰付出一生的非凡的女人。

索菲亚故去时，还做了一件伟大的事，她把她的家——托尔斯泰故居的一切完完整整捐给国家，留给后人，也将托尔斯泰真实的生命空间永远留在世上。能说她不理解托尔斯泰的价值，说她没有那种至上的境界吗？

明年是索菲亚诞辰一百七十周年，她的两卷本的传记刚刚出版，博物馆已经开辟一个房间介绍和纪念她，院里立一个牌子，上边有她的照片，还有她的几句话：

"我这一生活得很值得，也许将来有人想知道我是个什么样的女人。本来我会对上帝做一些有益的事，但命运把我和天才的、极其复杂的托尔斯泰紧紧联系到一起。"

人们总说伟人身后一定有个不凡的女人，但很少有人去认真关注这个女人。

2014 年 9 月 24 日

今天的布拉格

布拉格对我的诱惑，除去德沃夏克、卡夫卡、昆德拉，以及波希米亚人，还有便是歌德的那句话："布拉格是欧洲最美丽的城市。"歌德这句话是二百年前说的，那么今天的布拉格呢？在捷克做过文化参赞的诗人孙书柱对我说："你不去布拉格会是终生遗憾。"

经历了二十世纪两次世界大战和非同寻常的社会风暴之后，布拉格会是什么样子？我想起九十年代初一个黄昏进入东柏林时那种黑乎乎、空洞和贫瘠的感受。于是，我几乎是带着猜疑，而非文化朝圣的心情进入了捷克的边境。

三天后，我在布拉格老城区一家古老的饭店喝着又浓又香的加蒜末的捷克肚汤时，手机忽然响了，是孙书柱。他说："感觉怎么样？"我情不自禁地答道："我感到震撼！"我听到自己的声音很响亮。

布拉格散布在七个山丘上，很像罗马。特别是站在王宫外的阳台上放目纵览，一定会为它浩瀚的气概与瑰丽的景象惊叹不已。首先是城市的颜色。布拉格所有的屋顶几乎全是朱红色的，它们使用的是一种叫石榴石的矿物质颜料，鲜明又沉静；而墙体的颜色大多是一种象牙黄色。在奥匈帝国时代，捷克的疆域属于帝国领土的一部分，哈布斯堡王朝把一种"象牙黄"视为高贵，并致力向民间普及。于是这红顶黄墙与浓绿的树色连成一片，百余座教堂与古堡千奇百怪地耸立其间，这便是在世界上任何地方都见不到的城市景观。

然而捷克之美，更在于它经得住推敲。

在捷克西部温泉城卡洛维发利，我在那条沿河向上的老街上缓缓步行，一边打量着两边的建筑。我很惊讶，没有任何两座建筑的式样是相同的。它们像个性很强的女人，个个都目中无人地站在街头，展示自己。其实，这不正是波希米亚人不尚重复的性格？

在布拉格更是这样。只有在上个世纪五六十年代建造的那些宿舍楼，才彼此一个模样，没有任何美感与装饰。从中我发现，它们竟然和我们同时代的建筑"如出一炉"，这倒十分耐人寻味！

而布拉格的城市建筑真正的文化意义，是它保存着从中世纪以来，包括罗马式、哥特式、巴洛克式、青年艺术风格等各个不同时期的建筑作品。站在老城广场上，挤在上千惊讶地张着嘴东张西望的游客中间，我忽然明白，当年歌德看到的，我们都看到了。但跟着一个问题冒出来：它是如何躲过上个世纪剧烈的政治风暴的冲击？甭说民居墙面上千奇百怪的花饰，单是查理大桥上那些来自宗教与神话的巨大的雕塑早该被"砸得稀巴烂了"！

一个城市的历史总是层层叠叠深藏在老街深巷里。布拉格这些深巷常常使游人迷路。据说卡夫卡知道这每一座不知名的老屋里的故事。他的朋友们常常看见他在这些街头巷尾或哪个门洞里一晃而过。

老街至今还是用石块铺的路。几百年过去的时光从上面碾过，一代代人用脚掌雕塑着它们。细瞧上去，很像一张张面孔，有的含混不明，有的凄苦地笑，有的深深刻着一道裂痕。街上的门都很小，然而门内都有一个小小的罗马式回廊环绕的院子，只有正午时分，阳光才会直下。站在这样的院子里就会明白，为什么卡夫卡把它称作"阳光的痰盂"。

生活在这样世界里的布拉格人，并不因此愁闷与阴郁。他们天性热爱个人的生活，专注于家庭，还有传统。他们对啤酒有天生的嗜好，一如法国人钟爱葡萄酒。每年一个捷克人平均喝掉一百五十公升啤酒。而他们对音乐的热爱不亚于奥地利人，连惹起祸端而招致前苏联军队把坦克开进城中的"布拉格之春"，也是音乐带来的麻烦。但即使在那个非常的年代，人们去听音乐会，也照旧会盛装打扮，这样的人民会去把建筑上的艺术捣毁吗？

我则认为，我们的文化遗产所遭受的最大的破坏还是"文革"。"文革"之前，老房上那些砖雕石雕，谁会动手去砸。我们只是把它作为"无用的历史"弃置一旁。布拉格最著名的圣维特大教堂在二十世纪五六十年代，被当作工厂使用，就像天津的广东会馆。但是"文革"不仅仅举国如狂地毁灭自己的文化遗产，更严重的是对自己文化的轻视与蔑视。蔑视自己的文化比没有文化还可怕，而这种自我的文化轻蔑在功名利禄迷惑人心的当代便恶性地发酵了。于是，我便转而注目于今天的布拉格人怎样重新对待自己的文化遗产。

他们正在全面整理和精心打扮自己的城市。从外观上，将这些至少失修了半个世纪的建筑，一座座地从岁月的污垢中清理出来，同时将具有现代科技含量的生活硬件注入进去。他们在修整这些地面上最大的古物时，精心保护每一个有重要价值的细节。由于他们没有经过那种"涤荡一切污泥浊水"的"大革文化命"，所以历史遗存极其丰厚。连各种店铺的商家也都把这些遗产引以为自豪，并且印成资料与画片，赠送给客人。不像我们胡乱地扫荡之后，待要发展旅游，已经空无一物，只能靠着造假古董和编故事（俗称编段子），将历史浅薄化、趣味化、庸俗化。

从老城广场到查理桥必须经过一条历史名街——皇帝街。这条长长的窄街弯弯曲曲，顺坡而下。街两旁五彩缤纷地挤满各色小店，咖啡店、酒吧、食品店、小旅店，形形色色小商店里经营的大都是本地的特产，如提线木偶、草编人物、民间土布，以及闻名天下的玻璃器具。最小的店铺大约只有四五平米，却都是有声有色、有滋有味，故而皇帝街是布拉格人气最旺的一条步行街。

据说十年前，有人想从美国引资对这条街进行改造。将石块铺成的路面改为平整的柏油路，两边的商店扩宽重建。这引起很大争议。经居民投票民主表决，结果还是顺从当地人民的意见——皇帝街保持历史的原貌！

东欧国家经过九十年的巨变，几乎碰到同样一个问题：怎样对待自己的城市。从俄罗斯的圣彼得堡、德国的柏林和魏玛、匈牙利的布达佩斯，直到捷克的古城，我看到了一种共同的态度——正像我在柏林拜访过一个负责修整历史街区的组织的名字——"小心翼翼地修改城市"。那就是用心珍惜历史遗产，全力呵护文化财富，一切为了未来。

2003 年 5 月 30 日

离我太远了，皮兰

如果世界上有一个地方从来没听人说过，去了之后却永难忘怀，这个地方就是皮兰。

对我来说，它实在太远；我在"远东"，它藏在地球西边亚得里亚海最上端那个海湾里，好像掖在欧洲的胳肢窝里。如果驱车从维也纳向南穿过山重水复的阿尔卑斯山，越过边境，路经斯洛文尼亚那个出名的小巧的首都卢布尔雅那，往西不停地开下去，再沿着亚得里亚海的海边弯弯曲曲前行，然后不知不觉驶入一条狭长的伸入大海极小的岬角上，皮兰就在这天涯海角似的地方。

这个只有四千多人的小小的中世纪的古城，密集着层层叠叠两三层的小楼，全是雪白的墙和砖红色的尖顶。如果艳阳高照，白墙更白；一场雨后，红顶瓦变为深红——再给湛蓝、深郁和辽阔的大海一衬，色彩分外独特又鲜艳。这时，偶尔飞来几只极黑的乌鸦，醒目地落在屋顶或烟突上。如此的景象，叫谁看了不醉？

皮兰就像大地鲜亮的舌尖，伸进大海，舐弄着无穷而清凉的碧涛。

走进皮兰，不像进什么名城，心理上会有意无意做点准备。在皮兰海边散着步，边走边看海上的美景，不经意就走到它城中心的广场上。我试了一下，从海边到广场只需要二百步。广场是圆形的，广场周围的建筑排成 U 形，开口处对着大海。海鸥与海风可以更轻易地来到广场上。这就使我看到它源自一个原始码头而一直开放着的历史。

欧洲的广场无论大小，四周的建筑都是城市的门面。皮兰的门面可没有花团锦簇般的大厦，一律是墙面斑驳甚至是破损的老楼，然而它们简朴、素雅、沉静，像中世纪的农夫农妇、工匠、市民平和地站在那里；铺满广场的石板石钉早已磨得光亮，像铁的；一些长长的石条凳围着广场放了一圈，人们三三两两坐在上边消闲，一看便知是本城的百姓；两个女孩儿坐在那里逗狗，一个女孩的长发金得发亮；一位老妇人抱着婴儿晒太阳，旁边坐着个老头，舒舒服服打着瞌睡；一群男子在下棋，其中一个中年男人穿着很漂亮的海员制服，帽檐却斜着。广场上小孩子们在踢球。年轻的父亲在教他的孩子学步，孩子夯着胳膊摇摇晃晃走在前边，父亲笑呵呵跟在后边，走着走着，情不自禁地和孩子走的姿态一样了。

皮兰湾很静，适合扬帆出海，这里有桅樯如林的小码头；皮兰的海水比矿泉水还干净，海边的岩石上常常会躺着一个泳装女子沐日，粗糙的石块和光嫩的皮肤强烈地对比着；海鸥们常常在急转弯时发出一声响亮的尖叫。

偶尔能看到一两个背包的旅行者站在广场中心向四边贪婪地拍照。

皮兰的地标是在城中鹤立鸡群般高高耸起的尖顶的钟楼，它叫人想到威尼斯圣马可大教堂的钟楼，只是更简约更古朴一些。皮兰历史上曾属威尼斯王国管辖。有人称它是"袖珍的威尼斯"。但它在同海的关系上与威尼斯不同：它像是站在海边的礁石上，向大海眺望；威尼斯已经光着两只脚站在海里了。

可是，它被威尼斯统治太久了，广场立着一块石头旗桩，上边刻着的年号是1466，它是威尼斯王国时代的遗物吧。在威尼斯统治的漫长的五百年里，它骨子里已浸入太多意大利人的气息与气质。尤其是对历史的态度。街头巷尾处处可以看到历史的见证：一棵与一根石柱死死缠成一体的古藤，东一块西一块有刻痕的建筑残石，多半已经锈烂在土里的铁锚……没人去动它们，让它们以历史的原状存在。城中还有些中世纪的残垣断壁，更是地面上的文物。用不着标明"文保单位"，也被人们当作"沉默的老者"备受尊崇地活在人间。比如一座中世纪的修道院，早已荒芜，仅存中庭，只有一些残损的雕像或兽头放在廊子上，其他空空如也；人们把庭院打扫干净，却任由野草丛生，播放一些古典音乐——用音乐唤起的想象与情感装满它。这不是意大利人擅长做的事吗？

没有人去拙劣地添油加醋，或者去涂脂抹粉"打造"它。历史是不需要加工的。

无形的音乐是一种灵魂。古典音乐是历史的灵魂，皮兰人用它来轻轻唤醒历史。

它原本就是一块音乐的土地。早在十七世纪这里诞生了作曲家和小提琴家塔替尼（1692—1770）。塔替尼那部堪称小提琴"绝品"的《魔鬼的颤音》，其指法与弓法难度之高至今无人超越；作品诡异、超凡、变幻莫测、难以捉摸。塔替尼说他这部音乐来自一次梦中魔鬼的指点，他只不过梦醒之后，把依稀记得的音乐记了下来。这并不见得是故弄玄虚，至少他本人再没有写过与此类似的作品。

皮兰人在塔替尼去世二百年时，仍然怀念他，以他为荣，便制作一尊雕像放在广场的中心。雕塑家的想法很有创意，特意将雕像做得和真人一般大小，看上去好像他们的塔替尼又回来了——拿着小提琴跳在台子上正往前走。在宽阔的广场上，雕塑显得小，但他占满了皮兰人的心。从此皮兰人称这广场叫塔替尼广场。

真正的雕像都是为了一种精神，不是城市广告。

最深厚的皮兰还是在城中往复回绕的哥特式的老街老巷里。历史的空间向例窄仄，今天的皮兰没有为了"扩大旅游经济"而去放大街道尺度。老墙老屋老门老窗一切依旧，房中的生活设施却正在"现代化"。他们依旧在窗口伸出杆子晾晒衣服，依旧在窗框上挂满花盆，让五颜六色的花朵镶在阳光射入室内的地方；然而，钻进一些地下室地洞似的小门，里边艺术家工作室的照明、通信与生活设施却十分现代。这些艺术品店很少出售千篇一律乏味的旅游商品，多是艺术家富于个性的创造，不论是陶瓷、玻璃制品、木石雕刻，还是铁艺、布艺与千奇百怪的艺术化的日常物品。他们尊重历史，却又不是"靠山吃山、靠水吃水"，不是一个劲儿在"非物质文化遗产"身上拼命挤奶。

这样的文化才是真正活着的。

山上教堂的钟声响后，一对新婚的男女走下来，穿着白纱裙的新娘一手拈着一朵挺大的红玫瑰，眼睛很美；新郎的脸上溢满幸福。两人穿过广场时，没人上去看热闹，只是几个本城人远远站着，笑嘻嘻看着这两位年轻的熟人。

他们手牵手穿过广场，偶尔会情不自禁停下来，亲吻一下，再走，就像他们的祖父祖母。

美好的传统就这么悠然自得地传承下来。

只可惜它离我太远了，皮兰。

2012 年 10 月 1 日

268

精神的殿堂

　　人死了，便住进一个永久的地方——墓地。生前的亲朋好友，如果对他思之过切，便来到墓地，隔着一层冰冷的墓室的石板"看望"他。扫墓的全是亲人。

　　然而，世上还有一种墓地属于例外。去到那里的人，非亲非故，全是来自异国他乡的陌生人。有的相距千山万水，有的相隔数代。就像我们，千里迢迢去到法国。当地的朋友问我们想看谁，我们说了卢梭、雨果、巴尔扎克、莫奈、德彪西等一大串名字。

　　朋友笑着说："好好，应该，应该！"

　　他知道去哪里可以找到这些人，于是他先把我们领到先贤祠。

　　先贤祠就在我们居住的拉丁区。有时走在路上，远远就能看到它颇似伦敦保罗教堂的石绿色的圆顶。我一直以为是一座教堂，其实，我猜想得并不错，它最初确是教堂，可是在法国大革命期间，曾用来安葬故去的伟人，因此它就有了荣誉性的纪念意义。到了1885年，它被正式确定为安葬已故伟人的处所。从而，这地方就由上帝的天国转变为人间的圣殿。人们再来到这里，便不是聆听神的旨意，而是重温先贤的思想精神来了。

重新改建的建筑的入口处，刻意使用古希腊神庙的样式。宽展的高台阶，一排耸立的石柱，还有被石柱高高举起来的三角形楣饰，庄重肃穆，表达着一种至高无上的历史精神。大维·德安在楣饰上制作的古典主义的浮雕，象征着祖国、历史和自由。上边还有一句话："献给伟人们，祖国感谢他们！"

这句话显示这座建筑的内涵，神圣又崇高，超过了巴黎任何建筑。

我要见的维克多·雨果就在这里。他和所有这里的伟人一样，都安放在地下。因为地下才意味着埋葬。但这里的地下是可以参观与瞻仰的。一条条走道，一间间石室。所有棺木全都摆在非常考究和精致的大理石台子上。雨果与另一位法国的文豪左拉同在一室，一左一右，分列两边。每人的雪白大理石的石棺上面，都放着一片很大的美丽的铜棕榈。

我注意到，展示着他们生平的"说明牌"上，文字不多，表述的内容却自有其独特的角度。比如对于雨果，特别强调由于反对拿破仑政变，坚持自己的政见，遭到迫害，因而到英国与比利时逃亡十九年。1870年回国后，他还拒绝拿破仑第三的特赦。再比如左拉，特意提到他为受到法国军方陷害的犹太血统的军官德雷福斯鸣冤，因而被判徒刑那个重大的挫折。显然，在这里，所注重的不是这些伟人的累累硕果，而是他们非凡的思想历程与个性精神。

比起雨果和左拉，更早地成为这里"居民"的作家是卢梭和伏尔泰。他们是十八世纪古典主义的巨人，生前都有很高声望，死后葬礼也都轰动一时。1778年伏尔泰送葬的队伍曾在巴黎大街上走了八个小时。卢梭比伏尔泰多活了三十四天。在他死后的第十六年（1794年），法兰西共和国举行一个隆重又盛大的仪式，把他迁到先贤祠来。

将卢梭和伏尔泰安葬此处，是一种象征，一种民族精神的象征。这两位作家的文学作品都是思想大于形象。他们的巨大价值，是对法兰西精神和思想方面做出的伟大贡献。在这里的卢梭的生平说明上写道，法兰西的"自由、平等、博爱"就是由他奠定的。

卢梭的棺木很美，雕刻非常精细。正面雕了一扇门，门儿微启，伸出一只手，送出一枝花来。世上如此浪漫的棺木大概惟有卢梭了！再一想，他不是一直在把这样灿烂和芬芳的精神奉献给人类？从生到死，直到今天，再到永远。

于是，我明白了，为什么在先贤祠里，我始终没有找到巴尔扎克、斯丹达尔、莫泊桑和缪塞，也找不到莫奈和德彪西。这里所安放的伟人们所奉献给世界的，不只是一种美，不只是具有永久的欣赏价值的杰出的艺术，而是一种思想和精神。他们是鲁迅式的人物，却不是朱自清。他们都是撑起民族精神大厦的一根根擎天的巨柱，不只是艺术殿堂的栋梁。因此我还明白，法国总统密特朗就任总统时，为什么特意要到这里来拜谒这些民族的先贤。

1955 年 4 月 20 日居里夫人和皮埃尔的遗骨被移到此处安葬。显然，这样做的缘由，不仅由于他们为人类科学做出的卓越的贡献，更是一种用毕生对磨难的承受来体现的崇高的科学精神。

读着这里每一位伟人的生平，便会知道他们中间没有一个世俗的幸运儿。他们全都是人间的受难者，在烧灼着自身肉体的烈火中去找寻真金般的真理。他们本人就是这种真理的化身。当我感受到他们的遗体就在面前时，我被深深打动着。真正打动人的是一种照亮世界的精神。故而，许多石棺上都堆满鲜花，红黄白紫，芬芳扑鼻。这些花是来自世界各地的人天天献上的。它们总是新鲜的，有的是一小枝红玫瑰，有的是一大束盛开的百合花。

这里，还有一些"伟人"，并非名人。比如一面墙上雕刻着许多人的姓名。它是两次世界大战中为国捐躯的作家的名单。第一次世界大战共五百六十名，第二次世界大战共一百九十七名。我想，两次大战中的烈士成千上万，为什么这里只是作家？大概法国人一直把作家看作是"个体的思想者"。他们更能够象征一种对个人思想的实践吧！虽然他们的作品不被人所知，他们的精神则被后人镌刻在这民族的圣殿中了。

一位叫作安东尼奥·圣修伯利的充满勇气的浪漫派诗人也安葬在这里。除去写诗，他还是第一个驾驶飞机飞越大西洋、开辟往非洲航邮的功臣。1943 年他到英国参加戴高乐将军的"自由法国"抵抗运动，在地中海的一次空战中不幸牺牲，尸骨落入大海，无处寻觅。但人们把他机上的螺旋桨找到了，放在这里，作为纪念。他生前不是伟人，死后却得到伟人般的待遇。因为，先贤祠所敬奉的是一种无上崇高的纯粹的精神。

对于巴黎，我是个外国人，但我认为，巴黎真正的象征不是埃菲尔铁塔，不是卢浮宫，而是先贤祠。它是巴黎乃至整个法国的灵魂。只有来到先贤祠，我们才会真正触摸到法兰西的民族性，她的气质，她的根本，以及她内在的美。

我还想，先贤祠的"祠"字一定是中国人翻译出来的。祠乃中国人祭拜祖先的地方。人入祠堂，为的是表达对祖先的一种敬意、崇拜、纪念、感谢，还有延续下去并发扬光大的精神。这一切意义，都与法国人这个"先贤祠"的本意极其契合。这译者真是十分的高明。想到这里，转而自问：我们中国人自己的先贤、先烈、先祖的祠堂如今在哪里呢？

2001 年 6 月

巴黎的天空

　　大自然派到巴黎的捣蛋鬼是雨。尤其进入了秋天。如果出门时天晴日朗，为了贪图轻便而不带雨伞，那一准就会叫雨捉弄了。巴黎的雨是捉摸不定的。有时一天你能赶上五六次雨；有时街对面一片阳光，街这边却雨正紧；有时你像被谁在楼上窗口浇花时不小心将一片水点洒在背上，抬头一看原来是雨，一小块巴掌大小的云带来的最小的、最短暂的、惟巴黎才有的"阵雨"。巴黎很少大雨瓢泼，很少江河倒灌，也很少阴雨连绵。它的雨，更像是一种玩笑，一种调皮，一种心血来潮。

　　它不过是一阵阵地将花儿浇鲜浇艳，叫树木散出混着雨味的青叶的气息，把大街上跑来跑去的汽车小小地冲洗一下，再逼迫人们把随身携带的各种颜色和各种图案的雨伞圆圆地撑开。城市的景观为之一变。这雨原来又是一种情调。

　　然而，雨儿停住，收了伞，举首看看云彩走了没有。这时，有悟性的人一定会发现，巴黎一幅最大的图画在天空。

　　这图画的画面湛蓝湛蓝，白云和乌云是两种基本颜料。画家是风，它信马由缰地在天上涂抹。所以，擅长描绘天空的法国画家欧仁·布丹的一幅画，题目是《10月8日·中午·西北风》。

巴黎的白云和乌云来自大西洋。大海的风从西边把这些云彩携来，随心所欲地布满天空。风的性情瞬间万变，忽刚忽柔，忽缓忽疾，天上的云便是它变幻无穷的图像。大自然的景观一半是静的，一半是动的。宁静的是大地，永动的是天空。当十九世纪后半期，法国画家们的工作从画室搬到田野后，天空便给画家以浩瀚和无穷的想象。在大西洋沿岸那座著名的古城翁弗勒尔，我参观前边所说的那位名叫布丹的美术馆时，看到了他大量的描绘天空的速写。在大自然中，只有天空纯属自然，最富于灵性。于是，大自然的本质被他表现出来了，这便是生命的创造和创造生命。在布丹之前，谁能证明天空是一个巨大的创造力无穷的生命？一个被布丹称作"美丽的、透明的、充满大气"的生命？所以，库尔贝、波德莱尔都对这位画友画天空的才华推崇备至，巴比松画家柯罗甚至称他为"天空之王"。

在荷兰的阿姆斯特丹，我去看梵·高美术馆，研究他从荷兰到法国前后画风的变化。我发现他最初到巴黎开始他的艺术生涯时期的一幅作品，便是用一大半篇幅去表现动荡而激情的云天。任何艺术家都会首先注意不同的事物。"不同"往往正是事物的本质。那么巴黎奇异的天空自然会吸引住这位敏感的艺术家的心灵，而且这种吸引力一直抵达梵·高一生的终结处——巴黎郊外的奥维尔。看看梵·高在奥维尔画的最后一批作品，天空被他表现得更富于动感、更深入、更动人，并成为他不安的内心的象征。

可是，我想，为什么我们中国人的绘画从来不画天空，不画光线？即使画云，也是山间的云雾，或是为了陪衬天上的神仙与飞行的龙，从来不画天空上的云。清代末期上海画家吴石仙擅长画雨景，但他不画乌云，他只是用水墨把天空平涂一片深灰色，来表示阴云密布。也许中国文人的山水画，多为书斋内的精神制品——不是自然的风景，而是主观或内心的山水意境。即使是"师造化"的石涛，也只是"搜尽奇峰打草稿"而已。故此，中国的山水多为"季节性"，缺乏"时间性"。不管现代山水画如何发展，至今没有一个中国画家画天上的云彩。难道天空在中国画中永远是一块"空白"？

现在我们回到巴黎中来——

天空莫测的风云，不仅给巴黎带来多变的阴晴，还演变出晦明不已的光线。雨忽来忽去，阳光忽明忽灭。在巴黎，面对一座美丽和典雅的建筑举起相机，不时会有乌云飞来，遮暗了景色，拍照不成；可是如果有耐心，等不多时，太阳从云彩的缝隙中一露头，景色反而会加倍的灿烂夺目！

阳光与云彩的配合，常常使这座城市现出奇迹。

我闲时便从居住的那条小街走出来，在塞纳河边走一走，看看丰沛而湍急的河水、行人、船只，以及两岸的风光。尽管那些古老的建筑永远是老样子，但在不同的光线里，画面会时时变得大大不同。一次，由于天上一块巨大的云彩的移动，我看到了一个奇观：先是整条塞纳河被阴影覆盖，然后远处——亚历山大三世桥那边云彩挪开了，阳光射下去，河里的水与桥上镀金的雕像闪耀出夺目的光芒。跟着，随着云彩往我这边移动，阳光一路照射过来。云行的速度真不慢，眼看着塞纳河上的一座座桥亮了起来，河水由远到近地亮起来，同时两岸的建筑也一座座放出光彩。这感觉好像天空有一盏巨大无比的灯由西向东移动。当阳光照在我的肩头和手臂上，整条塞纳河已经像一条宽阔的金灿灿的带子了。然后，云彩与阳光越过我的头顶，向东而去。最后乌云堆积在河的东端。从云端射下的一道强烈的光正好投照

275

在巴黎圣母院上。在接近黑色的峥嵘的云天的映衬下，古老的圣母院显得极白，白得异样与圣洁。

不知为什么，在这一瞬，竟然唤起我对圣母院一种极强烈的历史感受。我甚至感觉加西莫多、爱斯梅拉达和克罗德现在就在圣母院里。

可是就在我发痴发呆的时候，眼前的景象忽变，云彩重新遮住太阳。一盏巨灯灭了。圣母院顿时变得一片昏暗，好似蒙上重重的历史的迷雾。忽然，我觉得几个挺凉的水滴落在我的手背上，我抬起头来，一块半圆形的雨云正在我头顶的上空徘徊。

2001 年 5 月 4 日

泡在水里的威尼斯

在威尼斯，我总为那些数百年泡在水里的老房老屋担心，它们底层的砖石早已泡酥了，一层层薄砖粉化得像苏打饼干，那么淹在下边的房基呢？一定更糟糕，万一哪天顶不住，不就哗啦一下子坍塌到水里？

威尼斯人听了，笑我的担心多余。一千多年来，听说哪所房子泡垮？只有圣马可广场上那个钟楼在一百年前发生倾斜，重建过后就没事了，今天一如皇家卫兵那样笔直地挺立着。

其实威尼斯所有房子并非建在水里，而是在一片沼泽中间的滩地上。这一次，我乘飞机在威尼斯降落时向下望去，看到了这里地貌的奇观。大片的水域中间浮现着一块块滩地，此时正值深秋，滩上的草丛变得赤红。绿水红滩，景象奇丽夺目。威尼斯濒临亚得里亚海，但这里的水却不是纯粹的海水，它一部分来自内陆许多河流的淡水，咸涩的海水与清新的淡水交融一起，再给天然的沙坝阻截，渐渐形成了一片世界上面积最大的潟湖。在这种又咸又淡的潟湖里很少有生物，只有一种淡银色的尖头小鱼。二十年前我在盛产手织花边的彩色岛

277

上，蹲在水边看人钓鱼，但这种鱼不能吃，人们只是钓着玩，每每钓上来便摘下钩，扔回到水里。威尼斯的海鸥和水鸟很多，大概在这个水城中到处可以找到食物。它们都吃得很肥，有一种白肚皮、灰背的大鸟像小猫一般，很足实，有点吓人，其实它们胆子很小，你的手一伸过去，它就飞跑了。

古代威尼斯人就在这潟湖中的滩地上砸下密密实实的木桩，中间填上沙砾，上边铺一种又厚又大的石板。这些石板是经亚得里亚海从斯洛文尼亚那边的伊斯特拉运来的，这种石头的防水性能极好，几层石块铺好后，再在上边叠砖架屋，当然坚实可靠。不知这主意最初是哪个聪明的人想出来的。历史总是把伟大的普通人忘记，威尼斯却受益于这个水中建房的高招，直到今天。

潟湖受大海潮汐的影响，每天都会涨潮落潮。涨潮时所有房子像站在水里。威尼斯有一百多个建满房屋的岛屿，四百多座连接岛屿的大大小小、各式各样的桥梁。绝大多数房子的正门开在岛上陆地的一边，后边是临水的私家小码头。在威尼斯如果想走近道，就得上桥下桥，穿街入巷，很吃力；如果想省腿脚，便乘船渡水过河。河道大多很狭，像水上的胡同，船身必须细长才好穿行。桥洞又低，不能有船篷。所以这里独特的风光是那种月牙式两头翘起的优美的小舟贡多拉、蜿蜒幽深的水道、插在老屋前各色各样的拴船的杆子，这一切都五光十色地倒映在波光潋滟之中，水光摇曳，影如梦幻，变化无穷，入夜后灯光再加入其中，无处不叫你感到新奇。

威尼斯这种世上惟一的奇特的风光，自古以来就为画家所痴迷。在古代欧洲的风景画中，"威尼斯风景"恐怕是最多的了。数百年来一直有大批画家聚在这里，从十六世纪文艺复兴时期的威尼斯画派到今天的国际性的"双年展"。

不过，对于这个最初是靠水陆交通与商贸发达起来的城市，商人比画家更多，而且个个比莎士比亚笔下的商人厉害。一个导游告诉我，一次他带一个旅游团来威尼斯。他对团中的游客们说，你们买东西时可得留心点儿，别叫威尼斯的商人忽悠了。在游客们分别去购物后集合起来时，他发现一个游客买的皮包买贵了，就说你这包儿花的钱多了，质量也差。这游客听了就要去退货。导游说你退不成，这里的商人厉害着呢。游客非去不可，拦不住他就去了。可是不多时这游客笑嘻嘻地跑回来，手里提着两个同样的皮包。他不但没退成，反叫威尼斯商人又多忽悠一个。

六百年前，马可·波罗从这里去中国，他就是随着爷爷到东方经商去的。我一直认为他们是经过丝绸之路"走"到中国的，至少走了其中一段。

这一次，我听说威尼斯城中还保存着马可·波罗的故居，很兴奋，但找起来可真难，穿街入巷一直跑了一二十条街，上下十多道桥，再穿过一个低矮的街洞才找到。街口两边各一座房子，一边是马可·波罗出生的小楼，一边是他家经商的办事楼。虽然里边已经找不到任何遗物，房子却依然完好，如今底层都改作小饭店。这里的人以马可·波罗为自豪。尽管一些苛刻的学者还在怀疑《中国游记》的真实性，威尼斯的老百姓却坚信马可·波罗去过中国，并把面条、饼、饺子带到意大利来，变成意大利面和比萨；有趣的是他们的饺子变作四方形的了，好像火柴盒，模样虽然有点怪，可是外边有皮，里边有馅，说是饺子也不为过。他们肯定没把中国妇女包饺子的手艺学去。我第一次听到这个关于"中意交流"的奇谈，觉得好笑中也有三分可信。想想看，除去意大利，欧洲哪里还有这种食物？历史有时永远没有结

279

论。反正马可·波罗的游记让西方人对遥远的东方燃起了兴趣，甚至促使了哥伦布渡海西行，寻找中国，可是船头跑偏，一下子发现了美洲"新大陆"。

如今的威尼斯不再是意大利的商贸枢纽，但它的文化留了下来。其实人类的很多文化都是不经意创造出来的，在应用它时并不知其中的意义，时过境迁之后，文化的价值才渐渐显现出来。这就要看你是否能够认知它的价值。

威尼斯曾被我们称作"西方的苏州"。威尼斯整座城市于1987年列入世界文化遗产，苏州却因为我们被自己的破坏而名落孙山。

在旅游已成为当代人主要的消费方式之一而日益"猖獗"的今天，威尼斯人很清醒，没有把自己主要力气花在旅游上，而用在保持自己城市的品位和历史的原真性上。城市所有建筑不能随意改建，不能改变原貌乃至"百孔千疮"的外墙苍老的历史感，如果必须修缮则要经过专家认定。凡专家确认的，政府出资百分之七十。保护不是做做样子，而是做好每一个细节。比方他们给住房安装的电子门铃，在设计风格上与斑驳的老墙很谐调，高雅又现代。这使我想起德国一个民间的历史建筑保护组织曾经请我去演讲。这个组织的名字叫作"小心翼翼地修改城市"。"小心"二字中包含着对城市的历史文明多么至诚的虔敬！不像我们经常喊的那个词儿"保护性开发"——说到底还是要开发，保护不过是个挡箭牌。反正我们现在挺有钱，想开发还不是手到擒来？

据说曾经我们南方某城一位女市长访问威尼斯，听说威尼斯不能走汽车，也不能骑自行车，感到不方便。一问方知，原来威尼斯是一座小岛组合的城市，无法行车。这位市长问："为什么不把它们连起来呢？"主人说："不行，我们做不到。"意思是这是历史遗产，不能改变。我们这位去访问的市长听了财大气粗地说:"这个——我们能做到!"把人家吓了一跳。

现在的威尼斯也面临旅游压力,总共不到八平方公里的城区内,每年有两千多万名游客。在旅游旺季,在大街小巷、院里院外,到处是举着相机和手机拍照的游客,有时出门走路都困难。你和原住民一聊游客,他们就皱眉摇头。在他们眼里游客就像大群大群的候鸟,一年来一次,一来就闹得天翻地覆。现在住在城中的本土年轻人愈来愈少,老人们依恋着与自己生命记忆融为一体的老房子,所以留在这里。可是老人总要离去,关键是怎么把年轻人留在本土。

当地的做法挺有趣。比方划贡多拉小船的船夫,绝对不允许外地人来干。自古贡多拉船夫都是传男不传女,今天依然如此。如今站在船头戴着皮帽、穿着紧身衣、随口唱一首当地民歌的结实又爽快的船夫,都是地道的威尼斯人。至于制作本地彩色玻璃、手织花边和面具的当地艺人,也依然在一些岛上的作坊施展他们的古艺。还有威尼斯那些重要的博物馆和美术馆更叫他们奉若神明。不少人来威尼斯就是要到学院博物馆看乔尔乔内的《暴风雨》和卡列拉的粉画《少女像》,要到公爵府大议会厅去看韦罗内塞那幅世界上最大的油画。历史是要不断更迭的,但只要精髓还在就好。

虽然威尼斯不担心房子泡垮,却担心整座城市的下陷。城市的下陷是由地球变暖、海平面上升造成的。现在每年平均下陷一厘米多。一百年就是一米多。它会不会有一天陷到海平面以下,成为一座水下的城市?这可怕的事情虽然不会在我们这个时代发生,我们这个时代的人却要为此担忧,设法阻止。历史要延续,遗产要留给后人。这是文明的思维。

2017 年 1 月

古希腊的石头

　　每到一个新地方，首先要去当地的博物馆。只要在那里边待上半天或一天，很快就会与这个地方"神交"上了。故此，在到达雅典的第二天一早，我便一头扎进举世闻名的希腊国家考古博物馆。

　　我在那些欧洲史上最伟大的雕像中间走来走去，只觉得我的眼睛——被那个比传说还神奇的英雄时代所特有的光芒照得发亮。同时，我还发现所有雕像的眼睛都睁得很大，眉清目朗，比我的眼睛更亮！我们好像互相瞪着眼，彼此相望。尤其是来自克里特岛那些壁画上人物的眼睛，简直像打开的灯！直叫我看得神采焕发！在艺术史上，阳刚时代艺术中人物的眼睛，总是炯炯有神；阴暗时期艺术中人物的眼睛，多半暧昧不明。当然，"文革"美术除外，因为那个极度亢奋时代的人们全都注射了一种病态的政治激素。

　　我承认，希腊人的文化很对我的胃口。我喜欢他们这些刻在石头上的历史与艺术。由于石头上的文化保留得最久，所以无论是希腊人，还是埃及人、玛雅人、巴比伦人以及我们中国人，在初始时期，都把文化刻在坚硬的石头上。这些深深刻进石头里的文字与图像，顽强又坚韧地表达着人类对生命永恒的追求，以及把自己的一切传之后世的渴望。

然而，永恒是达不到的。永恒只是很长很长的时间而已。古希腊人已经在这时间旅程中走了三四千年。证实这三四千年的仍然是这些文化的石头。可是如今我们看到了，石头并非坚不可摧。世界上没有任何东西可以把人带到永远。在岁月的翻滚中，古希腊人的石头已经满是裂痕与缺口，有的只剩下一些残块和断片。

在博物馆的一个展厅，我看到一截石雕的男子的左臂。虽然只是这么一段残臂，却依然紧握拳头，昂然地向上弯曲着，皮肤下面的血管膨胀鼓胀，脉搏在这石臂中有力地跳动。我们无法看见这手臂连接着的雄伟的身躯，但完全可以想见这位男子英雄般的形象。一件古物背后是一片广阔的历史风景。历史并不因为它的残缺而缺少什么，残缺，却表现着它的经历、它的命运、它的年龄，还有一种岁月感。岁月感就是时间感。当事物在无形的时间历史中穿过，它便被一点点地消损与改造，并因而变得古旧、龟裂、剥落与含混，同时也就沉静、苍劲、深厚、斑驳和朦胧起来。

于是一种美出现了。

这便是古物的历史美。历史美是时间创造的，所以它又是一种时间美。我们通常是看不见时间的。但如果你留意，便会发现时间原来就停留在所有古老的事物上。比如那深幽的树洞、凹陷的老街、泛黄的旧书、磨光的椅子、手背上布满的沟样的皱纹，还有晶莹而飘逸的银发……它们不是全都带着岁月和时间深情的美感吗？

这也是一种文化美。因为古老的文化都具有悠远的时间的意味。

时间在每一件古物的体内全留下了美丽的生命的年轮，不信你掰开看一看！

凡是懂得这一层美感的，就绝不会去将古物翻新，甚至做更愚蠢的事——复原。

站在雅典卫城上，我发现对面远远的一座绿色的小山顶上，爽眼地竖立着一座白色的石碑。碑上隐隐约约坐着一两尊雕像。我用力盯着看，竟然很像是佛像！我一直对古希腊与东方之间雕塑史上那段奇缘抱有兴趣，便兴冲冲走下卫城，跟着爬上了对面那座名叫阿雷奥斯·帕果斯的草木葱茏的小山。

山顶的石碑是一座高大的雕着神像的纪念碑。由于历时久远，一半已然缺失。石碑上层的三尊神像，只剩下两尊，都已经失去了头颅，可是他们依然气宇轩昂地坐在深凹的洞窟里。这时，使我惊讶的是，它竟比我刚才在几公里之外看到的更像是两尊佛像。无论是它的窟形，还是从座椅垂落下来的衣裙，乃至雕刻的衣纹，都与敦煌和云冈中那些北魏与西魏的佛像酷似！如果我们将两个佛头安装上去，也会十分和谐！于是，它叫我神驰万里，一下子感到世纪前丝绸之路上那段早已逝去的令人神往的历史——从亚历山大东征到希腊人在犍陀罗为原本没有偶像崇拜的印度人雕刻佛像，再到佛教东渐与中国化的历史——陡然地掉转过头，五彩缤纷地扑面而来。

原来时间隧道就在希腊人的石头中间！在这隧道里，我似乎已经触摸到消失了数千年的那一段时光了。这时光的触觉，光滑、柔软、流动，还有一些神秘的凹凸的历史轮廓。我静静坐在山顶一块山石上，默默享受着这种奇异和美妙的感受，直到夕阳把整个石碑染得金红，仿佛一块烧透了的熔岩。

由此，我找到了逼真地进入希腊历史的秘密。

我便到处去寻访古老的文化的石头，从那一片片石头的遗址中找到时光隧道的入口，钻进去。

然而，我发现希腊到处全是这种石头。希腊人说他们最得意的三样东西就是：阳光、海水和石头。从德尔菲的太阳神庙到苏纽的海神庙，从埃皮达洛夫洛斯的露天剧场到迈锡尼的损毁的城堡，它们简直全是巨大的石头的世界。可是这些石头早已经老了。它们残缺和发黑，成片地散布在宽展的山坡或起伏的丘陵上。数千年前，它们曾是堆满财富的王城、聆听神谕的圣坛或人间英雄们竞技的场所。但历史总是喜新厌旧的。被时光筛子筛下来的只有这些破碎的房宇，残垣败壁，断碑，兀自竖立的石柱，东一个西一个的柱头或柱础。

尽管无情的历史遗弃它，有心的希腊人却无比珍惜它。他们保护这些遗址的方式在我们看来十分奇特。他们绝不去动一动历史遁去之后的“现场”。一棵石柱在一千年前倒在哪里，今天绝不去把它扶立起来。因为这是历史的本来面目。尊重历史就是不更改历史。当然他们又不是对这些先人的创造不理不管。常常会有一些“文物医生”拿着针管来，为一些正在开裂的石头注射加固剂，或者定期清洗现代工业造成的酸雨给这些石头带来的污迹。他们做得小心翼翼。好像这些石头在他们手中依然是活着的需要呵护的生命。

他们使我们认识到，每一块看似冰冷的古老的石头，其实并没有死亡，它们犹然带着昔时的气息。它们各自不同的形态都是历史的表情，石头上的残痕则是它们命运的印记与年龄的刻度。认识到这些，便会感到我们已身在历史中间。如果你从中发现到一个非同寻常的细节，那就极有可能是神奇的时间隧道的洞口了。

迈锡尼遗址给人的感受真是一种震撼。这座三千多年前用巨石砌成的城堡，如今已是坍塌在山野上的一片废墟。被时光磨砺得分外粗糙的巨大的石块与齐腰的荒草混在一起。然而，正是这种历史的原生态，才确切地保留着它最后毁灭于战火时惊人的景象。如果细心察看，仍然可以从中清晰地找到古堡的布局、不同功能的房舍与纵横的甬道。1876年德国天才的考古学家谢里曼就是从这里找到了一个时光隧道的入口，从隧道里搬出了伟大的荷马说过的那些黄金财宝和精美绝伦的"迈锡尼文化"——他实际是活灵活现地搬出来古希腊一段早已泯灭了的历史。谢里曼说，在发掘出这些震惊世界的迈锡尼宝藏的当夜，他在这荒凉的遗址上点起篝火。他说这是两千二百四十四年以来的第一次火光。这使他想起当年阿伽门农王夜里回到迈锡尼时，王后克莉登奈斯特拉和她的情夫伊吉吐斯战战兢兢看到的火光。这跳动的火光照亮了一对狂恋中的情人眼睛里的惊恐与杀机。

今天，入夜后如果我们在遗址点上篝火，一样可以看到古希腊这惊人的一幕，我们的想象还会进入那场以情杀为背景的毁灭性的内战中去。因为，迈锡尼遗址一切都是原封不动的，时光隧道还在那些石头中间。于是我想，如果把迈锡尼交给我们——我们是不是要把迈锡尼散乱的石头好好"整顿"一番，摆放得整整齐齐；再将倾毁的城墙重新砌来；甚至突发奇想，像大声呼喊着"修复圆明园"一样，把迈锡尼复原一新？如若这样，历史的魂灵就会一下子逃离而去。

珍视历史就是保护它的原貌与原状。这是希腊人给我们的启示。

那一天，天气分外好。我们驱车去苏纽的海神庙。车子开出雅典，一路沿着爱琴海，跑了三个小时。右边的车窗上始终是一片纯蓝，像是电视屏幕的蓝卡。

海神庙真像在天涯海角。它高踞在一块伸向海里的险峻的断崖上。看似三面环海，视野非常开阔。这视野就是海神的视野。而希腊的海神波塞冬就同中国人的海神妈祖一样，护佑着渔舟与商船的平安。但不同的是，波塞冬还有一个使命是要庇护战船。因为波斯人与希腊人在海上的争雄，一直贯穿着这个英雄国度的全部历史。

可是，这座世纪前的古庙，现今只有石头的庙基和两三排光秃秃的多里克石柱了。石柱上深深的沟槽快要被时光磨平。还有一些断柱和建筑构件的碎块，分散在这崖顶的平台上，依旧是没人把它们"规范"起来。没有一个希腊人敢于胆大包天地修改历史。这些质地较软的大理石残件，经受着两千多年的阵阵海风吹来吹去，正在一点点变短变小，有几块竟然差不多要湮没在地下了；一些石头表面还像流质一样起伏。这是海风在上边不停地翻卷的结果。可就是这样一种景象，使得分外强烈的历史感一下子把我包围起来。

纯蓝的爱琴海浩无际涯，海上没有一只船，天上没有鹰鸟，也没有飞机。无风的世界了无声息，只有明媚的阳光照耀着古希腊这些苍老而洁白的石头。天地间，也只有这些石头能够解释此地非凡的过去。甚至叫我们想起爱琴海的名字来源于爱琴王——那个悲痛欲绝的故事。爱琴王没有等到出征的王子乘着白色的帆船回来，他绝望地跳进了大海。这大海是不是在那一瞬变成这样深浓而清冷的蓝色？爱琴王如今还在海底吗？他到底身在哪里？在远处那一片闪着波光的"酒绿色的海心"吗？

等我走下断崖时，忽然发现一间专门为游客服务的商店。它故意盖在侧下方的隐蔽处，在海神庙所在的崖顶的任何地方，都是绝对看不见这家商店的。当然，这是希腊人刻意做的。他们绝对不让我们的视野受到任何现代事物的干扰，为此，历史的空间受到了绝对与纯正的保护！

我由衷地钦佩希腊人！

希腊人告诉我们，保护古代文明遗产，需要的是对历史的深刻理解与崇拜，科学的方法，优雅的美感和高尚的文化品味。因为历史文明是一种很高的意境。

创造古希腊的是历史文明，珍惜古希腊的是现代文明。而懂得怎样珍惜它，才是一种很高层次的文明。

2001 年 4 月 11 日　天津

永恒的敌人
——古埃及文化随想

我面对着雄伟浩瀚、不可思议的金字塔，心里的问号不是这二百三十万块巨石怎样堆砌上去，也没有想到天外来客，而是奇怪这人类历史上最伟大的建筑竟是一座坟墓！

当代人的生命观变得似乎豁达了。他们在遗嘱中表明，死后要将骨灰扬弃到山川湖海，或者做一次植树葬，将属于自己最后的生命物质，变为一丛鲜亮的绿色奉献给永别的世界。当天文学家的望远镜把一个个被神话包裹的星球看得清清楚楚，古远天国的梦便让位于世人的现实享受。人们愈来愈把生命看作一个短暂的兴灭过程。于是，物质化的享乐主义便成了一种新宗教。与其空空地企望再生，不如尽享此生此世的饮食男女，谁还会巴望死亡的后边出现奇迹？坟墓仅仅是一个句号而已。人类永远不会再造一个金字塔吧。

但是，不论你是一个怎样坚定的享乐主义者，抑或一个无神论者和唯物主义者，当你仰望那顶端参与着天空活动的、石山一般的金字塔时，你还是被他们建造的这座人类史上最大的坟墓所震撼——不仅由于那种精神的庄严，那种信仰的单纯，更重要的是那种神话一般死

289

的概念和对死的无比神圣的态度与方式。

古埃及把死当作由此生渡到来世的桥梁，或是一条神秘的通道。不要责怪古埃及人的幼稚与荒唐，在旷远的四千五百年前，谁会告诉他们生命真正的含义？再说，谁又能告诉我们四千五百年后，人类将怎样发现并重新解释生与死的关系，是不是依旧把它们作为悲剧性的对立？是不是反而会回到古埃及永生的快乐天国中去？

空气燃烧时，原来火焰是透明的。我整个身体就在这晃动的火焰里灼烤，大太阳通过沙漠向我传达了它的凛然之威；尽管戴着深色墨镜，强光照耀下的石山沙海依然白得扎眼；我身上背着的矿泉瓶里的水已经热得冒泡儿了，奇怪的是，瓶盖拧得很严，怎么会蒸发掉半瓶？尽管如此，我来意无悔，踩着火烫的沙砾，一步步走进埋葬着数千年前六十四个法老的国王谷。

钻进一个个长长的墓道，深入四壁皆画及象形文字的墓室，才明白古埃及人对死亡的顶礼膜拜和无限崇仰；一切世间梦想都在这里可闻可见，一切神明都在这里迷人地出现。人类艺术的最初时期总与理想相伴，而古埃及的理想则更多依存于死亡，古埃及的艺术也无处不与死亡密切相关。他们的艺术不是张扬生的辉煌，而是渲染死的不朽。一时你却弄不清他们赞美还是恐惧死亡。

他们相信只要遗体保存得完好，死者便依然如同在世那样生活，甚至再生。木乃伊防腐技术的成功，便是这种信念使然。沉重的石棺、甬道中防盗的陷阱、假门和迷宫般的结构，都是为遗体——这生命载体完美无缺地永世长存。按照古埃及人的说法，世间的住宅不过是旅店，坟墓才是永久的居室；金字塔的庞大与坚固正是为了把这种奇想变成惊人的现实。至于陪葬的享乐器具和金银财宝，无非使法老们死后的生活一如在世。那么这一切到底是为了装饰着死，还是创造一种人间从未发生过的奇迹——再生和永生？

即使是远古人，面对着呼吸停止、身躯僵硬的可怕的尸体，都会感到生死分明。但是在思想方法上，他们还是要极力模糊生死之间的界限。古埃及把法老看作在世的神，混淆了人与神的概念；中国人则在人与神之间别开生面地创造一个仙。仙是半神半人，亦人亦神。在中国人的词典里，既有仙人，也有神仙。人是有限的，必死无疑；神是无限的，长生不死。模糊了神与人、生与死的界限，也就逾越死亡，进入永生。

永生，就是生命之永恒。这是整个人类与生俱来最本能、最壮丽的向往。

从中美热带雨林中玛雅人建造的平顶金字塔，到中国西安那些匪夷所思的浩荡的皇家陵墓，再到迈锡尼豪华绝世的墓室，我们发现人类这样做从来不只是祭奠亡灵，高唱哀歌，而是透过这死的灭绝向永生发出竭尽全力的呼唤。

死的反面是生，死的正面也是生。

远古人的陵墓都是用石头造的。石头坚固，能够耐久，也象征永存。然而四千五百年过去了，阿布辛比勒宏伟的神像已被风沙倾覆；尼罗河两岸大大小小几乎所有的金字塔，都被窃贼掏空。曾经秘密地深藏在国王谷荒山里的法老墓，除去幸存的阿蒙墓外，一个个全被盗掘得一无所有。没有一个木乃伊复活过来，却有数不尽的木乃伊成为古董贩子们手里发财的王牌。不用说木乃伊终会腐烂，古埃及人绝不会想到，到头来那些建造坟墓的石头也会朽烂。在毒日当头的肆虐下，国王谷的石山已经退化成橙黄色的茫茫沙丘；金字塔上的石头一块块往下滚落；斯芬克斯被风化得面目全非，眼看要复原成未雕刻时那块顽石。如果这些石头没有古埃及人的人文痕迹，我们不会知道石头竟然也熬不过几千年。这叫我想起中国人的一句成语：海枯石烂。站在今天回过头去，古埃及人那永生的信念，早已成为人类童年的一厢情愿的痴想。

世界上最古老的神庙——卢克索神庙和卡纳克神庙，已经坍塌成一片倾毁的巨石。在卢克索神庙的西墙外，兀自竖立一双用淡红色花岗岩雕成的极大的脚，膝盖以上是齐刷刷的断痕，巨大的石人已经不见了。他在哪里，谁人知晓？这样一个坚不可摧的巨像，究竟什么力量能击毁并把它销匿于无？而躺在开罗附近孟斐斯村地上的拉美西斯二世的几十米的石像，却独独失去双脚。他那无与伦比的巨脚呢？我盯着拉美西斯二世比一间屋子还大的修长光洁的脸，等待回答。他却毫无表情，只有一种木讷和茫然，因为他失去的有比这双脚更致命的东西：永恒。

永恒的敌人是什么？它并不是摧残、破坏、寇乱、窃盗、消磨、腐烂、散失和死亡，永恒的敌人是时间。当然，永恒的载体也是时间，可是时间不会无止无休地载运任何事物。时间的来去全是空的。在它的车厢里，上上下下都是一时的光彩和瞬息的强大。时间不会把任何事物变得永恒不灭，只能把一切都变得愈来愈短暂有限和微不足道。可是古埃及人早早就知道怎样对抗这有限和短暂了。

当我再次面对着吉萨大金字塔，我更强烈地被它所震撼。我明白了，这埋葬法老的人类最伟大的建筑，并非死亡象征，乃是生之崇拜，生之渴望，生之欲求。

金字塔是全人类的最神圣的生命图腾！

想到这里，我们真是充满了激情。也许现代人过于自信现阶段的科学对生命那种单一的物质化的解释，才导致人们沉溺于浮光掠影般的现实享乐。有时，我们往往不如远古的人，虽然愚顽，却凭直觉、直率又固执地表现生命最本能的欲望。一切生命的本质，都是顽强追求存在以及永存。艺术家终生锲而不舍的追求，不正是为了他所创造的艺术生命传之久长吗？由于人类知道死亡的不可抗拒，才把一切力量都最大极限地集中在死亡上。只有穿过死亡，才能永生。那么人类所需要的，不仅是能力和智慧，更是燃烧着的精神与无比瑰丽的想象！仰望着金字塔尖头脱落而光秃秃的顶部，我被深深感动着。古埃及人虽然没有跨过死亡，没有使木乃伊再生，但他们的精神已然超越了过去。

永恒没有终极，只有它灿烂和轰鸣着的过程。

正是由于人类一直与自己的局限斗争，它才充满活力和不断进步。

1996 年 9 月 1 日　天津

第六辑　人物

致大海

——为冰心送行而作

今天是给您送行的日子，冰心老太太！

我病了，没去成，这也许会成为我终生的一个遗憾。但如果您能听到我这话，一准会说："是你成心不来！"那我不会再笑，反而会落下泪来。

十点钟整，这是朋友们向您鞠躬告别的时刻，我在书房一片散尾竹的绿影里跪伏下来，向着西北方向——您遥远的静卧的地方，恭敬地磕了三个头。然后打开音乐，凝神默对早已备置在案前的一束玫瑰。当然，这就是面对您。本来心里缭乱又沉重，但渐渐地我那特意选放的德彪西的《大海》发生了神奇的效力，涛声所至，愁云弥散，心里渐如海天一般辽阔与平静。于是您往日那些神气十足的音容笑貌全都呈现出来，而且愈来愈清晰，一直逼近眼前。

我原打算与您告别时，对您磕这三个头。当然，绝大部分人一定会诧异于我何以非要行此大礼。他们哪里知道这绝非一种传统方式，一种中国人极致的礼仪，而是我对您特殊的爱的方式，这里边的所有细节我全部牢牢记得。

八十年代末，一个您生命的节日——10月5日。我在天津东郊一位农人家中，听说他家装了电话，还能挂长途，便抓起话筒拨通了您家。我对着话筒大声说：

"老太太，我给您拜寿了！"

您马上来了幽默。您说："你不来，打电话拜寿可不成。"您的口气还假装有点生气。但我却知道在电话那端，您一定在笑，我好像看见了您那慈祥的并带着童心的笑容。

为了哄您高兴，我说："我该罚，我在这儿给您磕头了！"

您一听果然笑了，而且抓着这个笑话不放，您说："我看不见。"

我说："我旁边有人，可以作证。"

您说："他们都是你一伙的，我不信。"

本来我想逗您乐，却被您逗得乐不可支。谁说您老，您的机敏和反应力能超过任何年轻人。我只好说："您把这笔账先记在本子上。等我和您见面时，保证补上。"

这便是磕头的来历，对不对？从此，它成了每次见面必说的一个玩笑的由头。只要说说这个笑话，便立即能感受到与您之间那种率真、亲切又十分美好的感觉。

大约是九二年底，我在中国美术馆举办画展期间，和妻子顾同昭，还有三两朋友一同去看您。那天您特别爱说话，特别兴奋，特别精神；您一向底气深厚的嗓音由于提高了三度，简直洪亮极了。您说，前不久有一位大人物来看您，说了些"长寿幸福"之类的吉祥话。您告诉他，您虽长寿，却不总是幸福的。您说自己的一生正好是"酸甜苦辣"四个字。跟着您把这四个字解释得明白有力，铮铮作响。

您说，您的少时留下许多辛酸——这是酸；青年时代还算留下一些甜美的回忆——这是甜；中年以后，"文革"十年，苦不堪言——

这是苦；您现在老了，但您现在却是——"姜是老的辣"。当您说到这个"辣"字时，您的脖子一梗。我便看到了您身上的骨气。老太太，那一刻您身上真是闪闪发光呢！

这话我当您的面是不会说的。我知道，您不喜欢听这种话，但我现在可以说了。

记得那天，您还问我："要是碰到大人物，你敢说话吗？"没等我说，您又进一步说道："说话谁都敢，看你说什么。要说别人不敢说又非说不可的话。冯骥才——你拿的工资可是人民给的，不是领导给的。领导的工资也是人民给的。拿了人民的钱就得为人民说话，不要怕！"

说完您还着意地看了我一眼。

老太太，您这一眼可好厉害。您似乎要把这几句话注入我的骨头里。但您知道吗？这也正是我总愿意到您那里去的真正缘故。

我喜欢您此时的样子，很气概，很威风，也很清晰。您吐字和您写字一样，一笔一画，从不含混。您一生都明达透彻，思想在脑海里如一颗颗美丽的石子沉在清亮见底的水中。您享受着清晰，从来不委身于糊涂。

再说那天，老太太，您怎么那么高兴。您把我妻子叫到跟前，您亲亲她，还叫我也亲亲她。大家全笑了。您把天堂的画面搬到大家眼前，融融的爱意使每一个人的心情都充满美好。于是在场朋友们说，冯骥才总说给冰心磕头拜寿，却没见过真的磕过头。您笑嘻嘻地说我："他是个口头革命派！"

我听罢，立即趴在地上给您磕了三个头。您坐在轮椅上无法阻拦我，但我听见您的声音："你怎么说来就来。"等我起身，见您被逗得正在止不住地笑，同时还第一次看到您挺不好意思的表情。我可不愿意叫您发奖。我说："照老规矩，晚辈磕头，得给红包。"

您想了想，边拉开抽屉，边说："我还真的有件奖品给你。今年过生日时，有人给我印了一种寿卡，凡是朋友来拜寿，我就送一张给他作纪念。我还剩点儿，奖给你一张吧！"

粉红色的卡片精美雅致，名片大小，上边印着金色的寿字，还有您的名字与生日。卡片的背面是您手书自己的那句座右铭："有了爱便有了一切。"

您说，这寿卡是编号的，限数一百。您还说，这是他们为了叫您长命百岁。

我接过寿卡一看，编号77，顺口说："看来我既活不到您这分量，也活不到您这岁数了。"

您说："胡说。你又高又大，比我分量大多了。再说你怎么知道自己不长寿？"

我说："编号100是百岁，我这是77号，这说明我活七十七岁。"

您嗔怪地说："更胡说了。拿来——"您要过我手中的寿卡，好像想也没想，拿起桌上的圆珠笔在编号每个7字横笔的下边，勾了半个小圈儿，马上变成99号了！您又写上一句"骥才万寿，冰心，1992.12.20"。

大家看了大笑，同时无不惊奇。您的智慧、幽默、机敏，令人折服。您的朋友们都常常为此惊叹不已！尽管您坐在轮椅上，您的思维之神速却敢和这世界上任何人赛跑。但对于我，从中更深的感动则来自一种既是长者又是挚友的爱意。可使我一直不解的是，您历经那么多时代的不幸，对人间的诡诈与丑恶的体验较我深切得多，然而，您为何从不厌世，不避世，不警惕世人，却对人们依然始终紧拥不弃，痴信您那句常常会使自己陷入被动的无限美好的格言"有了爱便有了一切"？这到底是为了一种信念，还是一种天性使然？

我想到一件更远的事。

那时吴文藻先生还在世。那天是您和吴先生金婚的纪念日。我和楚庄、邓伟志等几位文友去看您。您那天新裤新褂，容光焕发；您总是这么神采奕奕，叫人家无论碰到怎样的打击也无法再垂头丧气。

那天聊天时，没等我们问您就自动讲起当年结婚时的情景。您说，您和吴文藻度蜜月，是相约在北京西山的一个古庙里。

您当时的神气真像回到了五十年前——

您说，那天您在燕京大学讲完课，换一件干净的蓝旗袍，把随身用品包一个方方正正的小布包，往胳肢窝里一夹就去了。到了西山，吴文藻还没来——说到这儿，您还笑一笑说："他就这么糊涂！"

您等待时间长了，口渴了，便在不远的农户那儿买了几根黄瓜，跑到井边洗了洗，坐在庙门口高高的门槛上吃黄瓜，一时引得几个农家的女人来到庙前瞧新媳妇。这样直等到您的新郎吴文藻姗姗而来。

您结婚的那间房子是庙里后院的一间破屋，门关不上，晚上屋里经常跑大耗子，桌子有一条腿残了，晃晃荡荡。"这就是我们结婚的情景。"说到这儿，您大笑，很快活，弄不清您是自嘲，还是为自己当年的清贫又洒脱而洋洋自得。这时您话锋一转，忽问我："冯骥才，你怎么结的婚？"

我说："我还不如您哪。我是'文革'高潮时结的婚！"

您听了一怔，便说："那你说说。"

我说那时我和未婚妻两家都被抄了，结婚没房子，街道赤卫队队长人还算不错，给我们一间几平米的小屋。结婚那天，我和我爱人的全家去了一个小饭馆吃饭。我父亲关在牛棚，母亲的头发被红卫兵铰了，没能去。我把劫后仅有的几件衣服叠了叠，放在自行车后架上，但在路上颠掉了，结婚时两手空空。由于我们都是被抄户，更不敢说"庆祝"之类的话，大家压低嗓子说："祝贺你们！"然后不出声地碰一下杯子。

饭后我们就去那间小屋。屋里空荡荡，四个房角，看得见三个。床是用砖块和木板搭的。要命的是，我这间小屋在二楼，楼下是一个红卫兵"总部"。他们得知楼上有两个狗崽子结婚，虽然没上来搜查盘问，却不断跑到院里往楼上吹喇叭，还一个劲儿打手电，电光就在我们天花板上扫来扫去。我们便和衣而卧。我爱人吓得靠在我胸前哆嗦了一个晚上。"这就是我们的新婚之夜！"我说。

我讲述这件事时，您听得认真又紧张。我想完事您一定会说出几句同情的话来。可是您却微笑又严肃地对我说："冯骥才，你可别抱怨生活，你们这样的结婚才能永远记得，大鱼大肉的结婚都是大同小异，过后是什么也记不住的。"

您的话使我大为意外。

一下子，您把我的目光从一片荆棘的困扰中引向一片大海。

哎哎，您没有把我送给您那幅关于海的画带走吧？

那幅画我可是特意为您画得那么小，您的房间太窄，没有挂大画的墙壁。但是您告诉我："只要是海，都是无边的大。"

我把您那本译作《先知》的封面都翻掉了。因此我熟悉您这种诗样的语言所裹藏的深邃的寓意。我送给您一幅画，您送给我这一句话。

我在那幅蓝色的画里，给您画了许多阳光；您在这个短句中，给了我无尽的放达的视野。

在与您的交往中，我懂得了什么是"大"。大，不是目空一切，不是做宏观状，不是超然世外，或从权力的高度俯视天下。人间的事物只要富于海的境界都可以既博大又亲近，既辽阔又丰盈。那便是大智，大勇，大仁，大义，大爱，与正大光明。

德彪西的《大海》全是画面。

被狂风掀起的水雾与低垂的阴云融成一片；雪色的排天大浪迸溅出的全是它晶莹透明的水珠。一束夕照射入它蓝幽幽的深处，加倍反映出夺目的光芒。瞬息间，整个世界全是细密的迷人的柔情的微波。大海中从无云影，只有阳光。这因为，它不曾有过瞬息的静止；它永远跃动不已的是那浩瀚又坦荡的生命。

这也正是您的海。我心里的您！

我忽然觉得，我更了解您。

我开始奇怪自己，您在世时，我不是对您已经十分熟悉与理解了吗？但为什么，您去了，反倒对您忽有所悟，从而对您认识更深，感受也更深呢？无论是您的思想、气质、爱，甚至形象，还有您的意义。这真是个神奇的感觉！于是，我不再觉得失去了您，而是更广阔又真切地拥有了您；我不再觉得您愈走愈远，却感到您从来没有像此刻这样的贴近。远离了大海，大海反而进入我的心中。我不曾这样为别人送行过。我实实在在是在享受着一种境界，并不知不觉在我心里响起少年时代记忆得刻骨铭心的普希金那首长诗《致大海》的结尾：

再见吧，大海！我永远不会忘记
你庄严的容光，
我将久久地久久地听着
你黄昏时分的轰响；
我的心将充满了你，
我将把你的山岩，你的海湾，

你的光和影，你浪花的喋喋，

带到森林，带到寂寞的荒原。

1999 年 3 月 19 日深夜　天津

进天堂的吴冠中

吴冠中先生去了，我猜他去得一定心事苍茫。我这么说，来自我对他的感受。

自上世纪八十年代我就深爱吴冠中先生的画，那时他画风正健，致力于将一股全新的艺术精神同时推入油画和水墨画两个领域。他属于那种在封闭的房间忽然打开一扇窗子的艺术家。然而，我已经弃画从文，从文坛注目画坛，先生一直是我的关注点。

初识先生是在一年一度的政协会上。政协各小组的成员每届都有调换。九十年代初我被调整到书画家较多的一组。那组有黄胄、朱乃正、董寿平、吴祖光、丁聪等。吴冠中先生是我很想接触的一位，然而头一眼看到的先生却是"一脑门官司"。那时他正陷入喧闹一时的"《炮打司令部》假画案"中，造假者为牟取暴利，顶着他的名义，硬把他编造成这幅历史谬误之作的作者，一时惹得众说纷纭。这桩荒唐又丑陋的事对他伤害很重，既亵渎了他心中的艺术，又伤及了他的人品。他显得焦灼、彷徨、愤懑和痛苦，表情紧张，花白的头发缭乱地竖着，逢人便解释个中的黑白。一个爱惜艺术和自己品格的人应当受人尊重。我便出面邀请一些画家与媒体记者，在政协会议休息的时候，开个小会，大家发言，为他分辨曲直，抱打不平。先生在这场官司中被折磨了长长的两年时间。在官司获胜而了结的时候，他写了那篇著名的文章《黄金万两付官司》，感动了我。他所说的黄金不是金钱，而是一个艺术家最宝贵的时间。他为什么执意与这强势的商业骗局抗争？我写了一文《为艺术的圣洁而战》，呼应了他。我说："这官司原是一场为艺术的圣洁与崇高的圣战。他打官司和毁画——他常常把自己不满意的作品毁掉，都为一个目的，即艺术的圣洁。这之中，容不得一点低劣，更容不得半点虚假。真善美，就是艺术家调色板上精神的三元素。艺术就靠着它绚丽迷人。"我在文章末尾还说："谁也别再打扰这样一位艺术家了！"

吴冠中先生给我的印象是善良、单纯、自我、孤独。他处世低调，不善交际，生活上喜欢享"下等福"，推头习惯去找道边的理发摊。一眼看上去，就像房前屋后的老街坊。一次在北京的书市上为读者签名，他提着一个小塑料兜，里边放一瓶矿泉水，那天奇热，他便自带着饮水。他很少在热闹场合露面，所以没人认识他。待他挤进人群，在自己的座位中坐下来，人们一看桌签才知道这貌不惊人的小老头就是当代的绘画大师吴冠中。

他很少出头露面，偶尔出现在会场上，却很少发言讲话；他不善言谈，对绘画之外的任何话题兴趣都不大，谈起画却总是兴致勃勃。他曾对我讲述他一次油画写生归来，挤在长途公共汽车上，由于怕人挤蹭他的画，便把拎着画的胳膊伸出车窗，几小时过后，到了家，那条胳膊似乎不存在了，画却完好无损。

这段事他对我说过两次，可见画是他的生命。他家中那个画室，是我见过的最小的一间画室，只有六七平米。他个子小，铺着毛毡的画案只有两尺高，更像一张单人床铺。桌上墙上沾满色点与墨渍。他那些惊世之作就是从这张再普通不过的画案上画出来的吗？就像最美的花最甜的果都是从泥土里长出来的。他告我别硬叫孩子学艺术，因为艺术是没有遗传的。我笑道："艺术家是天上掉下的林妹妹。"吴冠中就是从天上掉下来的。他脑袋里整天想的全是画，还有不停地冒出来的种种视觉的灵感——这话不是他说的，是他的画告诉我的。

他说我看过你的画册，你画画是不是不重复？我说从来不重复，并说我的不重复多半来自于文学，因为文学就是不重复的，也不能重复。作家怎么可能把写过的文章再写一遍，那不成抄稿子了吗？先生说，画重复的画我没有感觉，也没激情。这一点上，我受西方绘画的影响，西方绘画是不重复的，这可能与西方的文化"求异"有关。他这话给了我解读他的一把钥匙。

吴冠中一生的绘画都在不停顿地求异。老实说，我更喜欢他上世纪八九十年代的作品。在那一代学贯中西的艺术家中，中西融合是一个自动承担的艺术使命与文化使命，故而他提出"油画中国化"和"国画现代化"，并在这两个领域中建功立业。他在油画中注入了中国文人空灵的诗境，他的色彩也极具中国文人的气质，这一点很难；在水墨画中，他将复杂的物象解构，经过符号性的提炼，再艺术地重构起来——这就使传统水墨进入从来没有的境界。

吴冠中完全可以在这样的艺术成就中享受终生，他却偏偏还要改变自己。但要变就有风险，可能不被人接受。记得一次去方庄看望先生，他兴致勃勃地叫我看他的两幅新作——就是那种用油画形式来画的古画经典。一幅是韩滉《五牛图》，一幅是顾闳中《韩熙载夜宴图》。他说他要画许多这样的作品，并一口气说出一长串古典名画的画名。他要开创自己一个怎样的新时代？他问我对他这种画怎么看，

307

我说我喜欢您挂在厅里的那幅彩墨。我回避回答，是因为我不喜欢他这种尝试。

还有一次——这大概是我最后见到他的一次，他叫我去沙滩中国美术馆外的一家画店看他的"书法"，我去看了。显然这并非真正的书法，而是被他作为一种新的另类的"试验绘画"，我却毫无感觉。我想晚年的吴冠中是不是感到自己的时间不多了，却更加渴望从已有的形态中蜕变出来，他显得很急切。他这种急切表现在缭乱无序的线条，波洛克式的铺天盖地的色点，东一榔头西一斧子互不关联的艺术思考；他过多地着力于表面视像的变异与张扬，而非源自心灵与深思，可是愈表象愈难走得太远。

然而，吴冠中毕竟才华与禀赋都非同凡人。在那些不成熟甚至不成功的试验性的作品中，依然不断涌现出一件件惊世骇俗的精品，显示他过人的创造力。更令人称奇的是，吴冠中这样全然自我的画作，在绘画市场上却始终被充分地认可。他的画价可谓"天价"，但他从不担心由于自己过分大胆地去试验，而失去原有的面貌与风格，并祸及"天价"，因为他眼中只有艺术，没有比艺术更高的东西。他不顺从市场，可媚俗的市场却偏偏顺从了他。这样的例子在当世不多。照理说，在市场经济社会中，作品的价格与其艺术价值往往是不同步的。但有几个人敢面对心灵而背对市场？

自从认识先生，正赶上那桩假画案，却因之得见艺术在他心中的位置。艺术在艺术家心中若不神圣，艺术家便很难走进艺术的天堂。先生为此一生，并建立了自己惟其独有、境界至高的艺术天地和审美世界，应说他已站在艺术的天堂里了。

吴冠中走了。我相信他是带着许多未完的艺术理想和遗憾走的，带着许多愤世嫉俗的心绪走的。晚年他对艺术环境以及相关的机制说过一些直了了批评的话，不管这些尖锐的话在当时怎样说是道非，现在都静静地留给我们了，等待我们来思考，看我们有没有勇气回答。以我对他的感受，他上路之时，一定对自己对社会心怀重重缺憾。任何真正的有良心的艺术家不会是带着一堆亮晃晃的奖杯走的，总是把苍茫心事，一半带走，一半留在世上。

至于他的作品是否还是"天价"，我想，这与他生前无关，与他身后更无关。留下来的是他孜孜探求了一生的艺术。画价是写不进艺术史的，也放不进艺术天堂。放在那里的，还是深刻地记忆在人们心中的作品，以及他那小小又柔和的眼窝里执着、探索、倾注全心的目光。

2010 年 6 月 28 日

记韦君宜

我不知道为什么，对一个人深入的回忆，非要到他逝去之后。难道回忆是被痛苦带来的吗？

1977 年春天我认识了韦君宜。我真幸运，那时我刚刚把一只脚怯生生踏在文学之路上。我对自己毫无把握。我想，如果我没有遇到韦君宜，我以后的文学可能完全是另一个样子。我认识她几乎是一种命运。

但是这之前的十年"文革"把我和她的历史全然隔开。我第一次见到她时，并不清楚她是谁，这便使我相当尴尬。

当时，李定兴和我把我们的长篇处女作《义和拳》的书稿寄到人民文学出版社。尽管我脑袋里有许多天真的幻想，但书稿一寄走便觉得希望落空。这因为人民文学出版社是公认的国家文学出版社，面对这块牌子谁会有太多的奢望？可是没过多久，小说北组（当时出版社负责长江以北的作者书稿的编辑室）的组长李景峰便表示对这部书稿的热情与主动，这一下使我和定兴差点成了一对范进。跟着出版社就把书稿打印成厚厚的上下两册征求意见本，分别在京津两地召开征求意见的座谈会。那时的座谈常常是在作品出版之前，绝不是当下流行的一种炒作或造声势，而是为了尽量提高作品的出版质量。于是，李景峰来到天津，还带来一个身材很矮的女同志，他说她是"社领导"。当李景峰对我说出她的姓名时，那神气似乎等待我的一番惊喜，但我却只是陌生又迟疑地朝她点头，我当时脸上的笑容肯定也很窘。后来我才知道她在文坛上的名气，并恨自己的无知。

　　座谈会上我有些紧张，倒不是因为她是"社领导"，而是她几乎一言不发。我不知该怎么跟她说话。会后，我请他们去吃饭——这顿饭的"规格"在今天看来简直难以想象！1976年的大地震毁掉我的家，我全家躲到朋友家的一间小屋里避难。在我的眼里，劝业场后门那家卖锅巴菜的街头小铺就是名店了。这家店一向屋小人多，很难争到一个凳子。我请韦君宜和李景峰占一个稍松快的角落，守住小半张空桌子，然后去买牌，排队，自取饭食。这饭食无非是带汤的锅巴、热烧饼和酱牛肉。待我把这些东西端回来时，却见一位中年妇女正朝着韦君宜大喊大叫。原来韦君宜没留意坐在她占有的一张凳子上。这中年妇女很凶，叫喊时龇着长牙，青筋在太阳穴上直跳，韦君宜躲在一边不言不语，可她还是盛怒不息。韦君宜也不解释，睁着圆圆一双小眼睛瞧着她，样子有点窝囊。有个汉子朝这不依不饶的女人说："你的凳子干吗不拿着，放在那里谁不坐？"这店的规矩是只要把凳子弄到手，排队取饭时便用手提着凳子或顶在脑袋上。多亏这汉子的几句话，一碗水似的把这女人的火气压住。我赶紧张罗着换个地方，依然没有凳子坐，站着把东西吃完，他们就要回北京了。这时韦君宜对我说了一句话："还叫你花了钱。"这话虽短，甚至有点吞吞吐吐，却含着一种很恳切的谢意。她分明是那种羞于表达、不善言谈的人吧！

这就使我更加尴尬和不安。多少天里一直埋怨自己，为什么把他们领到这种拥挤的小店铺吃东西。使我最不忍的是她远远跑来，站着吃一顿饭，无端端受了那女人的训斥和恶气，还反过来对我诚恳地道谢。

不久我被人民文学出版社借去修改这部书稿。住在北京朝内大街166号那幢灰色而陈旧的办公大楼的顶层。凶厉的"文革"刚刚撤离，文化单位依然存着肃寂的气息，揭批查的大字报挂满走廊。人一走过，大字报哗哗作响。那时"伤痕文学"尚未出现，作家们仍未解放，只是那些拿着这枷锁钥匙的家伙们不知跑到哪里去了。出版社从全国各地借调来改稿的业余作者，每四个人挤在一间小屋，各自拥抱着一张办公桌，抽烟、喝水、写作；并把自己独有的烟味和身体气息浓浓地混在这小小空间里，有时从外边走进来，气味真有点噎人。我每改过一个章节便交到李景峰那里，他处理过再交到韦君宜处。韦君宜是我的终审，我却很少见到她，大都是经由李景峰间接听到韦君宜的意见。李景峰是个高个子、朴实的东北人，编辑功力很深，不善于开会发言，但爱聊天，话说到高兴时喜欢把裤腿往上一捋，手拍着白白的腿，笑嘻嘻地对我说："老太太（人们对韦君宜背后的称呼）又夸你了，说你有灵气，贼聪明。"李景峰总是死死守护在他的作者一边，同忧同喜，这样的编辑已经不多见了。我完全感觉得到，只要他在韦君宜那里听到什么好话，便恨不得马上跑来告诉我。他每次说完准又要加上一句："别翘尾巴呀，你这家伙！"我呢，就这样接受和感受着这位责编美好又执着的情感。然而，我每逢见到韦君宜，她却最多朝我点点头，与我擦肩而过，好像她并没有看过我的书稿。她走路时总是很快，嘴巴总是自言自语那样嗫嚅着，即使迎面是熟人也很少打招呼。可是一次，她忽然把我叫去。她坐在那堆满书籍和稿件的书桌前——她天天肯定是从这些书稿中"挖"出一块桌面来工作的。这次她一反常态，滔滔不绝；她与我谈起对聂士成和马玉昆的看法，再谈我们这部小说人物的结局，人物的相互关系，史料的应用与虚构，还有我的一些语病。她令我惊讶不已，原来她对我们这部五十五万字的书稿每个细节都看得入木三分。然后，她从满桌书稿中间的盆地似的空间里仰起脸来对我说："除去那些语病必改，其余凡是你认为对的，都可以不改。"这时我第一次看见了她的笑容，一种温和的、满意的、欣赏的笑容。

这是我永远不会忘记的一个笑容。随后，她把书桌上一个白瓷笔筒底儿朝天地翻过来，笔筒里的东西哗地全翻在桌上。有铅笔头、圆珠笔芯、图钉、曲别针、牙签、发卡、眼药水等，她从这乱七八糟的东西间找到一个铁夹子——她大概从来都是这样找东西。她把几页附加的纸夹在书稿上，叫我把书稿抱回去看。我回到五楼一看便惊呆了。这书稿上密密麻麻竟然写满她修改的字迹，有的地方用蓝色圆珠笔改过，再用红色圆珠笔改，然后用黑圆珠笔又改一遍。想想，谁能为你的稿子付出这样的心血？

我那时工资很低，还要分出一部分钱放在家里。每天抽一包劣质而辣嘴的"战斗"牌烟卷，近两角钱，剩下的钱只能在出版社食堂里买那种五分钱一碗的炒菠菜。往往这种日子的一些细节刀刻一般记在心里。比如那位已故的、曾与我同住一室的新疆作家沈凯，一天晚上他举着一个剥好的煮鸡蛋给我送来，上边还撒了一点盐，为了使我有劲熬夜。再比如朱春雨一次去"赴宴"，没忘了给我带回一块猪排骨，他用稿纸画了一个方碟子，下面写上"冯骥才的晚餐"，把猪排骨放在上边。至今我仍然保存着这张纸，上面还留着那块猪排骨的油渍。有一天，李景峰跑来对我说："从今天起出版社给你一个月十五块钱的饭费补助。"每天五角钱！怎么会有这样天大的好事？李景峰笑道："这是老太太特批的，怕饿垮了你这大个子！"当时说的一句笑话，今天想起来，我却认真地认为，我那时没被那几十万字累垮，肯定就有韦君宜的帮助与爱护了。

我不止一次听到出版社的编辑们说，韦君宜在全社大会上说我是个"人才"，要"重视和支持"。然而，我遇到她，她却依然若无其事，对我点点头，嘴里自言自语似的嗫嚅着，匆匆擦肩而过。可是我似乎已经习惯了这种没有交流的接触方式。她不和我说话，但我知道我在她心里的位置；她是不是也知道，我虽然没有任何表示，在我心里她却有个很神圣的位置？

在我的第二部长篇小说《神灯前传》出版时，我去找她，请她为我写一篇序。我做好被回绝的准备。谁知她一听，眼睛明显地一亮，点头应了，嘴巴又嚅动几下，不知说些什么。我请她写序完全是为了一种纪念，纪念她在我文字中所付出的母亲般的心血，还有那极其特别的从不交流却实实在在的情感。我想，我的书打开时，首先应该是她的名字。于是《神灯前传》这本书出版后，第一页便是韦君宜写的序言《祝红灯》。在这篇序中依然是她惯常的对我的方式，朴素得近于平淡，没有着意的褒奖与过分的赞誉，更没有现在流行的广告式的语言，最多只是"可见用功很勤"，"表现作者运用史料的能力和历史的观点都前进了"，还有文尾处那句"我祝愿他多方面的才能都能得到发挥"。可是语言有时却奇特无比，别看这几句寻常话语，现在只要再读，必定叫我一下子找回昨日那种默默又深深的感动……

韦君宜并不仅仅是伸出手把我拉上文学之路。此后"伤痕文学"崛起时，我那部中篇小说《铺花的歧路》的书稿在人民文学出版社内部引起争议。当时"文革"尚未在政治上全面否定，我这部彻底揭示

"文革"的书稿便很难通过。七八年冬天在和平宾馆召开的"中篇小说座谈会"上，韦君宜有意安排我在茅盾先生在场时讲述这部小说，赢得了茅公的支持。于是，阻碍被扫除，我便被推入了"伤痕文学"激荡的洪流中……

此后许多年里，我与她很少见面。以前没有私人交往，后来也没有。但每当想起那段写作生涯，那种美好的感觉依然如初。我与她的联系方式却只是新年时寄一张贺卡，每有新书便寄一册，看上去更像学生对老师的一种含着谢意的汇报。她也不回信，我只是能够一本本收到她所有的新作。然而我非但不会觉得这种交流过于疏淡，反而很喜欢这种绵长与含蓄的方式——一切尽在不言之中。人间的情感无须营造，存在的方式各不相同。灼热的激发未必能够持久，疏淡的方式往往使醇厚的内涵更加意味无穷。

大前年秋天，王蒙打来电话说，京都文坛的一些朋友想聚会一下为老太太祝寿。但韦君宜本人因病住院，不能来了。王蒙说他知道韦君宜曾经厚待我，便通知我。王蒙也是个怀旧的人。我好像受到某种触动，忽然激动起来，在电话里大声说是呀、是呀，一口气说出许多往事。王蒙则用他惯常的玩笑话认真地说："你是不是写几句话传过来，表个态，我替你宣读。"我便立即写了一些话用传真传给王蒙。于是我第一次直露地把我对她的感情写出来，我满以为老太太总该明白我这份情意了。但事后我知道老太太由于几次脑血管病发作，头脑已经不十分清楚了。瞧瞧，等到我想对她直接表达的时候，事情又起了变化，依然是无法沟通！但转念又想，人生的事，说明白也好，不说明白也好，只要真真切切地在心里就好。

尽管老太太走了，这些情景却仍然——并永远地真真切切保存在我心里。人的一生中，能如此珍藏在心里的故人故事能有多少？于是我忽然发现，回忆不是痛苦的，而是寂寥人间一种暖意的安慰。

1998 年 4 月 7 日

风景里的山峰

——悼李景峰

也许很多人不知道李景峰这个名字，是的，他只是一位普普通通的编辑。但他在我心里却沉甸甸的，很有分量。

差不多三十年前，当我和我的合作者李定兴先生把长篇小说《义和拳》的手稿寄到人民文学出版社后，心中忐忑不安。那时我们都三十岁出头，甭说长篇，短篇也没写过，稿子在手里还有点自信，一寄出心里就没底了。忽然一天胡同口电话亭的大娘喊我接长途电话，只听电话里自报家门地说："我是人民文学出版社的编辑李景峰，风景的景，山峰的峰。你们的稿子我们看过了。过两天我陪我们社的总编辑韦君宜去天津找你们谈谈。等我们吧！"

他的名字我马上记住了：风景里的山峰。他的声音清晰又明亮，似乎还有点东北口音，哪里知道这竟然是陌生的文坛对我发出的第一声召唤。

刚刚把脚伸入文学的我是怯生生的。我是被出版社留在北京朝内大街 166 号四楼上长达一年的修改作品期间，才懂得种种改稿的符号的。在那个没有电脑和复印机的时代，连怎样用剪刀和糨糊来剪接文稿，都是李景峰教给我的。他是我的第一个责编。

　　然而，那时代的责编与作者是一种极特殊的关系。他要一遍遍地与我讨论小说的人物、写法、细节，乃至某一个具体的用词。如果他不满意，便撇着嘴说我"偷懒"，如果他满意——特别是分外高兴时，一定会说："你这家伙还真有悟性！"我能从这话声里听得出他很欣赏我，但仅此而已，他从来没太明显地赞扬过我。说老实话，我上学时并不太认真，错别字常常会从笔尖冒出来，只要露出一个，准叫景峰抓住。他毕业于吉林大学，语文功底好，三十多岁就担任国家文学出版社小说组的副组长了。他发现错别字的能耐像高明的警察在车站的人群里发现小偷那样，伸手一抓一个。我至今收藏着他送给我的那本《现代汉语词典》。那本词典是1973年出版的，早叫我翻烂甚至缺页了。景峰用这本词典纠正了我不少错别字。

　　记得他那时挺年轻，比我大三四岁。常常在一起说笑，其实他更多时间是笑嘻嘻地听任我海阔天空，他本人不善言谈，但对人却很用心。我那时家境不好，地震时受难很重，正寄居在友人家。住在出版社改稿时大多时候只能买价钱便宜的素炒白菜或菠菜。他隔些时候就会在下班时，叫我去他家包饺子，我知道他是想给我开开荤。那时候，吃饺子是生活中的一个小小的奢侈。他住在红星胡同出版社的职工宿舍，一排排平房，门儿临院，里外两小间，从院里一步迈进屋，再一步就进了里屋。记得他每次拌馅倒香油时，最后都要再倒上一点香油，然后用食指一抹瓶口的残油，抹在自己嘴唇上，吧唧两下嘴，笑嘻嘻地说这么一句："真香，馋馋大冯这个馋猫。"那种温馨之情叫我至今还能感到。后来，总编辑韦君宜特意批给我每月十五元的伙食补助，也全是他悄悄努力的结果。

　　然而，他从不向我"表功"。其实真正被人记住的都不是自己表白出来的。在我们的处女作刚刚印出来时，他手拿着那上下两本散着油墨香味的新书跑到四楼上送给我，嘴里说道："真不舍得给你呀。"他说的是笑话，我却觉得这本书确确实实也是他的。他为这部书付出多少心血，但书上并没有他的名字呀。

那时，我有点歉疚，有点窘。人家和你一起推动一辆车，等车启程了，你乘车走了，人家却在原地站着。

记得一次，他父亲重病，要赶夜车回东北，我送他去车站，车子误点误了很久，待他坐上了车，我再回到出版社时已经午夜三点。出版社锁了门。我坐在门口矮墙上一直等到天亮。后来景峰知道此事，问我那天夜里在大街上是怎么度过的。我怕他自责，便笑道，我第一次知道一个大城市是如何从夜里一点点醒来的。我绘声绘色地讲下夜班的人怎么走路和骑车，上早班的人怎么在清凉的空气里咳嗽，最早的炸油饼的味道如何"有个尖儿"直往鼻孔里钻，以及第一辆无轨车的声音……他听着笑了。可是过了两年一次聊天聊到赶夜车时，他却忽然说："我叫大冯在大街上冻了一夜。"这才知道，他一直还在为那件他"毫无责任"的事暗暗自责。

他不仅是《义和拳》的责编，还是我独立完成的另一部长篇小说《神灯》、第一部中篇小说《铺花的歧路》和第一篇短篇小说《雕花烟斗》的责编。这些小说的背后全都有一个故事，这些故事我记得清清楚楚。他一直支持着我奔入"伤痕文学"的大潮。然后我们好像各自东西，我忙我的文学、绘画和文化保护，他依旧干着自己的老本行——结识一位又一位新作者、改稿、编书，直到把书出版。我只是偶尔与他通一个电话。

随着时间的推移，给他的电话少了，有时间隔的时间会长达数月或半年。一次，他接到我的电话忽然说："大作家居然还记得我！"这使我一阵慌张。我忙着解释和致歉，正当我感觉愈解释愈无力时，他却笑道："解释什么，你要不记着我还会来电话吗？"这使我深深感受到他对我挺在乎，在乎是一种情感上的需要，这需要牵着日渐遥远的那些有情有义的往事。那么为什么他从来不打电话给我呢？连他后来生病以至突然辞世而去都是别人告诉我的。

直到他去世后，他的爱妻刘蕴洁才对我说，他不愿意像那次——我跑到北京的协和医院去看他。他不叫妻子再把病情透露给我，怕我着急、分心、影响工作。但直到生命最后的一些日子，还叫妻子去书店看看有没有我的新书……

他把三十年前的那份友情一直坚持到最后。他这种方式缘自一种性格，一种情义，也是那个时代编辑对作者特有的一种爱惜之情。这种感情帮助过多少作家的成长，这种感情今后还会有吗？

不知为什么，当我想到这种情义与性格时，会自然地想到他最初用带着东北口音自我介绍时说的那句话：

"风景的景，山峰的峰。"

是啊，他是我人生风景中永远的一座山峰。

2007 年 3 月 23 日

在雅典的戴先生

——纪念戴爱莲

这两天太忙，各种没头绪的事扰在一起。可即便忙得不可开交时，也会觉得一个不舒服的东西堵在心头；稍有空闲便明白，是戴先生永别我们而去了。于是种种片断的往事就纷纷跑到眼前。

戴先生是大家对戴爱莲的尊称。戴先生对中国当代舞蹈的贡献世人皆知，因此二十年前初识她时，深深折下腰来，向她恭敬地鞠一个躬。戴先生的个子不高，见我这六尺大汉行此大礼，不禁哈哈大笑。其实个子再高的人，心中对她也一定是仰视的。

平日很少能见到戴先生，偶尔在会议上才能碰到她，谁料一次竟有十天的时间与她独处。那是 1996 年。我赴希腊参加 IOV（国际民间艺术组织）举办的"民间文化展望国际研讨会"。与会者来自世界各地，我被裹在许多金发碧眼和卷发黑肤中间，正巴望着出现一位同胞，有人竟在背后用中文叫我："冯骥才，是你吗？"我扭身一看，一位略矮而轻盈的老太太，通身黑衣，满头银发，肩上很随意地披一条暗红的披肩，高雅又自然。我马上认出是戴先生。让我认出她来的，不只是她清新的容貌和总那样弯弯的笑眼，更是一种独特的艺术家的气质。我不禁说："戴先生，您真的很美。"

她显得很高兴。她说她是 IOV 的执委，从伦敦过来参加会。她也希望碰到一个中国人，没想到这个人会是我。

我与她之间一直有一种亲切感。这可能由于她与我母亲同岁。再一个原因很特别，便是她的汉语远不如英语来得容易。她的发音像一个学汉语的老外，而且汉语的词汇量非常有限。然而，语言能力愈有限，表达起来就愈直率。我喜欢和她这样用不多的语汇，像两个小孩子那样说话，真率又开心。是不是因此使我感觉与她在一起很亲切？

她喜欢抽烟，顺手让给我一支。我已经戒烟很久，为了让她高兴，接过来便抽。我曾经是抽烟的老手，姿势老到，使她完全看不出我戒烟的历史。烟可以助兴，笑声便在烟里跳动。在雅典那个漫长的会议中，她时不时从座位上站起来，在离开会场时朝我歪一下头，我神会其意，起身出来，与她坐在走廊的沙发上一人一支烟，胜似活神仙。

此后在戴先生从艺八十周年纪念会上，我致辞时提起这事，并对她开玩笑说："戴先生差点把我的烟瘾重新勾起来。"

戴先生听了竟然张大眼，吃惊地说："我犯罪了，真的犯罪了。"她说得愈认真，我们笑得愈厉害。

在雅典，我可真正领略到这位大师的舞蹈天才。那天，主人邀请我们去市郊一家歌舞厅玩。雅典这种歌舞厅没有灯红酒绿的商业色彩，全然是本地一种地道的传统生活。大厅中央用粗木头搭造一个巨型高台，粗犷又原始。上边有乐器，歌手，中间是舞池。下边摆满桌椅，坐满了人，多半是本地人，也有一些来感受雅典风情的游客。一些穿着土布坎肩的漂亮的服务员手托食品，不断地送上此地偏爱的烤肉、甜果、啤酒。这里吸烟自由，所以戴先生和我一直口吐云烟。在我们刚坐下的时候，台上只唱歌，歌手们唱得都很动情。这些通俗歌曲，混合了希腊人的民歌，听起来味道很独特很新鲜。

此时，我发现戴先生已经陷入在歌曲的感受里，她显得很痴迷。渐渐歌儿唱得愈来愈起劲，所选择的曲目也愈来愈热烈。台下的人受到感染，一男一女手拉手带头跑进舞池，在音乐的节奏里跳起希腊人的民间舞。这时的戴先生轻轻地晃肩摆腰，有一点手舞足蹈了。随后，一对对年轻人走进舞池，而且愈来愈多，很快就排成队，形成人圈，绕着舞池跳起来。他们的舞步很特别，尤其是行进中有节奏地停顿一下，奇妙、轻快又优美。戴先生对我说："这是四步半。"大厅里人声鼎沸，她的声音像喊。然后她问我："我们上去跳吗？"她的眼睛烁烁闪光，很兴奋。我是舞盲，如果我当众跳舞干脆就是献丑。我对她摇着头笑道："我怕踩着您的脚。"

戴先生也笑了，但她的艺术激情已经不能克制，居然自己走上去。她一进入那支队伍，立即踏上那种节拍，好像这美妙的节拍早就在她的双腿上。待到舞入高潮，她的腿抬得很高，情绪随之飞扬。别忘了，她那年八十岁！大概她的舞感动了台下一位希腊的男青年，这小伙子跳上去给戴先生伴舞。很多人为戴先生鼓掌，掌声随同舞曲的节拍，为这位心儿年轻的东方的艺术家鼓劲。与我们同来的 IOV 的秘书长法格尔手指戴先生对我说：

"她是最棒的。"

她那次也把一个笑话留给了我。

一天，戴先生要我陪她去挑选一件纪念品。在一家纪念品商店里，戴先生手指着一套小小的陶瓷盘问我："好看吗？"

我看了一怔。浓黑的底釉，赤红色古老的图案，画面是古希腊传说中的英雄们，然而全是一丝不挂的男性裸体。她不在乎这些裸体吗？是不是她在西方久了，观念上深受西方影响，对裸体毫不介意？但我还是反问她一句：

"您喜欢吗？"

她高兴地说："我喜欢。"

我说："好，那就买吧。"

她掏钱买下了。

谁想回国后的一天，她忽来电话问我："我买的是什么糟糕的东西！我眼睛不好，没戴眼镜，所以请你做军师，你怎么叫我买这样的东西，太难看了，我要把这些糟糕的东西都给你。"

我笑道："难道我失职了吗？记得我问您是不是喜欢，您可是说喜欢的。如果您不想要就送给我吧。"

她叫起来："快别说我喜欢，这么糟糕的东西我怎么能说喜欢，羞死我了，真的羞死我了。"

她天真得像一个女孩子那样。八十岁的老人也能有这样的童心？

不久，我收到这套瓷盘，还有一个信封，里边装着她半个世纪前在西南地区收集到的六首少数民族的舞曲。她说这些舞曲已经失传，交给我保存。她还说，她赞成我所做的抢救民间文化的事情。我明白，这位从中华大地上整理出《狮子舞》《红绸舞》《西藏舞》和《剑舞》的舞蹈大师，必定深知真正的舞蹈艺术的生命基因是在广大的田野里。

她是我的知己。她以此表示对我的支持。

由此忽然明白，她与我之间的一种忘年的情谊，原是来自于对艺术和文化纯粹的挚爱。我便怀着这种感受，打算在什么时候与戴先生再碰上，好好聊一聊。但人生给人的机缘常常吝啬得只有一次。也许惟有一次才珍贵，也许这一次已经把什么都告诉你了，就像在雅典碰上可敬又可爱的戴先生。

2006 年 2 月 16 日

草婴先生

三年前的春天里意外接到一个来自上海的电话。一个沙哑的嗓音带着激动时的震颤在话筒里响着："我刚读了你的《一百个人的十年》，叫我感动了好几天。"我问道："您是哪一位?"他说："我是草婴。"我颇为惊愕："是大翻译家草婴先生?"话筒里说："是草婴。"我情不自禁地说："我才感动您一两天，可我被您感动了几十年。"

我自诩为草婴先生的最忠实的读者之一。从《顿河故事》《一个人的遭遇》到《复活》，我读过不止两三遍，甚至能背诵那些名著里一些精彩的段落。对翻译家的崇拜是异样的。你无法分出他们与原作者，比如傅雷和巴尔扎克，汝龙和契诃夫，李丹和雨果，草婴和托尔斯泰，还有肖洛霍夫。他们好像是一个人。你会深信不疑他们的译笔就是原文，这些译本就是那些异国的大师用中文写的!记得二十世纪七十年代末我住在人民文学出版社写长篇小说时，刚刚开禁了世界名著，出版社打算出一本契诃夫的小说选，但不知出于何故，没有去找专门翻译契诃夫的翻译家汝龙，而是想另请他人重译。为了确保译本质量，便从契诃夫的小说中选了《套中人》和《一个小公务员之死》

两个短篇，分别交给几位俄文翻译家重译。这些译者皆是高手，谁知交稿后都不如汝龙那么传神，虽然译得像照片那样准确无误，但契诃夫本人好像从这些译文里跑走了。文学翻译就是这样——如果请汝龙来翻译肖洛霍夫或托尔斯泰，肯定很难达到草婴笔下的豪迈与深邃。甚至无法在稿纸上铺展出托尔斯泰像江河那样弯弯曲曲又流畅的长句子。然而契诃夫的精短、灵透与伤感，汝龙凭着标点就可以表达出来。究竟是什么可以使翻译家与原作者这样灵魂相通？是一种天性的契合吗？他们在外貌也会有某些相似吗？这使我特别想见一见草婴先生。

几个月后去南通考察蓝印花布，途经上海。李小林说要宴请我，我说烦你请草婴先生来一起坐坐吧。谁想见面一怔，草婴竟是如此一位瘦小的老人。年已八旬的他虽然很健朗，腰板挺直，看上去却是那种典型的骨骼轻巧的南方文人。和他握手时，感觉他的手很细小。他静静地坐在那里，动作很小，说话的口气十分随和，无论如何与托尔斯泰的浓重与恢宏以及肖洛霍夫的野性联系不到一起。

朋友间伴随美酒佳肴的话题总是漫无边际，但我还是抓空儿不断地把心中的问题提给草婴先生。

从断续的交谈里，我知道他的俄语是十几岁时从客居上海的俄国女侨民那里学到的。那时进步的思想源头在北边的苏联，许多年轻人学习俄语是为了直接去读俄文书，为了打开思想视野和寻找国家的出路。等到后来——可能是 1941 年吧，他为地下党和塔斯社合作的《时代》周刊翻译电讯与文稿，就自觉地把翻译作为一种思想武器了。当时许多大作家也兼做翻译，都是出于一个目的：把进步的思想引进中国。比如鲁迅、巴金、郭沫若、冰心等。我读过徐迟先生四十年代初在重庆出版的《托尔斯泰传》，书挺薄，纸张很黑，很糙。他在这本书的后记中说，当时正处于抗战时期，纸张奇缺，《托尔斯泰传》总共有五百页，无法全部出版，最多只能印其中的一百多页。他之所以把这部分译稿印出来，是为了向国人介绍一种"深刻的思想"。

这恐怕就是那一代翻译家的想法了。翻译对于他们是文学事业的一部分，也是一种重要的精神和思想的方式。

八十年代初，"文革"后文艺的复苏时期，出版部门曾想聘请草婴先生主持翻译出版工作，被他婉拒，他坚持做翻译家，立志要翻译托尔斯泰的全部作品。

"我们确实需要一套经典的托尔斯泰全集。"我说。

他接下来讲出的理由是我没想到的。他说："在十年'文革'的煎熬中，我深刻认识到缺乏人道主义的社会会变得多么可怕。没有经过人文主义时期的中国非常需要人道主义的启蒙和滋育。托尔斯泰作品的全部精髓就是人道主义！"是啊，巴金不是称托尔斯泰是"十九世纪世界的良心"吗？

他选择做翻译的出发点基于国人的需要，当然是一个有见地的知识分子眼中的国人的需要。

原来翻译家的工作不是"搬运"别人的作品，不仅仅是谋生手段或技术性很强的职业，它可以成为一种影响社会、开启灵魂、建设心灵的事业。近百年来，翻译家们不常常是中国思想史的主角吗？

在自己敬重的人身上发现新的值得敬重的东西，是一种收获，也是满足。我感到，我眼前这个瘦小的南方文人竟可以举起一个时代不能承受之重。在我和他道别握手时，他的手好似也变得坚实有力了。

我感谢他。他叫我看到翻译事业这座大山令人敬仰的高处。

2006 年夏日

怀念老陆

近些天常常想起老陆来。想起往日往事的那些难忘的片断，还有他那张始终是温和与宁静的脸，一如江南的水乡。

老陆是我对他的称呼。国文和王蒙则称他文夫。他们是一代人。世人分辈，文坛分代。世上一辈二十岁，文坛一代是十年。我视上一代文友有如兄长。老陆是我对他一种亲热的尊称。

我和老陆一南一北很少往来，偶然在京因会议而邂逅，大家聚餐一处，老陆身坐其中，话不多，但有了他便多一份亲切。他是那种人——多年不见也不会感到半点陌生和隔膜。他不声不响坐在那里，看着从维熙逞强好胜地教导我，或是张贤亮吹嘘他的西部影城如何举世无双，从不插话，只是面含微笑地旁听。我喜欢他这种无言的笑。温和、宽厚、理解，他对这些个性大相径庭的朋友们总是抱之以一种欣赏——甚至是享受。

这不能被简单地解释为"与世无争"。没有一个作家会在思想原则上做和事佬。凡是读过他的《围墙》乃至《美食家》的，都会感受到他的笔尖里的针芒。只不过他常常是绵里藏针。我想这既缘自他的天性，也来自他的小说观。他属于那种艺术性的作家，他把小说当作一种文本的和文字的艺术。高晓声和汪曾祺都是这样。他们非常讲究技巧，但不是技术的，而是艺术的和审美的。

一次我到无锡开会，就近去苏州拜访他。他陪我游拙政、网师诸园。一边在园中游赏，一边听他讲苏州的园林。他说，苏州园林的最高妙之处，不是玲珑剔透，极尽精美，而是曲曲折折，没有穷尽。每条曲径与回廊都不会走到头。有时你以为走到了头，但那里准有一扇小门或小窗。推开望去，又一番风景。说到此处，他目光一闪说："就像短篇小说，一层包着一层。"我接着说："还像吃桃子，吃去桃肉，里边有个核儿，敲开核儿，又一个又白又亮又香的桃仁。"老陆听了很高兴，禁不住说："大冯，你算懂小说的。"

此时，眼前出现一座水边的厅堂。那里四边怪石相拥，竹树环合，水光花影投射厅内，厅中央陈放着待客的桌椅，还有一口天青色素釉的瓷缸，缸里插着一些长长短短的书轴画卷。乃是每有友人来访，本园主人便邀客人在此欣赏书画。厅前悬挂一匾，写着"听松读画堂"。老陆问我，为什么写"读画"不写"看画"，画能读吗？我说，这大概与中国画讲究文学性有关。古人常说的"诗画相生"或"诗是无形画，画是有形诗"。这些诗意与文学性藏在画中，不能只用眼看，还要靠读才能理解到其中的意味。老陆说，其实园林也要读。苏州园林真正的奥妙是这里边有诗文，有文学。我听到的能对苏州园林做出如此彻悟只有两位：一是园林大师陈从周——他说苏州园林有书卷气；另一位便是老陆，他一字道出欣赏苏州园林乃至中国园林的要诀——读。

读，就是从文学从诗角度去体会园林内在的意蕴。

记得那天傍晚，老陆在得月楼设宴招待我。入席时我心中暗想，今儿要领略一下这位美食家的真本领究竟在哪里了。席间每一道菜都是精品，色香味俱佳，却看不出美食家有何超人的讲究。饭菜用罢，最后上来一道汤，看上去并非琼汁玉液，入口却是又清爽又鲜美，直喝得胃肠舒畅，口舌愉悦，顿时把这桌美席提升到一个至高境界。大家连连呼好。老陆微笑着说："一桌好餐关键是最后的汤。汤不好，把前边的菜味全遮了；汤好，余味无穷。"然后目光又是一闪，好似来了灵感，他瞅着我说："就像小说的结尾。"

我笑道："老陆，你的一切全和小说有关。"

于是我更明白老陆的小说缘何那般精致、透彻、含蓄和隽永。他不但善于从生活中获得写作的灵感，还长于从各种意味深长的事物里找到小说艺术的玄机。

然而生活中的老陆并不精明，甚至有点"迂"。我听到过一个关于他"迂"到极致的笑话。那是二十世纪八十年代中期，老陆当选中国作协副主席。据说苏州当地政府不知他这职务是什么"级别"，应该按什么"规格"对待。电话打到北京，回答很模糊，只说"相当于副省级"。这却惊动了地方，苏州还没有这么大的官儿，很快就分一座两层小楼给他，还配给他一辆小车。老陆第一次在新居接待外宾就出了笑话。那天，他用车亲自把外宾接到家来。但楼门口地界窄，车子靠边，只能由一边下人。老陆坐在外边，应当先下车。但老陆出于礼貌，让客人先下车，客人在里边出不来，老陆却执意谦让，最后这位国际友人只好说声"对不起"，然后伸着长腿跨过老陆跳下车。

后来见到老陆，我向他核实这则文坛逸闻的真伪。老陆摆摆手，什么也不说，只是笑。不知这摆手，是否定这个瞎诌的玩笑，还是羞于再提那次的傻实在。

说起这摆手，我永远会记着另一件事。那是 1991 年冬天，我在上海美术馆开画展。租了一辆卡车，运了满满一车画框由天津出发，车子走了一天，凌晨四时途经苏州时，司机打盹，一头扎进道边的水沟里，许多画框玻璃粉粉碎。当时我不知道这件事，身在苏州的陆文夫却听到消息。据说在他的关照下，用拖车把我的车拉出沟，并拉到苏州一家车厂修理，还把镜框的玻璃全部配齐。这便使我三天后在上海的画展得以顺利开幕，否则便误了大事。事后我打电话给老陆，几次都没找到他。不久在北京遇到他，当面谢他。他也是伸出那瘦瘦的手摆了摆，笑了笑，什么也没说。

他的义气，他的友情，他的真切，都在这摆摆手之间了。这一摆手，把人间的客套全都挥去，只留下一片真心真意。由此我深刻地感受到他的气质。这气质正像本文开头所说的一如江南水乡的宁静、平和、清淡与透彻，还有韵味。

作家比其他艺术家更具有生养自己的地域的气质。作家往往是那一块土地的精灵。比如老舍和北京，鲁迅和绍兴，巴尔扎克和巴黎。他们的心时时感受着那块土地的欢乐与痛苦。他们的生命与土地的生命渐渐地融为一体——从精神到形象。这便使我们一想起老陆，总会在眼前晃过苏州独有的景象。于是，老陆去世那些天，我提笔作画，不觉间一连画了三四幅水墨的江南水乡。妻子看了，说你这几幅江南水乡意境很特别，静得出奇，却很灵动，似乎有一种绵绵的情味。我听了一怔，再一想，我明白了，我怀念老陆了。

2005 年 8 月 8 日

大话美林

——《韩美林画集》序言

一

在当今画坛上，能够让我每一次见面都会感到吃惊的是——韩美林。

昨天刚被他一种全新的艺术语言所震撼，今天他竟然把他的画室变成一片前所未见的视觉天地。

一刻不停地改变自己，瞬间万变地创造自己。每一天都在和昨天告别，每一天都被他不可思议地翻新。然而，真正的才华好似在受神灵的驱使，不期而至，匪夷所思，不仅震动别人，也常常令自己惊讶。每每此时，他便会打电话来："快来我的画室，看看我最新的画，棒极了！"他盼望亲朋好友去一同共享。等到我站在他的画前，情不自禁说出心中崭新的感动时，他会说："你信不信，我还没开始呢！"

这是我最爱听到的美林的话。

此时，我感到一种无形而磅礴、不可遏制的创造力在他心中激荡。他像喷着浓烟的火山一样渴望爆发。这是艺术家多美好的自我感觉与神奇的时刻！

二

美林的空间有多大？这是一个谜。

二十多年来，我关注的目光紧随着他。一路下来，我已经眼花
缭乱，甚至找不到边际与方向。一会儿是一片粗粝又沉重的青铜世
界，一会儿是滑溜溜、溢彩流光的陶瓷天地；一会儿是十几米、几十
米、上百米山一般顶天立地的石雕，一会儿是轻盈得一口气就可吹起
的邮票；一会儿是大片恢宏、变幻万千的水墨，一会儿是牵人神经的
线条，或刚劲或粗野或跌宕或飞扬或飘逸或游丝一般的线条。一切物
象，一切样式，一切手段，一切材料，都能被他随心所欲地使用乃至
挥霍，他要的只是随心所欲。

在这心灵的驰骋中，艺术的空间无边无际。地球可以承载整个人
类，每个人的心灵却都可以容纳宇宙。尤其是艺术家的心灵。他们用
心灵想象，用心灵创造，更因为他们的心灵是自由的。

美林艺术的灵魂是绝对自由的。这正是他的艺术为什么如此无拘
无束与辽阔无涯的根由。

谁想叫他更夺目，谁就帮助他心处自由之中；谁想叫他黯淡下
去，谁就捆缚他约制他——但这不可能——他就像他笔下狂奔的马，
身上从来没有一根缰绳。

三

美林还是评论界的一个难题。

这个兴趣到处跳跃的任性的艺术家，使得评论家的目光很难瞄准他。他艺术中的成分过于丰富与宽广。如果评论对象的内含超过了自己熟知的范畴，怎样下笔才能将他"言中"？

在美林各种形式的作品中，可以找到中西艺术与文化史的极其斑驳的美的因子。艺术史各个重要的艺术成果，不是作为一种特定的审美样式被他采用，而是被他化为一种精灵，潜入他的艺术的血液里。就像我们身上的基因。

依我看，他的艺术是由三种基因编码合成的，一是远古，一是现代，一是中国民间。

在将中国民间的审美精神融入现代艺术时，美林不是以现代西方的审美视角去选择中国民间的审美样式，在那一类艺术里，中国的民间往往只剩下一些徒具特色却僵死的文化符号。在美林笔下，这些曾经光芒四射的民间文化的生命顺理成章地进入当代；它们花花绿绿，土得掉渣，喊着叫着，却像主角一样在现代艺术世界中活蹦乱跳。

同时，我们审视美林艺术中古代与现代的关系时，绝对找不到八大、石涛或者毕加索、达里的任何痕迹。然而中国大写意的精神以及现代感却鲜明夺目。美林拒绝已经精英化和个体化的任何审美语言，不克隆任何人。他只从中西文化的源头去寻找艺术的来由。

我一直以为，远古的艺术和乡土之美能够最自然地相互融合，是因为这些远古艺术，大地上开放的民间之花，都具有艺术本源的性质，原发的生命感，以及文明的初始性。而这些最朴素、最本色的文化生命，不正是当前靠机器和电脑说话的工业文化所渴望的吗？

因此说，美林的艺术既是现代的、人类性的，又是地道的华夏民族的灵魂。

四

美林的世界都是哪些角色？

只要一闭眼就能涌现出来——倔犟的牛、发疯的马、精灵般的麋鹿、嗷嗷叫的公鸡、老实巴交的羊以及叫人想把脸颊贴上去的无极温柔的小兔小猫。

其实它们并不是美林客观的"绘画对象"，而是画家一时心性的凭借。美林性格中那些与生俱来的执拗、坚忍与率真，心绪中那些倏忽而至的昂奋、快意与柔情，全都鲜活地表现在他笔下这些生灵的身上。我从来都是从这些生灵来观察他当时的生命状态。在我的学院大楼落成剪彩那天，美林送来一匹丈二尺的巨马，这马雄强硕大，轰隆隆奔跑着，好似一台安上四条腿的蒸汽机。我对美林说：凭这股子元气你能活过一百岁！

美林世界的一切都是他生命的化身。不知还有谁的艺术拥有如此纯粹的生命感。他时不时会顺手拿起身边一件亮晶晶、造型奇特的陶壶陶罐，对你说："看这小胖子，多神气！"或者："瞧它呼呼直喘气，可爱吧？"

这种生命感，还从形象到抽象，从画面上每一根线条到他神奇的天书。

这些来自于汉简、古陶、岩画、石刻、甲骨和钟鼎彝器的铭文中大量的未可考释的文字，之所以诱惑着他，不只是每一个文字后边神秘莫测的历史信息，而是至今犹然带着远古人用来传达所思所想时生命的活力与表情。美林之所以把它们重新书写出来，不是对这些罕见的古文字的一种审美上的好奇，更不是在视觉上故弄玄虚，而是想唤醒那些遥远而丰盈的生命符号和符号生命。

美林的世界的所有角色，其实都是他自己。任何杰出的艺术家都是极致的自我。为此，这个好动的画家的笔下的一切，都充满动感，很少静态；过分的情绪化，使得他喜欢瞬息间完成作品，阔笔泼墨自然是其拿手的本领。天性的豪气，令其书法字字如虎。他不刻意于琐细，没有心思在人际之间做文章，甚至不谙人情世故，所以千差万别的个性的人物，从来不进入他的世界。有人问他："你为什么不画人物？"

我在一边说："刻画人物是作家的事。"

五

美林的原创力是什么？

在美林艺术馆一面很长的墙壁上挂着一百多个小瓷碟。每个小碟中心有一幅绘画小品。虽然，画面各不相同，但画中的小鸟小兔小花，连同各种奇妙的图案都在唱歌。这是美林与建萍热恋时，他从电话中得知建萍由外地启程来看他——从那一刻起，他溢满爱意的心就开始唱歌。他边"唱"边。各种奇妙至极的画面就源源不绝地从笔端流泻出来。爱使人走火入魔，进入幻境；幻想美丽，幻境神奇。美林全然不能自制，直到建萍推门进来，画笔方歇。不到一天，他画了一百七十九幅小画。这些画被烧制在一般大小粗釉的瓷碟的碟心，活灵活现地为艺术家的爱作证。

尽管谁都愿意享受被爱，但爱比被爱幸福。爱的本质是主动的给予。这个本质与艺术的本质正好契合。因为，艺术不是获取，也是给予。爱便成了美林艺术激情勃发的原动力。美林的爱是广角的。他以爱、以热情和慷慨对待朋友，对待熟人，甚至对待一切人，以至看上去他有点挥金如土。这个爱多得过剩的汉子自然也常常吃到爱的苦果。不止一次我看到他为爱狂舞而稀里糊涂掉进陷阱后的垂头丧气，过后他却连疼痛的感觉都忘得一干二净，又张开双臂拥抱那些口头上挂着情义的人去了。然而正是这样——正是这种傻里傻气的爱和情义上的自我陶醉，使他的笔端不断开出新花。其实不管生活最终到底怎样，艺术家需要只是此时此刻内心的感动与神圣，哪怕这中间多半是他本人的理想主义。

哲学家在现实中寻求真理，艺术家在虚幻里创造神奇。

到底缘自一种天性还是心中装满爱意，使美林总是尽量让朋友快乐，给朋友快乐？他以朋友们的快乐为快乐。他的艺术也是快乐的，从不流泪，也不伤感，绝无晦涩。这个曾经许多次与死神擦肩而过的汉子，画面上从来没有多磨的命运留下的阴影，只有阳光。他把生活的苦汁大口吞下，在心中酿出蜜来，再热辣辣地送给站在他画前的每一个人。美林是我见过的最阳光的画家。

最大的事物都是没有阴影的。比如大海和天空。

然而爱是一定有回报的。因此他拥有天南地北那么多朋友，那么广泛的热爱他艺术的人。如今韩美林已经是当今中国画坛、当代中国文化的一个符号。这种符号由国际航班带上云天，也被福娃带到世界各地。更多的是他创造的千千万万、美妙而迷人的艺术形象，五彩缤纷地传播于人间。这个符号的内涵是什么呢？我想是：

自由的心灵，真率的爱，深厚的底蕴，无边而神奇的创造，而这一切全都融化在美林独有的美之中了。

2006 年 5 月

哀谢晋

我曾对一向生龙活虎的谢晋说："你能活到二十二世纪。"但他辜负了我的祝愿，今天断然而去，只留下朋友们对他深切的痛惜与怀念以及一片浩阔的空茫。

前不久，台湾导演李行来访，谈到夏天里谢晋在台北摔伤，流了许多血，"当时的样子很可怕，把我们都吓坏了"，跟着又谈到谢晋老年丧子。我说老谢曾经特意把他儿子谢衍的处女作《女儿红》剧本寄给我，嘱我"非看不可"。李行说谢晋对谢衍这条根脉很在乎，丧子之痛会伤及他的身体。这时我忽然感到老谢今年有点流年不利，心想今年若去南方，要设法绕道去上海看看他。但现在这一切都只是过往的一些毫无意义的念头了。

太熟太熟的一位朋友了。自八十年代以来在政协、文联以及大大小小各种会议和活动中，无论是会场上相逢相遇，还是在走廊或人群中打个照面，都会有种亲切感掠心而过。老谢是个亲和、简单、没有距离感的人。在我的印象中，他几十年说的话似乎只有三个内容：剧本，演员，为电影的现状焦急。他脑袋里再放不进去别的东西。如果你想谈别的——那你只好去自言自语，他听似没听进去；但只要你停下来，他立即开始大谈他的剧本和演员，或者对电影业种种弊端发火。他发火时根本不管有谁在座。这时的老谢直率得可爱。他认为他在为电影说话，不用顾及谁爱听或不爱听。他从不谈自己，他的心里似乎没有自己。他口中总是挂着斯琴高娃、姜文、陈道明、潘虹、刘晓庆、宋丹丹和第五代导演们那些出色的电影精英。他眼里全是别人的优点。能欣赏别人的优点是快乐的。还听得出来，他为拥有这些精英的中国电影而骄傲。

在此之外的老谢一刻不停地忙忙碌碌，找演员、搭班子、谈经费、来去匆匆去看外景。难得一见的是他在某个会议餐厅的一角，面前摆着从自助餐的菜台拣的一碟子爱吃的菜，还戳着一瓶老酒，临时拉不到酒友就一人独酌。这便是老谢最奢侈也是最质朴的人生享受了。他说全凭着酒，才能在野战军般南征北战的拍片生涯中落下一副好身骨。他说，这琼浆玉液使得他血脉流畅，充满活力。前七八年我和他在京东蓟县选外景时，他不小心被什么绊了一跤，摔得很重，吓坏了同行的人，老谢却像一匹壮健的马，一跃而起，满脸憨笑，没受一点伤。那年他七十八岁。

天生的好身体是他天性好强的本钱。他好穿球鞋和牛仔裤，喜欢独来独往，不喜欢陪伴，一位标准的职业电影人。虽然他穿上西服挺漂亮，但他认为西服是"自由之敌"。他从不关心全国文联副主席和政协常委算什么级别，也不靠着这些头衔营生；他只关心他拍出的电影分量。一次，一位朋友问他是不是不喜欢炒作自己，他说他相信真正的艺术评价来自口碑，也就是口口相传，因为对于艺术，只有被感动并由衷地认可才会告知他人。

这样的艺术家，活得平和、单纯而实在。那些年，年年政协会议期间文艺界的好朋友们都要到韩美林家热热闹闹地聚会一次。吴雁泽唱歌，陈钢弹曲，白淑湘和冯英跳舞，张贤亮吹牛，姜昆不断地用"现挂"撩起笑声。惟有老谢很少言语，从头到尾手端着酒杯，宽厚地笑着，享受着朋友们的欢乐。这时，他会用他很厚很热的手抓着我的手使劲地攥一下，无声地表达一种情意。最多说上一句："你这家伙不给我写剧本。"

他心里想的、嘴里说的还是电影！

我的确欠他一笔债。九十年代初他跑到天津要我为他写一部足球的电影。他说当年他拍了《女篮5号》之后，主管体育的贺龙元帅希望他再拍一部足球的影片。他说他欠贺老总一部片子。他这个情结很深。我笑着说，如果我写足球就从一个教练的上台写到他下台——足球怪圈的一个链环。他问我"戏"（影片）怎么开头。我说以一场大赛的惨败导致数万球迷闹事，火烧看台，迫使老教练下台和新教练上台——"好戏就开始了"。他听了眼睛冒光，直逼着我往下追问："教练上台的第一个细节是什么？"我想一想说："新教练走进办公室，一拉抽屉，里边一条上吊的绳子。这是球迷送给老教练的，现在老教练把这根上吊的绳子留给了他。"当时老谢使劲一拍我肩膀说，咱们合作了。但是在紧接着的亚运会期间，我和老谢一同坐在看台上看中国与泰国的足球赛，想找一点灵感。但那天中国队输了球，〇比二，很惨。赛后，我和老谢去找教练高丰文想问个究竟，请高丰文一定说实话，到底输在哪里。没料到高丰文说："还得承认人有个能力的问题。"

这句话给我很大的刺激，使我一下子抓不到电影的魂儿了。此后尽管老谢一个劲儿地催我写，但他也抓不住这部电影的魂儿了。合作就这样搁置。之后几年里，老谢一直埋怨我不肯为他出力，直到他看中我的一部中篇小说《石头说话》才算有了"转机"。我对他说："第一，我把这部小说送给你，不要原作版权；第二，我免费为你改写剧本。但欠你的那笔'足球债'得给我销账了。"我嘴上说是"还债"，心里却是想支持他，因为此时的谢晋拍电影已经相当困难。

谢晋无疑是中国当代电影史一位卓越的创造者。二十世纪后半个世纪，电影在中国是最大众化的艺术。谢晋是这中间的一个奇迹。从《舞台姐妹》《女篮5号》到《天云山传奇》《牧马人》《芙蓉镇》《鸦片战争》，他每一部作品都给千家万户带来巨大的艺术震撼。可以说从他的电影创作中可以清晰地找到当代电影史的脉络。谢晋的电影美学是典型的现实主义。他注重时代的主题，长于正剧，致力以强烈的戏剧冲突有声有色地推动故事；他善于调动观众的情感参与，尽可能面对最广大的受众；个性而丰满的人物是他的至上追求。不管电影怎么发展，电影的观念和技术怎么更新，历史是已经被认定的现实。谢晋是那个时代耀眼的骄子，他是在当代电影史写过光辉一页的大师。

然而，从历史的站头下车的人是落寞又尴尬的。晚年的老谢，走出电影创作的中心，但他不改好强的本性，为了筹资和找选题四处奔波。他曾给我寄来《拉贝日记》，还想叫我去法国寻觅冼星海遗落在那里的一段美丽的爱情往事。这期间，我的那个一直未上马的《石头说话》，几次燃起希望随后又石沉大海。相信还有别人与老谢也有同样的交往。我不求那个电影拍成，只望他有事可做。一位友人对我说："老谢简直是挣扎了。他应该学会放弃，因为他的时代已经过去了。电影已经从文学化走向视觉化，他那种故事没人看了。"

我说："你不懂老谢。电影是他的生命，他活一天，就得活在电影中。他最佩服黑泽明，因为黑泽明是死在拍摄现场的。他说他也会这样。"

今天，老谢终于完成了他这个可怕又浪漫的理想。听说他正要去杭州为他的《大人家》去筹款呢。

一个把事业做到生命尽头的工作狂，一个用生命奠基艺术的艺术家。他用一生诠释了艺术家真正的定义。艺术家就是要把全部生命放在艺术里，而不是还留一些放在艺术外边。

原本开笔写此文之时，心中一片哀伤，隐隐发冷。然而，写到这里，已经浑身火辣辣地充满激情。这样好，我愿用这样的文章结尾送一送老谢。

2008 年 10 月 18 日

司格林教授

不好的消息像流弹，忽然把你击中，你完全没有准备，只知道疼。

没想到在维也纳喝着当年的葡萄酒时，忽然一个来自圣彼得堡大学的短信从手机里跳出来：司格林教授骤然辞世。一时手机的屏幕好似灭了——变黑。

一个几十年里一直是活生生、好说好笑的人怎么突然没了。此前两个月还接到过他来自圣彼得堡的电话，谈的是关于我的散文诗集《灵性》的翻译问题。

记得我和他打趣儿。我说："我最短的一则，只有六个字。可不好译啊。"

诗比文难译，难上去至少三倍。这是谁都知道的事。

他马上回答我："我能叫俄国人读起来，就像中国人读你中文的《灵性》。"

我大笑，笑中还欣赏这位年近八十岁的老头儿依旧像小伙子那样好胜好强。这不正说明他生命力的依旧强盛？这自然叫人高兴。

记得最初认识他是上世纪八十年代初在北京的一次文学活动中，

344

地点忘了。却清楚记得是散会走出会场时，他从远处快速走来。一张随和的洋人面孔，一张口竟用纯正的北京话说：

"我叫司格林。是你好朋友李福清的好朋友。"

李福清是俄罗斯科学院的院士，汉学极好，也是我好几部小说的译者；而司格林这句类似绕口令的话好似炫耀他的中国话有多棒。的确很棒，还有幽默感；一句话就叫我见识到他的个性及其出色的汉语。

我笑道："你的北京话比北京人说得还好。"

他立即接过话说："因为我是老北京。"

我一怔，这话后边是他必定不凡的身世。再一问，原来他出生在北京，十六岁才回俄罗斯。我便说：

"中国民间对人的乡音有种说法，十五岁是一条杠，凡十五岁前离开老家的，乡音易改；十五岁后离开老家的，乡音难改，甚至要带上一辈子。"

司格林笑眯眯地说："你说这话我就放心了，我喜欢老北京。"

从这句话我听得出他对北京有多么深挚的情感与记忆。

此后我多次见他，他的开朗、亲切与好说话，使你与他相处有一种老朋友的感觉。我喜欢他给我这种神奇的印象：一张纯粹的老外面孔，和一口地道的老北京话。话中还时不时蹦出几句北京人智慧的土话与好玩的俚语，显示他对老北京文化透彻到几乎练达的功底。据说他还写过一本关于中国曲艺的专著。这样他的中国文化修养可就深不可知了。凭着这非同寻常的汉语及其文化根底，他做过戈尔巴乔夫的访华翻译，还参加过戈氏与邓小平的会谈。

但我一直没能与他有更深的交往。因为他没译过我的作品。译者与作者只要有过一本书翻译的经历，就是进入朋友间最高的层次——神交。我当然希望与他有这种美妙的关系，可是我听说他译过老舍先生的小说，译得颇合原作的味道。后来我还读到他用中文写的一本回忆录《北京我童年的故乡》。我深信，以他对老北京的偏爱，如果他想译一部中国文学作品，京味小说一定是首选。比方邓友梅或陈建功的。

然而进入二十一世纪不久的一天，我忽然收到一本打海外邮寄来的外文版小说，打开瞧竟是俄译本《俗世奇人》，译者正是司格林。这使我感到意外。我猜想他对这本小说发生兴趣是由于我所追求的中国文学的一种传统——令人叫绝的故事。可是这小说太天津味儿，天津味儿和北京味儿是两种迥然不同的味道，何况我又过分着力于语言上的"炼字"，他会译得怎样？然而我听到的精通中文的俄国人和精通俄文的中国人都说他的译本"极棒"。后来俄罗斯还出版了这本书的中俄文的对照本，以供俄国人学习中文，这就完全归根于司格林出色的译笔和他对中国风土人情的精熟了。

这样，2005年我访问圣彼得堡大学，见到司格林与之拥抱时，他便用那老北京腔热乎乎地说："太好了，我们的冯骥才来了。"我前边说过，一本书会使译者和作者成为神交的老友。

记得在东方系的座谈会上，司格林教授说："自从六十年代老舍先生到我们大学访问之后就没有中国作家来过，因此今天我很激动。"在座谈中，我还知道他们的学者都在默默致力于中国文学的研究，比如对沈从文和莫言。司格林教授的话令我心生歉意。为什么我们竟如此久违了中俄文学的交流，疏离了他们的汉学界？为什么我们曾经对苏俄文学那么狂热，而如今却像"一团粉丝"那样倾倒于欧美和"诺贝尔"？

这想法促使我经过两年努力，从上世纪吴椿所译契诃夫的《黑衣教士》和林琴南所译《罗刹因果录》为始，直至今天——这一百年俄国文学的中译版本中，寻找和挑选出一千种，办一个大型展览叫作"心灵的桥梁"，展示出一个世纪以来俄国文学走入中国一串长长的足迹。王蒙在会上说了一句颇有历史感的精辟的话："这些苏俄文学的中译本，也是中国文学的一部分。"那次活动，我还把中国的俄译名家和俄国重要的汉学家请来，用论坛方式进行交流。李福清、司格林还有高莽、蓝英年、顾蕴璞等都是主角。索罗金和草婴因身体缘故未能出席，应是遗憾。司格林的话题是"中国文学与俄罗斯读者"，他说由于"凡是想从中国文学了解中国的人首先要寻找已译成本国语言的译本"，所以他认为"翻译家对中国的文化与中国人的心理的研究才是最为重要的"。他所说的"翻译的最高境界是非技术的"，引起了中俄翻译家的共鸣。

当然，我想做的远不止那一次交流活动。我有那么多俄罗斯汉学界的朋友，可以共同做些事。但我从来没有想过我们的年龄有多大；充满活力的司格林还没来得及和我道个别——就匆匆走了。

他前几个月不是还在电话里对我说那本散文诗《灵性》快译完了吗？我正打算今冬的一次国际文化论坛请他再来呢。

他不会再来，永远。

我在维也纳给圣彼得堡大学教授罗季奥诺夫先生发一份电邮，那是一份沉重的唁电，表达我对司格林的痛惜与怀念。后来罗季奥诺夫说，他在司格林的葬礼上念了我的电函，还替我献上一束白玫瑰。

我想，在葬礼上，白玫瑰也会流泪的。

司格林，我还能为你做些什么？我们的情谊和要做的事怎么才能延续下去？

2011 年 7 月 15 日

谁能万里一身行？

昨天，摄影家郑云峰跑到天津来，见面二话没说，就把一本又厚又沉的画册像一块大石板压到我怀里。封面赫然印着沈鹏先生题写的三个苍劲的字：三江源。

夏天里，我在北洋美术馆为郑云峰先生举办"拥抱母亲河"摄影展时，他说马上就要出版这部凝聚他二十多年心血的大书，跟着又说他还要跑一趟黄河的中下游，把黄河拍完整了。干事的人总是不满足自己干过的事，总是叫你的目光盯在他正在全神贯注的明天的事情上。

在他的摄影展上，郑云峰感动了天津大学年轻的学子们。谁肯一个人拿出全部家财买一条船，抱着一台相机在长江里漂流整整二十年，并爬遍长江两岸大大小小所有的山，拍摄下这伟大的自然和人文生命每一个动人的细节？不单其艰辛匪夷所思，最难熬的是独自一人终岁行走在山川之间的孤寂。他为了什么——为了在长江截流蓄水前留下这条养育了中华民族的母亲河真正的容颜，为了留下李白杜甫等历代诗人曾经讴歌过的这条大江的面相，为了给长江留下一份完整的视觉"备忘录"。多疯狂的想法，但郑云峰实实在在地完成了。他以几十万张照片挽留住长江亘古以来的生命形象。为此，我在他的摄影展开幕式讲道："这原本不是个人的事，却叫他一个人默默却心甘情愿地承担了。我们天天叫嚷着要张扬自我，那么谁来张扬我们的山河、我们文化的民族？"

提起郑云峰，自然还会联想到最早发现"老房子"之美的李玉祥。他也是一位摄影家，是三联书店的特聘编辑。九十年代初他推出一大套摄影图书《老房子》时，全国正在进行翻天覆地的"旧城改造"。李玉祥却执拗地叫人们向那些正在被扫荡的城市遗产投之以依恋的目光。二十一世纪初凤凰电视台要拍一部电视片"追寻远去的家园"，计划从南到北穿过数百个各个地域最具经典意义的古村落。凤凰电视台想请我做"向导"，可是我当时正忙着启动多项民间文化遗产的普查，便推荐李玉祥。我说："跑过中国古村落最多的人是李玉祥。"

记得那阵子我的手机上常常出现一些陌生地区的电话号码。都是李玉祥在给电视剧组做向导时一路打来的。这些古村落都曾令李玉祥如醉如痴，这一次却不断听到他在话筒的惊呼："怎么那个村子没了，十年前明明一个特棒的古村落在这里呀！""怎么变成这样，全毁得七零八落啦！"听得出他的惋惜、痛苦、焦急和空茫。也许为此，多年来李玉祥一直争分夺秒地在和这些难逃厄运、转瞬即逝的古村落争抢时间。他要把这些经过千百年创造的历史遗容留在他相机的暗盒里。他是一介书生，他最多只能做到这样。然而他把摄影的记录价值发挥到极致，这些价值在被野蛮而狂躁的城市改造见证着。许多照片已成为一些城市与乡镇历史个性的最直观的见证。李玉祥至今没有停止他的自我使命。依然端着沉重的相机，在天南海北的村落间踽踽独行。

古来的文人崇尚"甘守寂寞"和"不求闻达",并视为至高的境界。然而在市场经济兼媒体霸权的时代,寂寞似与贫困相伴,闻达则与发达共荣,有几人还肯埋头于被闹市远远撇在一边冰冷的角落里?不都拼命在市场中争奇斗艳、兴风作浪吗?

前些天在北京见到李玉祥。他说他已经把江浙闽赣晋豫冀鲁一带跑遍,想再把西北诸省细致地深入一下。我忽然发现站在面前的李玉祥有点变样,十多年前那种血气方刚的青年人的气息不见了,俨然一个带着些疲惫的中年汉子。心中暗暗一算,他已年过四十五岁。他把生命中最具光彩的青春岁月全支付给那些优美而缄默着的古村落了。

然而,很少有人知道他,因为他并不想叫人知道他本人,只想让人们留心和留住那些珍贵的历史精华。

由此,又联想起郭雨桥——这位专事调查草原民居的学者,多年来为了盘清游牧时代的文化遗存,也几乎倾尽囊中所有。背着相机、笔记本、雨衣、干粮和各种药瓶药盒,从内蒙到宁夏和新疆,全是孤身一人。他和郑云峰、李玉祥一样,已经与他们所探索的文化生命融为一体。记得他只身穿过贺兰山地区时,早晨钻出蒙古包,在清冽沁人的空气里,他被寥廓大地的边缘升起的太阳感动得流泪。他想用手机把他的感受告诉我,但地远天偏,信号极差,他一连打了多次,那些由手机传来的一些片断的声音最终才联结成他难以抑制的激情。上个月我到呼和浩特,他正在东蒙考察,听说我到了,连夜坐着硬席列车赶了几百公里来看我,使我感动不已。雨桥不善言辞,说话不多,但有几句话他反复说了几遍,就是他还要用三年时间,争取七十岁前把草原跑完。

他为什么非要把草原跑完?并没人叫他非这么做不可,再说也没有人支持他、搭理他。那些"把文化做大做强"的口号,都是在丰盛的酒席上叫喊出来的。他只是一心把为之献身的事做细做精。

然而，这一次我发现雨桥的身体差多了，他的腿因过力和劳损而变得笨重迟缓。我对他说再出远门，得找一个年轻人做伴——"能不能在大学找一个民俗学的研究生给你做做帮手？"他对我只是苦笑而不言。是啊，谁肯随他付出这样的辛苦？这种辛苦几乎是没有回报和任何实惠的。此次我们分手后的第三天，他又赴东蒙。草原已经凉了，今年出行在外的时间已然不多，他必须抓紧每一天。

随后一日，我的手机短信出现他发来的一首诗："萧萧秋风起，悠悠数千里，年老感负重，腿僵知路迟。玉人送甘果，蒙语开心扉，古俗动心处，陶然胶片飞。"此时，在感动之中，当即发去一诗：

　　草原空寥却有情，伴君万里一身行。

　　志大男儿不道苦，天下几人敢争锋？

上边说到三个不凡的人，一个在万里大江中，一个在茫茫草原上，一个在大地的深处；当然还有些同样了不起的人，至今还在那里默默而孤单地工作着。

2008 年 10 月

仲爷祭

爷，是天津男人间的尊称；我们称张仲先生为仲爷，更是含着对这位精通津门地域文化的学人特殊的敬意。

我用"仲爷"这称呼叫了他二十年，但他今天走了，走得无影无踪。他会从此消失在他挚爱终生的温暖的天津吗？这确是真的么？

当我看到手机上他的电话号码，忽然感到电话那边再无人接听，再没有他那苍老的声音，没有我们相互的打趣或对什么执意的探讨。这才感到生活有一块陡然空了，一片虚无，连平时相处时那种特有的亲切的气息也了无踪迹。

已经记不起第一次在哪里认识的他，却记得二十世纪八十年代他在房产局工作。当时我的住房分配正掌握在他的单位中，他比我似乎还心急，但他只是一般的办事员，为我使不上劲，只能一次次把他听到的关于我住房的消息，跑来给我"通风报信"。一次，他带着一脸花开般的笑容，爬上我家那间小阁楼上说，很快会分配两间小房给我；可是转一天他又跑来，神色阴沉地说"他们又翻车了，说你这样的人他们才不管呢"，跟着竟落下泪来。

这眼泪落在我心里。朋友间相互打动和依存的根由不就是一个真字吗？然而，使我们成为密切的朋友，却缘于1984年我开始写《神鞭》那类"文化反思小说"。待与他聊起老天津的生活，仲爷所知之广之深之精微，令我吃惊。他像是从一二百年时光隧道走回来的人。他不是那种"书呆子"，他的知识全是五光十色活生生的。只要是老天津的，不论是街头巷尾、五行八作、生活百科，乃至一式图样一颗衣扣一种烧饼一个从未听说过的地名或人名，他都能绘声绘色把它们说活了，经过他口中的历史全是复活的历史。

正因为这样，在九十年代初我进行一系列关于天津历史文化的普查时——比如老城文化普查、小洋楼采风、估衣街抢救等行动，他都是我有力的支持者。老实说，当时那些文化行动触动了某些人的既得利益，压力乃至威胁一直围着我们转。然而，这位曾经受过二十多年不公正待遇的仲爷却没有退缩。是由于天性的耿介正直还是对文化执着的爱？我想两样都有。在我大步急匆匆穿行于老城里和估衣街时，耳边一直伴着他细碎的快步的足音。一些媒体都曾报道我在一片瓦砾的估衣街上流泪的情景，但有谁看到仲爷在推成平地的六百年的"老城"中失声痛哭？我看到了。这样子至今清晰地印在我的心里。文人的情怀与责任感，是我们成为好友的根基。任何世俗功利的沙子都不在我们之间。

然而，如何使仲爷无形的知识落到纸上，始终是我心里的事。我支持他写小说、随笔和地域文化的散文，但这都不足把他脑袋里庞博的文化记忆与积累搬出来。一次，我对他笑道："我已经把你列入文化抢救的范畴了。"

近十年，年过七十后的仲爷明显而加速地苍老。半个世纪前残酷的劳改生活留下的恶果使他的双腿走起来日见艰难。于是去年中国民协决定给全国各地为民间文化事业奋斗一生的专家学者授予"山花奖终生成就奖"时，我们将他列入其中。在苏州颁奖典礼上，当我看到仲爷银发飘动地走过红地毯时，由衷为他高兴、骄傲，也欣慰。他才华独具，却一生坎坷太多，半生落难，一子有疾，晚年丧偶，理应有这样的补偿与荣耀。

事后，他对我说："老弟，你帮我画了一个完满句号。"我说："不是句号，是金子做的逗号。后边还长着呢，还有好多事等着您做。"

我已经决定由我的现当代文学研究生为他做一本《张仲：口述天津》，计划四十万字。他年迈力弱，无力再写大书。口述史的方式是挖掘和整理他文化财富最好的手段。

然而，今年以来他胃痛发作。他本来口壮胃健，为什么渐渐怕吃东西了？

我似乎有一种不祥的预感。但他很固执，不去看病，相信自己的身体能顶住任何麻烦。记得4月份我出国前在去往机场的路上，还打电话叫他去医院检查。他说他吃了些草药好多了。我说："刘炳森就是不检查不确诊，结果耽误了自己。"谁料，仲爷重蹈了炳森的覆辙，终于恶性的病急性发作，谁也拦不住。

一个月前，我去医院看他时，他昏昏沉沉对我说："这里不好，你们快跑吧。"显然已经神志不清，我心里明白，仲爷已经踏上不归路。我想，我大概不会再来看他，因为我最怕看到朋友最后的痛苦。在我离开病房时，仲爷头歪在枕头上，朝我无力地摇着手。我的心一动，转回身到床边再紧紧握一握他的手。这是我俩之间真正的生离死别。他的表情痛苦而无奈，这表情叫我良心不安。我不能帮朋友摆脱这种绝望。有时在生死之间，人是一无所能的。

仲爷走了。一本天津地域文化的活字典永远地合上了，一大宗珍贵的文化记忆随风飘去。我没有及时把他的口述史抢下来。这是永远的遗憾，也是我永难补偿的一个过失——因为我深知仲爷真正的价值。

我想，今后一段日子，我脑袋里会不时蹦出他的电话号码，但我不会再拨打，因为那号码后边一片空茫，寂寥无声，惟有伤感与怀念。

戊子八月十六日，仲爷安葬之日

四君子图

京城一家出版社约我与王蒙、范曾、贾平凹合出一套文集，各人一册，文章自选，还别出心裁地请我们各写一篇与其他三位交往的文章。我脑袋立时冒出这篇序文的题目：四君子图。为何？自我标榜为君子吗？非也。只是想到古人谓竹兰梅菊为四君子，而竹兰梅菊其形其色其味其神彼此不同，不过依此行文，寻些情趣而已。

在这里，竹是我，兰是范曾，梅是平凹，菊是王蒙。至于我与竹何干，放在篇尾再说。

先说兰，范曾。

初识范曾是在二十多年前。他由北京来南开大学捐楼办学，那时他已是书画名家。初次见面不免谈到他的画。他忽说："我从来不送画给人。"他可能误以为我想向他索画吧，因笑道："我屋里从来不挂别人的画，只挂自己的画。"谁想后来熟了，他却主动送画给我。他从旁人口中知我母亲喜欢他的字，便托人送来一幅，有字有画，而且是精心之作。一次我生日，关牧村来做客，手里拿着一卷画笑嘻嘻给我，说道："我刚从范老师那儿来，他听说你今天生日，当即给你画了一匹马。"我属马，朋友有心，使我感动。

原来他不是不送人画，而是作画及赠画都信由一时的性情。就像兰叶，随意舒展，一任情怀。

再一次，在北京开会时，几位朋友晚间聚在一起喝茶聊天。忽然推门进来一位瘦瘦的男人，手捧本子来找范曾签名，并说："范先生你必签不可。"范曾说："我为什么非得给你签？"那人说："在四五天安门事件时，我为了抄你纪念总理的诗，脑袋挨了纠察队一棒子。现在脑顶上还有一个疤呢！"范曾听了，不禁动容，非要看。那人低下头，扒开头发果然有一条很深的疤。范曾问他："你叫什么？"这人说："李国清。国家的国，唐宋元明清的清。"范曾当即拿笔在他的本子上题了两句："江山幸有国清日，不忘当年顶上花。"

其潇洒自如，乃兰草之气质也。

后说梅，平凹。

去年去陕西考察，得机会在西安与平凹一聚。那天恰逢他的大作《秦腔》获茅盾文学奖，笑容很多。抽着烟，龇着牙。我对他打趣说："你在北京说过，叫我到你家挑个陶罐，今天我就为这事来的。"平凹收藏不少汉陶的精品，这是远近闻名的。没想到他人比传说中的大方得多，马上带我去。是不是正赶上他黄道吉日得了大奖了？当然去他家，更是想看看这位文笔诡谲的商州奇士到底怎么活着。

他家在市区一幢公寓房的顶楼。天色入夜，摸摸索索地爬上去。待灯一亮，好似站在一家古董储藏室里。里里外外贴墙摆了一圈的玻璃书柜里，不是书就是古物。使眼一扫，极合我的口味。没一件材质昂贵、制作精美、官家或皇家的物品，自然也很少拍卖行里的热拍品；却一概是原始的、草莽的、乡土的、粗粝的老东西，然件件皆有生命，有罕见的文化信息和沉重的文化分量。真正的藏家都是一逗自家独到的眼光，只有古董商才按照拍卖行的图录淘东西。与我同来的访者，吵吵嚷嚷地问他何以收藏这么多石雕木刻铜铸泥塑各式各样的蛙，何以在书屋正中一把怪模怪样的椅子上"供"着自己的照片。我却坐在他的书桌前，细看他摆满一桌子稀奇古怪的东西。我的书桌乃至书房画室也摆满了各样的东西。每件东西都是因为喜欢才摆在那里的，不经意凑在一起却呈现了自己的世界。细看被平凹摆在书桌上一样样的东西：瓦当、断碑、老砚、古印、油灯、酒盏、佛头、断俑……以及说不清道不明的历史人文的碎块与残片。从中我忽然明白这些年从《病相报告》《高兴》到《秦腔》，他为什么愈写愈是浓烈和老到。比起那些用地域文化做作料的小说——那些小说只是把地域文化当作灯泡挂在树上，平凹则是把自己生命的老根扎在文化的大地里。于是，就像老梅桩，愈是峥嵘纠结，愈能生出一朵朵活溃溃鲜嫩的花来。

再说菊，王蒙。

记得 1985 年王蒙要到沙滩的文化部上任部长的前两天，我和张贤亮等几位文友去他家玩儿。那天，他正用不大精熟的英文把美国电影《爱情故事》主题歌的歌词翻译成中文，还一句句地唱。词译得不顺，声音走调得更厉害。我们笑着说："从此中国多了一个部长，少了一个作家。"王蒙立即反驳："我绝不会像你们这么弱智。"从此，我一直盯着王蒙在文学路上能走多远。多年来观察到他的情节和细节够写一本小书了。可是，他到了七十岁后居然发了疯，又论红楼论老子庄子，又到处演讲演说，还成本大套地写书。很像菊花，愈到天寒木凋之日，开得愈欢。为什么呢？前两年，他在青岛举办研讨会。我正好要到贵州去开全国文化遗产保护工作会议。去不成青岛了，便为他写了一幅字，半开玩笑半认真地写上四句：

> 满纸游戏语，彻底明白人。
>
> 偶露部长相，仍是作家魂。

惟此，他才能像菊花那样，在人生的夕照里把花儿一直开下去。

最后说竹，说我自己。

我非自比为竹。尽管我欣赏竹之虚心和有节，尤其喜爱郑板桥那句写竹的诗"咬定青山不放松"——我还把这句诗作为我们文化遗产保护的座右铭。这里只是说我与竹子靠点边儿的一个小插曲，和上面几位文友凑个热闹。

这件事还是与王蒙有关。那天参观青岛海洋大学的王蒙研究所，主人非叫我和我爱人顾同昭合画一幅小画，留作纪念。盛情难却，勉强从命。我爱人便画了毛茸茸一只小鸟，我用水墨亦湿亦干地补了一片浓竹淡竹，随之心生四句，提笔题在画上：

> 小鸟落竹中，不啼亦有声。
>
> 侧耳四下寻，原故是微风。

这样便是，竹兰逢梅菊，合为君子图。

一笑则已，充作序言吧。

2009 年 12 月 15 日

图书在版编目（CIP）数据

冯骥才散文 / 冯骥才著. -- 北京：作家出版社，2023.7
（作家散文典藏）
ISBN 978 – 7 – 5212 – 2353 – 8

Ⅰ. ①冯… Ⅱ. ①冯… Ⅲ. ①散文集 – 中国 – 当代
Ⅳ. ①I267

中国国家版本馆 CIP 数据核字（2023）第 108937 号

冯骥才散文

丛书策划：路英勇　张亚丽
出版统筹：启　天　省登宇
作　者：冯骥才
策划编辑：钱　英
责任编辑：杨新月
封面绘画：冯骥才
装帧设计：TT Studio　孙惟静
出版发行：作家出版社有限公司
社　　址：北京农展馆南里 10 号　　邮　编：100125
电话传真：86 – 10 – 65067186（发行中心及邮购部）
　　　　　86 – 10 – 65004079（总编室）
E – mail: zuojia@zuojia. net. cn
http:// www. zuojiachubanshe. com
印　　刷：三河市紫恒印装有限公司
成品尺寸：142×210
字　　数：283 千
印　　张：11.5
印　　数：001 – 10000
版　　次：2023 年 7 月第 1 版
印　　次：2023 年 7 月第 1 次印刷
ISBN　978 – 7 – 5212 – 2353 – 8
定　　价：46.00 元